GLI INSUPERABILI

152

Della stessa autrice

Mi sposo a New York
Tutta colpa di New York

Questo libro è un'opera di fantasia.
Nomi, personaggi, luoghi e avvenimenti sono frutto dell'immaginazione dell'autrice o sono usati in maniera fittizia.
Qualunque somiglianza con fatti, luoghi o persone, reali, viventi o defunte è del tutto casuale.

Prima edizione in questa collana: maggio 2015

Roma, Casella postale 6214

ISBN 978-88-541-7777-2

www.newtoncompton.com

Stampato presso Puntoweb s.r.l., Ariccia (Roma)
su carta prodotta con cellulose senza cloro gas provenienti da foreste controllate e certificate, nel rispetto delle normative ecologiche vigenti

Cassandra Rocca

Una notte d'amore a New York

Newton Compton editori

A chi ha saputo aspettare,
senza perdere le speranze

1

L'immagine allo specchio rimandava esattamente ciò che si era proposta all'inizio dei preparativi: il trucco, principalmente mirato a mettere in risalto gli occhi grigi dal taglio allungato, era perfetto; i capelli, lisci e scuri, erano elegantemente trattenuti ai lati del viso da due pettinini d'avorio e sfioravano dolcemente la mascella; il vestito, di morbida lana e dallo scollo tondo, seguiva in modo sexy la sua figura attraente senza essere eccessivamente sfacciato. Certo, era di un bel rosso acceso... ma a Capodanno era tradizione vestirsi di quel colore.

Mentre dava gli ultimi ritocchi alle labbra con un gloss a lunga tenuta, Zoe Mathison prestava attenzione solo marginalmente a ciò che faceva. Era abituata al riflesso nello specchio, sapeva di essere bella e sfruttava al massimo quella dote. Ma le veniva così naturale gestirla, ormai, che abbigliarsi per le occasioni speciali non era più un piacere: lo faceva in modo automatico, quasi senza accorgersene.

Era stata spesso oggetto di invidia e cattiverie, proprio per quell'aspetto seducente che attirava gli sguardi maschili. Non che somigliasse a una pin-up: era, anzi, sottile e flessuosa, con un viso che sapeva affascinare anche senza trucco. La sua sensualità era qualcosa di innato, si sprigionava da lei in modo naturale, e solo con il tempo – e diverse delusioni – aveva imparato a usarla a suo piacimento. Con gli uomini, ora, aveva vita facile e le briglie del potere ben salde in mano, ma con le donne… Be', con loro aveva ancora qualche problema.

Fin da ragazzina era stato complicato, per Zoe, andare d'accordo con il genere femminile. Molte ragazze la trovavano antipatica perché si sentivano messe in ombra, altre cercavano di emularla, alcune l'additavano come una ragazza facile solo perché era sempre attorniata dai ragazzi.

Nessuna di loro si era mai domandata cosa pensasse lei di tanta fortuna. La risposta, probabilmente, le avrebbe lasciate stupite.

Era ovviamente grata al cielo, ai suoi genitori o a chiunque avesse provveduto in merito, di avere un bel viso e un bel corpo, ma non sempre la bellezza portava risultati positivi. Spesso era un'arma a doppio taglio, e l'erronea convinzione altrui che la sua bella faccia fosse sinonimo di felicità aveva iniziato a irritarla.

Se il suo bel faccino fosse davvero servito a qualcosa, forse in quel momento non sarebbe stata nella sua vecchia camera da letto, a casa dei suoi genitori, in procinto di passare l'ennesima serata di festa insieme a tutta la famiglia – prozii e bisnonni compresi – ma senza un uomo accanto.

Per un attimo si ritrovò a pensare a Clover, una delle sue pochissime amiche, che in quel momento si trovava in Irlanda con il suo splendido principe azzurro, l'attore Cade Harrison. In meno di un mese, Clo aveva conosciuto il Principe di Hollywood, gli aveva fatto perdere la testa e adesso erano praticamente inseparabili. Clover era una specie di folletto dai lunghi capelli rossi e le fossette sulle guance, una bellezza pulita, semplice. Eppure, nella sua semplicità era riuscita laddove Zoe, con il suo fisico da urlo e il viso perfettamente scolpito, falliva da sempre.

E che dire di Liberty? La rigida e seria proprietaria di Giftland, sempre chiusa in abiti professionali e poco appariscenti, aveva un fedelissimo fidanzato da anni.

Solo lei era single. Da secoli! Gli uomini, quando la guardavano, non perdevano la testa. Il loro cervello semplicemente si svuotava e il sangue defluiva altrove… Se poi di cervello si poteva parlare…

Sbuffando per l'ennesima volta, Zoe lanciò il gloss nel beauty-case e voltò le spalle allo specchio. Quella sera avrebbe dato qualunque cosa pur di festeggiare l'ultimo dell'anno con un uomo, intelligente o meno, anziché con la sua famiglia. Ma nell'ultimo periodo i ragazzi interessanti sembravano scarseggiare, o forse era lei a essere diventata di colpo più esigente.

L'amore pubblico e dolcissimo tra Clover e Cade aveva indubbiamente giocato a suo sfavore: era difficile accontentarsi di una blanda avventura, avendo davanti agli occhi l'esempio di una coppia così affiatata. Esattamente come non era semplice tornare saltuariamente a casa dei suoi e vedere l'amore sconfinato e trentennale negli occhi di sua madre e suo padre.

Perché non aveva ereditato la loro fortuna in amore, al posto del bell'aspetto? Sarebbe stato un dono decisamente più apprezzato.

Un colpetto discreto e familiare alla porta la distolse

dai suoi tetri pensieri. «Entra, mamma», disse, sedendosi sul letto per infilare gli stivaletti neri dal tacco a spillo.

Claire Mathison mise dentro la testa, un sorriso dolce sul viso bellissimo e ancora giovanile. «I nonni sono arrivati».

«Scendo subito».

«Ehm... ti sei messa il vestito rosso, vedo», tentennò sua madre. Zoe alzò gli occhi e sbatté le palpebre, perplessa.

«È Capodanno, mi sembrava adatto all'occasione. Perché?»

«Oh, nulla. Ti sta benissimo. Però, sai, la bisnonna ha deciso di unirsi a noi, stasera...».

Zoe si alzò di scatto, allarmata. «Quella vecchia strega è qui? Mamma, mi avevi assicurato che non sarebbe venuta!», protestò.

«E infatti lo credevo! Mi avevano detto che era in ospedale, non pensavo si sarebbe ripresa così in fretta... Voglio dire, ha novantasei anni!». Claire si guardò alle spalle, poi entrò nella camera di sua figlia e chiuse la porta, uno sguardo a metà fra il dispiaciuto e il divertito. «Non sarà così drammatico, tesoro. Passerà in fretta».

«No, invece!». Zoe si fermò di fronte al vecchio armadio in legno scuro e iniziò a passare in rassegna, con nervosismo, i pochi abiti di riserva che aveva lasciato dai suoi genitori. «Mi tormenterà per tutta la sera! Mi scruterà, penserà che sono vestita come una donnaccia, mi farà il terzo grado per sapere se finalmente ho trovato un ragazzo con cui creare una famiglia, e poi inizierà a raccontare di com'erano le donne ai suoi tempi, e di com'è felice e soddisfatta delle altre sue nipoti... Che, per inciso, pare facciano sesso molto più frequentemente di me, vista la mole di figli che si ritrovano!».

Sua madre ridacchiò. «Non c'entra con il numero di figli, altrimenti dovresti avere un centinaio di fratelli».

«Oh, ti prego!». Zoe alzò gli occhi al cielo. «Sono già abbastanza disperata, non voglio dovermi soffermare anche sull'imbarazzante pensiero dei miei genitori che scopano come ricci». Lasciò ricadere le braccia con aria rassegnata. «Non ho niente di decente da mettere, ho comprato quest'abito rosso apposta per l'occasione e non ho pensato a una valida alternativa. Dubito di poter fare un salto a casa, vero?»

«Dovresti passare comunque davanti al drago Maude». Sua madre le accarezzò un braccio. «Volevo solo avvisarti che la bisnonna è qui, tesoro, non metterti in crisi. Il tuo vestito va benissimo. Perciò scendi, a testa alta, e resisti per qualche ora: allo scoccare della mezzanotte lei andrà a dormire e tu potrai rilassarti».

"Per te è facile dirlo", pensò Zoe, guardandola uscire dalla stanza. Sua madre aveva un marito premuroso e innamorato a rendere tutto più sopportabile.

Quella serata sarebbe stata un disastro! Si vedeva già, seduta in fondo alla lunga tavolata, ad ascoltare per la milionesima volta storie passate e noiose, fin dopo il cenone. Poi, come ogni anno, avrebbero atteso la mezzanotte con qualche desueto gioco da tavola che l'avrebbe vista accoppiata all'unico maschio single della compagnia: il suo cuginetto Victor, di undici anni.

Gemendo, si mise a passeggiare per la piccola stanza,

in cerca di un modo per evitare tutto questo. Avrebbe preferito passare il Capodanno da sola nel suo appartamento di Manhattan, piuttosto che salutare l'anno nuovo con un'ulcera nervosa dovuta a una vecchina quasi centenaria! Settima figlia di una numerosissima famiglia italiana, emigrata in America molti anni prima, Maude Mathison aveva un aspetto fragile e minuto che non riusciva a ingannare nessuno: gli occhietti grigi e acuti erano in grado di far gelare il sangue, e la lingua tagliente sapeva rimettere al suo posto anche il più ribelle della famiglia. E Zoe era la più difficile tra le sue innumerevoli nipoti, perciò era proprio su di lei che la bisnonna concentrava tutta la propria attenzione. Se avesse saputo che quella sera il drago Maude sarebbe stato presente alla festa, Zoe avrebbe trovato un modo per aggirare l'ostacolo…

Poi, d'improvviso, una soluzione le balenò in mente, placando la sua ansia.

Come aveva fatto a non pensarci prima? Non era sempre lui la risposta a tutti i suoi problemi?

Aveva evitato di invitarlo a quella cena per non approfittarsi della sua bontà. Lo aveva già incastrato la vigilia di Natale, una serata noiosissima passata a giocare a Monopoli con gente sopra i sessanta, e non se l'era sentita di fargli fare il bis. Anche lui aveva diritto a un po' di divertimento.

Ma quella era un'emergenza… Aveva *assolutamente* bisogno di lui.

Afferrò il cellulare e chiamò Eric, pregando che non avesse deciso di tornare a Boston per festeggiare con la sua famiglia. Se era a New York, forse poteva convincerlo a salvarle la vita…

«È presto per la telefonata di auguri, potevi almeno aspettare le undici», rispose lui, con la solita ironia. «O forse hai trovato di meglio da fare e ti stai portando avanti con il lavoro per non essere disturbata allo scoccare della mezzanotte?»

«Ho bisogno di te!», esclamò Zoe, una mano sul cuore. «Non abbandonarmi proprio questa sera!».

«Che succede?»

«C'è Maude». Non era necessario aggiungere altro. Eric conosceva a menadito i membri della sua famiglia, quasi tutti di persona e gli altri per sentito dire. E il suo tono ferale non lasciava adito a dubbi sul suo grado di disperazione.

«E come potrei aiutarti, io?»

«Se non sei a Boston dai tuoi, non hai una ragazza con cui passare il Capodanno, né sei in procinto di passare la serata più meravigliosa della tua vita, raggiungimi qui dai miei e sii il mio cavaliere per una notte!».

«Ti rendi conto che è come chiedere a un pulcino di affrontare un drago sputafuoco? Da quel poco che so sul suo conto, la tua bisnonna mi mangerà in un sol boccone», sospirò Eric.

«Ti prego, ti supplico, ti scongiuro! Ho addosso un vestito scarlatto che mi farà guadagnare un posto nelle preghiere della vecchia per i prossimi sei mesi, e non posso cambiarmi perché qui ho a disposizione solo una tuta e un paio di jeans!».

«Non è lo stesso che si è scucito al pranzo di Natale di due anni fa, lasciandoti con il sedere parzialmente scoperto davanti ai tuoi nonni… vero?», chiese Eric, con un sorriso nella voce.

«Credo che quello sia stato gettato nel camino da Maude in persona un minuto dopo che l'ho tolto», mugugnò Zoe. «Vecchiaccia... Lo avevo pagato settecento dollari!».

«In ogni caso, i tuoi parenti sono già lì e io no. Come faccio ad aiutarti?»

«Vieni più in fretta che puoi. Posso sopportare e tenerli a bada per qualche minuto». Zoe si lasciò andare a un sospiro di sollievo. «Sai quanto ti voglio bene, vero?»

«Ne sto tenendo conto. Prima o poi mi tornerà utile», borbottò Eric, prima di riattaccare.

Zoe si distese sul letto, osservando il motivo floreale della carta da parati sul soffitto, un sorriso soddisfatto sulle labbra.

Eric Morgan, il suo eroe, stava arrivando: adesso sì che poteva rilassarsi!

Le parole della sua bisnonna l'avrebbero sfiorata senza danneggiarla, con lui accanto. Anzi, si sarebbe divertita da matti a ironizzare su ogni frase, insieme a Eric. Con il suo migliore amico come spalla poteva affrontare qualunque cosa, non si sarebbe sentita sola e avrebbe avuto una persona giovane e interessante con cui parlare. Perfino giocare a Risiko sarebbe stato sopportabile, perché quando Eric si impegnava nei giochi di strategia era davvero esilarante!

A volte si chiedeva come avrebbe fatto a vivere senza di lui. Lo conosceva da dieci anni, ormai, ed erano inseparabili, nonostante i loro caratteri diametralmente opposti. Zoe era davvero fortunata ad averlo nella propria vita.

Eric era l'emblema vivente del bravo ragazzo: intelligente, serio, maturo, corretto. Oltre ad avere un gran cervello da studioso, aveva anche un cuore enorme, onesto e sensibile, e in un mondo pieno zeppo di bulletti, ipocriti e superficiali, lui era una perla rara. Non era mai noioso o melenso e non si prendeva troppo sul serio… O meglio, era terribilmente precisino e aveva una mentalità un po' antiquata, per certi versi, ma sapeva essere anche acuto, brillante, sarcastico.

Nella realtà da lei conosciuta, fatta di sguardi famelici e gesti poco eleganti, Eric rappresentava l'eccezione: era l'unico essere maschile a guardarla negli occhi e non nella scollatura, a non allungare le mani, a trattarla come una donna pensante e non come un corpo da possedere.

Era il solo a non averci mai provato.

Poco dopo averlo conosciuto, Zoe si era ritrovata quasi a sperarci. In fondo lui era così carino, una bellezza tranquilla che avrebbe potuto solo migliorare con la giusta attenzione ai dettagli, e di certo era una persona di cui potersi fidare. Eric era un ragazzo da "storia seria". Ma non gli era mai balenato nel cervello di offrirle qualcosa di diverso dall'amicizia, e alla fine Zoe aveva accettato il loro rapporto per ciò che era: un legame vero, duraturo e privo di secondi fini.

Squadra che vince non si cambia. E nessuna sua relazione era mai durata tanto quanto quel rapporto con Eric, nemmeno quella con Stuart Harris, il suo storico ex fidanzato. Perché complicare le cose, quindi?

Si rialzò dal letto con un balzo nel sentire la voce di suo padre chiamarla dal piano di sotto. Non aveva tempo di analizzare i suoi rapporti con gli uomini, in quel momento, doveva scendere a salutare i suoi parenti e aiutare sua madre con la cena.

Ma, prima di uscire, si ritrovò a sperare che Eric non ci mettesse troppo ad arrivare.

«Devo andare, ragazzi», disse Eric, rientrando nel salotto del suo amico Danny.

«Ma avevamo appena ordinato la pizza!», protestò questi, sollevando lo sguardo dal notebook che teneva sulle ginocchia.

Eric gli passò la birra che aveva stappato prima che il cellulare si mettesse a suonare. «Ne mangerete un paio di fette in più, non sarà un grande sacrificio».

«Avremo anche più birre da scolarci», annuì Kevin, allungato scompostamente sul divano, con una bottiglia in una mano e il telecomando nell'altra. «Dove vai?»

«A giudicare dalla velocità con cui ci sta piantando, la signorina Mathison deve aver richiesto la sua presenza», stabilì Danny, sicuro. «Ho indovinato?».

Ben consapevole di quanto fosse inutile mentire a quei ragazzi, che lo conoscevano ormai da anni, Eric annuì. «Ha dei problemi con la sua famiglia, non me la sento di lasciarla sola in una serata come questa».

«E così preferisci mollare noi. Che amico!», bofonchiò Kevin, finendo la sua birra e allungando una mano verso Danny, che gliene passò un'altra senza nemmeno guardarlo.

Eric sbuffò. «Tra un paio d'ore non ricorderai nemmeno come ti chiami, Kev. Dubito sentirai la mia mancanza».

«Io no, ma Danny sì, dal momento che è quasi astemio. Che palle, dovrò divertirmi da solo».

«Vedi di non esagerare. Non ti terrò di nuovo la mano mentre vomiti», lo ammonì Danny. «Il mio proposito per l'anno nuovo è quello di mettere la testa a posto e trovare una brava ragazza con cui passare il mio tempo. Inizio a essere stufo di chiudermi in casa tutte le sere, a giocare come un nerd sfigato! Questo sarà l'ultimo Capodanno passato in modo deprimente, se il cielo mi aiuta».

«Io punto a trovarmi una ragazza già questa sera, perciò ti avviso: a mezzanotte, se non sono ancora in coma etilico, esco e vado a rimorchiare qualcuna».

«Kev, da come parli sembra che tu abbia intenzione di ingurgitare ettolitri di alcolici, mentre sappiamo che ti bastano un paio di birre per iniziare a straparlare», sbuffò Eric, mentre riponeva le sue cose nello zaino. «Che sfigato».

«Ma senti chi parla! Ti ricordo, Quattrocchi, che stai andando a farti usare come uno zerbino da una donna che da dieci anni ti tiene per le palle... E senza procurarti alcun sollievo!».

«Mi ricordi perché lo abbiamo ammesso nel nostro gruppo?», chiese Eric a Danny, con aria annoiata.

Questi si strinse nelle spalle. «Perché suo padre era il rettore dell'università e non potevamo averlo come nemico. E perché mi ha regalato una *action figure* di Ronald Reagan in versione Mummia».

«Quando mi sono trasferito qui e abbiamo dato il primo party, sono riuscito a rimediarvi una ragazza a testa», aggiunse Kevin. «Cosa che tu non hai mai fatto,

Eric, nonostante le gran gnocche di cui ti circondi al lavoro».

Eric scosse la testa, divertito. «Te l'ho detto: Clover e Liberty sono già impegnate». E prima che i suoi amici potessero recriminare su quell'ultima frase, salutò e uscì.

Salì al piano superiore, dove abitava, e una volta nel suo appartamento prese a spogliarsi, dirigendosi verso la camera da letto. Dieci minuti dopo ne emerse con indosso un paio di jeans eleganti, una camicia blu e un maglioncino dello stesso colore. Era il meglio che poteva fare con un preavviso tanto breve.

Appena sceso in strada e fermato un taxi, si mise a ripensare alle parole dei suoi amici e fece un gran sospiro. Avevano ragione: quando Zoe Mathison chiamava, lui correva come un fulmine.

Ma non era uno zerbino come credevano gli altri, era solo un buon amico. Se qualcuno a cui teneva aveva bisogno di una mano, lui c'era sempre. In fondo, una cena con i suoi amici non era un evento così raro, soprattutto dal momento che Danny e Kevin vivevano nel suo stesso palazzo. La serata a base di pizza, birra e giochi veniva riproposta almeno una volta al mese, anche senza un'occasione speciale da festeggiare. Zoe, invece, sarebbe morta di noia nel passare la notte di Capodanno insieme alla sua famiglia numerosa e conformista.

Aveva bisogno di lui, molto più di due nerd single che si sarebbero divertiti ugualmente mangiando cibo spazzatura e guardando per la millesima volta *Star Wars*. Ecco perché stava correndo a salvarla.

"Ma a chi vuoi darla a bere?", sbuffò mentalmente,

fissando il panorama luminoso che sfrecciava fuori dal finestrino.

Se correva come un pazzo ogni volta che Zoe lo chiamava, era perché pazzo lo era davvero: d'amore, per lei.

Kevin non aveva tutti i torti: da dieci anni sbavava dietro a una donna che teneva in pugno le sue emozioni, anche se inconsapevolmente. Lui l'aveva abituata così, viziandola come un bambino, inizialmente sperando che questo le dimostrasse qualcosa e in seguito perché, semplicemente, non riusciva a evitarlo.

Non sapeva perché proprio Zoe avesse tanto potere su di lui. Era bellissima, affascinante, seducente e aveva tutte le doti fisiche possibili e immaginabili, certo, ma non era solo quello ad ammaliarlo. Sotto la patina splendente Zoe era anche dolce, sensibile, talvolta insicura, e aveva uno smisurato bisogno di sentirsi amata. Eric avrebbe potuto soddisfare quel suo desiderio per tutta la vita e oltre, con tutto l'amore che sentiva dentro.

Zoe, però, non aveva la minima idea di ciò che lui provava nei suoi confronti, nonostante a lui sembrasse di avere una scritta lampeggiante sulla fronte. Forse perché lei lo osservava con la stessa attenzione con cui guardava un insetto strambo, oppure perché ignorava di proposito il problema. In ogni caso il risultato era lo stesso: non era interessata a lui, al di là dell'amicizia, ed Eric si era ormai rassegnato a essere solo ed esclusivamente il suo confidente ufficiale.

Lo accettava di buon grado, davvero.

Almeno fino a quando non se la trovava davanti.

Quando arrivò a SoHo e suonò il campanello di casa Mathison, fu Zoe ad aprire la porta. Eric riuscì a evitare che la mascella gli cadesse, solo perché lei aveva accennato in anticipo al suo abbigliamento.

Quel vestito rosso era... wow! Non era volgare né troppo appariscente, era lei a trasformarlo in un abito da capogiro, con tutte le sue forme seducenti, gli occhi da gatta e il sorriso capace di convertire il demonio al bene supremo... o viceversa.

«Finalmente!», esclamò lei, afferrandolo per una mano e trascinandolo in casa. «Ho detto che stava arrivando un'altra persona ma non ho specificato chi, nel caso avessi avuto un contrattempo o avessi semplicemente cambiato idea».

«E se lo avessi fatto, come avresti spiegato l'assenza improvvisa del misterioso ospite?»

«Oh, fidati, avrei trovato qualcuno... anche a costo di andare a bussare di casa in casa pregando in ginocchio ogni uomo disponibile».

Eric non rispose, ma i suoi denti si strinsero. Non aveva alcun dubbio sulla riuscita di un piano del genere: Zoe avrebbe convinto a seguirla qualunque uomo nel raggio di un chilometro, solo sbattendo le ciglia.

"E allora perché ha chiamato te?", gli suggerì una voce.

Forse perché era più semplice. Non era necessario che lei gli promettesse nulla, per convincerlo ad aiutarla.

La sua mente si divise: una parte immaginò di godere degli ipotetici ringraziamenti di Zoe, mentre l'altra si ribellò all'idea che lei potesse offrire piacere sessuale in cambio di un favore.

Zoe non era una ragazza facile. Anche se usciva con molti uomini, non per forza andava a letto con ognuno di loro. Eppure era complicato pensare il contrario, quando un semplice sguardo di quella ragazza prometteva il paradiso.

"Ti stai comportando esattamente come tutti quei cretini che le chiedono di uscire!", si redarguì. Non era per questo che vegliava su di lei, ogni giorno, come una madre con il suo cucciolo? Per evitare che gli uomini peccassero di troppa autostima e superassero i confini della decenza? A Zoe bastava sorridere perché loro pensassero di essere a un passo dall'andare a segno, per dio!

I suoi pensieri confusi vennero interrotti quando Zoe prese a spogliarlo... letteralmente. Non si limitò a sfilargli la giacca, ma gli tolse anche il maglione. Quando mise mano alla parte inferiore della camicia, Eric le bloccò le mani, in bilico fra incredulità e batticuore.

«Che stai facendo?», balbettò. Nel sentire la propria voce tanto incerta, cercò di darsi un contegno insabbiando il desiderio dietro il consueto tono pungente. «Credevo avessi bisogno di me come spalla per la cena, non che fossi così disperata da saltarmi addosso nell'ingresso dei tuoi».

Zoe rise di gusto. «Sono abbastanza disperata da saltarti addosso ma non in questo momento, con la bisnonna sul piede di guerra nella stanza accanto». Gli rivolse un'occhiata maliziosa, infilò le dita nella cintura dei suoi jeans e gli sfilò la camicia dai pantaloni. «Sembravi il figlio di un pastore, santo cielo! I miei parenti mi conoscono, non ci crederebbero mai se ti vedessero conciato così».

«Credere a cosa?», chiese Eric, in evidente stato confusionale, mentre lei gli passava le dita fra i riccioli castani per dargli un'aria più stropicciata.

La madre di Zoe li raggiunse in quel momento. «Eric, che bello vederti!», gli sorrise, abbracciandolo.

«Scusi il ritardo, signora Mathison». Eric recuperò la bottiglia di vino che aveva acquistato al volo poco prima di salire, e gliela porse. «Ho avuto… un contrattempo?», disse, lanciando un'occhiata incerta verso Zoe.

L'amica sorrise dolcemente, prendendolo per mano. «Non preoccuparti, stiamo per servire in tavola, sei arrivato proprio in tempo».

Non appena entrarono in sala da pranzo, Eric si ritrovò al centro dell'attenzione generale. Dodici persone, tra nonni, zii e cugini, erano sedute attorno al lungo tavolo, e sembravano in attesa solo che lui si sedesse.

"Be', è naturale. Sono arrivato in ritardo", pensò, prendendo posto accanto a Zoe. Tuttavia, gli occhi di quella che doveva essere la temutissima bisnonna Maude erano fissi su di lui in un modo che lo mise a disagio.

Mentre le prime portate di quello che aveva tutta l'aria di essere un pasto luculliano venivano messe in tavola, Eric si chinò verso Zoe. «Il drago mi sta puntando e inizio a tremare di paura».

«Non preoccuparti e mangia tranquillo, per il momento», mormorò lei, passandogli un piatto. «Il peggio deve ancora venire».

«Questo sì che mi consola», bofonchiò lui.

Il "peggio" arrivò poco dopo l'antipasto. Esauriti gli aneddoti sulla crescita dei denti da latte del nuovo cuginetto di Zoe, Maude Mathison puntò i suoi acquosi occhietti grigi su Eric, che quasi scattò sull'attenti di riflesso. Era assurdo che una donna dall'aria così fragile potesse incutere tanto timore, eppure metteva i brividi. Nel suo sguardo, che un tempo doveva essere stato simile a quello di Zoe, c'era qualcosa di acuto e inflessibile nonostante l'età molto avanzata.

«Come ti chiami, ragazzo?», gli chiese la donna, scrutandolo.

Eric afferrò il suo bicchiere di vino, cercando di mostrarsi sicuro e a suo agio. «Eric Morgan, signora».

«E quindi saresti tu il futuro marito di mia nipote?».

Il vino gli andò per traverso. Zoe venne in suo soccorso, battendogli pacche non troppo affettuose sulla schiena, mentre i genitori della ragazza sorridevano.

«Nonna, potevi girarci intorno almeno un pochino. Queste sparate possono spaventare un uomo giovane», protestò bonariamente il padre di Zoe.

«Mi è stato detto che ha trentun anni, o sbaglio? Ci sento male da un orecchio, ma l'altro funziona ancora bene». Maude tornò a concentrarsi su Eric, che ancora lottava per riportare aria nei polmoni. «Samuel, tua figlia ha detto che è un ragazzo serio e intelligente. Perché dovrebbe spaventarsi nel sentirsi definire il futuro marito di colei che ha scelto di amare? Alla sua età, il mio povero marito aveva avuto già tre figli maschi».

Un silenzio imbarazzato scese sulla sala, rotto poi dal nonno di Zoe. «Io ho conosciuto Eric a Natale. Ti assicuro che è davvero un bravo ragazzo, mamma».

«Be', io non lo conosco e ho intenzione di farmi da sola un'idea». Maude inarcò le sopracciglia bianche e si rivolse a Eric. «Ami mia nipote? O ti sei fatto fregare dalle sue grazie così frequentemente esposte?»

«Sono pronto a morire per Zoe», disse Eric, tra un colpo di tosse e l'altro. «E credo di essere già a buon punto», aggiunse, rauco. Zoe si lasciò sfuggire una risatina e continuò a picchiettargli la schiena.

«Non voglio per lei uno smidollato che vuole sposarla solo perché sa ammaliare gli uomini. Da quello che ho capito, eravate amici fino a pochi giorni fa. Cos'è cambiato, così improvvisamente?».

Ritrovato un po' di contegno, Eric fissò la bisnonna. «Per me nulla, mi sono innamorato di lei fin dal primo momento. Ma per differenziarmi dagli altri bellimbusti che era solita frequentare, ho preferito aspettare e corteggiarla con delicatezza». "Sì, così delicatamente che non se n'è accorta!", disse fra sé e sé. Ma proseguì: «Le assicuro che le grazie di sua nipote sono solo un valore aggiunto, per me. Quando l'ho conosciuta indossava una castigatissima divisa da cameriera, eppure mi ha incantato lo stesso. Il fascino di Zoe è dentro di lei, non fuori».

Non si fidò a lanciare uno sguardo in direzione di Zoe. Tutto ciò che gli era uscito dalla bocca era pura verità, ma non era necessario che lei lo leggesse chiaramente nei suoi occhi.

«Se ti piace così tanto al di là del suo aspetto fisico, perché non le proibisci di vestirsi in modo così eccessivo? Spesso le donne che si mettono in mostra mancano di autostima, oppure non si sentono sufficientemente apprezzate. Forse non stai facendo il tuo lavoro in modo decente, come fidanzato, nonostante le belle parole».

Zoe fece per toglierlo dall'imbarazzo ma Eric posò una mano sulla sua, senza smettere di fissare la bisnonna. «Sua nipote avrebbe lo stesso aspetto anche con indosso un sacco della spazzatura, mi creda. Inizialmente cercavo di farla coprire il più possibile ma, quando ho capito che gli altri uomini l'avrebbero guardata comunque, ho smesso di essere geloso. Che guardino pure ciò che io ho e che loro non avranno mai».

"Se solo fosse vero…".

«Avete capito perché lo amo tanto?», esclamò Zoe, con un gran sorriso. Poi si chinò su di lui per posargli un bacio sulla guancia. «Sei il mio eroe!», bisbigliò al suo orecchio, provocandogli un brivido lungo la schiena.

Eric non rispose, troppo concentrato a sfidare il drago Maude a contraddirlo. Dopo un silenzioso duello fatto di sguardi, la donna chinò la testa con un cenno regale, accettando la situazione, ed Eric si godette la vittoria.

Non c'era molto di cui essere felici, a onor del vero: una vecchia signora aveva capito i suoi sentimenti dopo una sola occhiata, mentre la nipote ventinovenne non se ne era mai accorta.

La cosa era davvero sconfortante.

2

«Voglio uscire», sussurrò Zoe all'orecchio di Eric, lasciandosi andare contro la sua schiena. Le parve di sentirlo irrigidirsi, ma era troppo confusa per esserne certa.

Dio, quanto aveva bevuto! Per sopportare la cena, e per annacquare il sapore tremendo del timballo di carne di sua cugina Sarah, aveva fatto ricorso al vino con più frequenza di quanto avesse previsto. Se non ci fosse stato Eric al suo fianco, a distrarla, probabilmente la mezzanotte l'avrebbe colta in catalessi su un divano, troppo sbronza per festeggiare l'arrivo del nuovo anno.

Ma lui c'era, eccome! Ed era stato così dolce, così incredibilmente bravo a trattare con la sua rumorosa famiglia che per un attimo, infinitesimale ma potente, Zoe si era ritrovata a chiedersi perché diavolo non ci avesse mai provato con lui. Le voleva bene da dieci anni, in veste di amico… non avrebbe potuto amarla, in veste di fidanzato?

E lei? Avrebbe potuto amare Eric Morgan?

"Gesù, devi avere il cervello a mollo nel vino, se pensi a una cosa del genere", pensò.

Era sola da troppo tempo, era evidente. Se avesse avuto un altro ragazzo per le mani, non fosse stata mezza ubriaca e se Eric non avesse passato l'intera serata a parlare di lei in modo appassionato a beneficio della sua famiglia, in quel momento non sarebbe stata lì a chiedersi come poteva essere far coppia con il suo migliore amico, il seno premuto contro la sua schiena...

"Buon Dio!".

Si raddrizzò di colpo, anche se il movimento brusco le fece girare la testa. Eric abbandonò la partita a Risiko, che quella sera stava stranamente perdendo, e la guardò attraverso gli occhiali da vista. «Vuoi uscire? Non festeggiamo la mezzanotte con i tuoi?».

Zoe sbuffò, mettendo il broncio. «Voglio andare a Times Square per il countdown! Ci sono un sacco di persone, musica e i fuochi d'artificio! Festeggiare il nuovo anno in mezzo al casino è elettrizzante... stare chiusi in casa, senza poter urlare per non spaventare i vecchietti, non lo è».

«Allora dillo ai tuoi genitori, e andiamo», accettò Eric, stringendosi nelle spalle.

Zoe tornò a chinarsi su di lui. «Diglielo tu, ormai ti adorano. Hai tenuto testa al vecchio drago, perciò sei in odore di santità. Non ti rifiuteranno nulla». All'espressione scettica dell'amico sorrise. «Hai commosso mia nonna, mia zia sta pensando al mio corredo e mia cugina mi ha già chiesto se può accompagnarmi a comprare l'abito da sposa. Perfino i miei genitori, a un certo punto della serata, hanno iniziato a trattarti come se fossi davvero il mio fidanzato. Per poco non ci ho creduto io!».

Eric non rispose, e per un momento restarono a

guardarsi in silenzio. Zoe sentì la testa girare e chiuse gli occhi.

Non era certa che fosse tutta colpa del vino.

Ma doveva essere così, giusto? Insomma: aveva davanti Eric!

Lui si alzò e andò a confabulare a bassa voce con i suoi genitori, che annuirono prontamente. Un momento più tardi, Eric la prese per le mani e la tirò in piedi. «Vieni, *tesoro*. Andiamo ad aspettare la mezzanotte in piazza».

Contenta come una bambina, Zoe si appese al suo braccio e si lasciò trascinare fino alla porta, dove Eric l'aiutò a indossare un giaccone pesante.

«Copriti bene, ci sarà un freddo cane a Times Square… e tu non hai addosso niente di troppo caldo».

«Non vorrai mica ricominciare a essere "geloso", vero?», scherzò lei, ricordando ciò che Eric aveva detto a sua nonna riguardo al suo modo di vestire.

Sua nipote avrebbe lo stesso aspetto anche con indosso un sacco della spazzatura… Quando ho capito che gli altri uomini l'avrebbero guardata comunque, ho smesso di essere geloso. Che guardino pure ciò che io ho e che loro non avranno mai.

Quelle parole, anche se fasulle, l'avevano toccata. Eric sapeva essere più pignolo di nonna Maude, riguardo al suo abbigliamento, ma per un attimo era stato bello illudersi che fosse un uomo orgoglioso di mostrare l'avvenenza della propria donna.

«Hai ragione, andiamo. Sono ansioso di mostrare al mondo con quale sventola passerò la mezzanotte quest'anno», disse lui, con un sorriso storto.

Camminarono fino alla stazione della metropolitana,

ripercorrendo distrattamente gli episodi più divertenti della serata. Più volte Eric dovette sorreggerla per un braccio, vedendola sbandare sui tacchi alti, ma, seppur brilla, Zoe si sentiva finalmente libera.

Lei adorava la sua famiglia, ovviamente, ma non era a suo agio fra loro. Esclusi i suoi genitori, che la conoscevano e l'appoggiavano in qualunque momento, si sentiva spesso esclusa. Diversa.

Forse si aspettavano troppo da lei. Erano sempre stati tutti molto uniti, legati da affetti profondi e duraturi. Le donne si erano sposate giovanissime, nessuna esclusa, avevano formato una famiglia ed erano rimaste sempre fedeli ai loro uomini, senza mai pentirsi di nulla. E i loro compagni le adoravano incondizionatamente. Zoe sperava di avere, un giorno, il loro stesso destino felice. Invece aveva quasi trent'anni e non aveva mai avuto una relazione stabile e idilliaca. La sua storia più importante era durata due anni, tra alti e bassi, ed era finita in un disastro tale da spingerla a stare alla larga dai legami forti. Ora, però, dopo tanto tempo, sentiva la mancanza di un sentimento vero, di emozioni in grado di confonderla, di un compagno che la colmasse di attenzioni e di vero amore.

Che diavolo! Nonostante tutti gli appuntamenti che accettava ogni giorno, sembrava che incontrare un uomo per bene fosse un'impresa impossibile. E dover ammettere il fallimento con i suoi familiari le pesava ogni giorno di più.

«A cosa pensi?», chiese Eric, aiutandola a scendere dalla metro.

«Alla mia famiglia. Clover mi ha sempre invidiato tutti quei parenti affiatati e chiassosi, ansiosi di impicciarsi della mia vita, io invece preferirei non dover rendere conto a nessuno».

«Oh, è per questo che mi hai temporaneamente promosso al ruolo di futuro marito?», disse lui, sarcastico.

Zoe sorrise. «Ero stufa marcia di sentirmi la pecora nera di casa Mathison e ho pensato che, dicendo loro che avevo un ragazzo fisso, mi avrebbero finalmente lasciata in pace. Infrangere continuamente le loro speranze al riguardo stava diventando estenuante». Gli lanciò un'occhiata contrita. «Scusa se ti ho messo in mezzo senza avvisarti... ma te la sei cavata davvero egregiamente! Neanche Cade, dall'alto della sua carriera di attore, avrebbe potuto recitare meglio!».

«Mmm, sì, ho recitato da dio... soprattutto quando sono quasi morto soffocato con il vino».

Ridacchiando, Zoe lo prese a braccetto, incamminandosi con lui verso la piazza gremita di persone. «Forse quel momento si poteva evitare, ma anche così è stata una serata decisamente migliore, grazie a te. Sei davvero il mio eroe, Eric Morgan».

«E tu sei ubriaca», sospirò lui.

Times Square, generalmente affollatissima di turisti, in quel momento era addirittura delirante. Migliaia di persone erano ammassate su ogni spazio disponibile, voltate verso il palco allestito ai piedi del grattacielo centrale, quello al quale era appesa la rinomata palla di cristallo che dalle sei di quel pomeriggio aveva iniziato la sua lenta ascesa fino alla cima, pronta a calare nuovamente per il conto alla rovescia. I maxischermi colorati illuminavano la folla, la musica era alta e il chiasso infernale.

Parlare divenne difficile, ma per Zoe non aveva importanza: si sentiva come rianimata in mezzo a tutta quella gioiosa confusione! Il Capodanno era una delle poche feste che amava, forse perché non era sentimentale ma le regalava la sensazione di un nuovo inizio. Tutti gli anni stilava mentalmente una lista di buoni propositi, che di solito non portava a termine, ma era comunque bello pensare di avere dodici mesi a disposizione per rimettersi in gioco e, magari, cambiare in meglio la sua vita. Spesso si lasciava perfino convincere a lasciare un biglietto sulla 7th Avenue, al Victor Center. Tutti i bigliettini colorati attaccati al Muro dei Desideri venivano poi raccolti e trasformati in coriandoli, gettati sulla folla allo scoccare della mezzanotte: una pioggia di sogni e speranze che sembrava fosse di buon auspicio.

Quell'anno aveva dimenticato di lasciare il suo desiderio, ma in fondo non aveva una richiesta specifica da inviare all'universo. Forse per questo i suoi sogni non si avveravano mai: non aveva le idee chiare.

Quella notte, però, complice l'alcol e il siparietto a casa dei suoi, decise di inviare un messaggio al cielo.

"Fammi trovare uno straccio d'uomo!", sperò, chiudendo gli occhi.

Qualcuno la urtò, facendola voltare di scatto. Un ragazzo visibilmente alticcio si volse a guardare con chi si era scontrato e, non appena i suoi occhi la misero bene a fuoco, sorrise in modo ebete.

«Perbacco, che schianto!», esclamò.

"Un uomo che possa amare, non un cretino qualunque!", aggiunse mentalmente Zoe, alzando gli occhi al cielo.

Non appena il conto alla rovescia ebbe inizio, dimenticò tutti i suoi pensieri malinconici e si concentrò sull'euforia del momento. Gridò, scandì i secondi, rise felice come tutti gli altri. Ma allo scoccare della mezzanotte, tra il frastuono della folla, le urla, i fuochi d'artificio e la pioggia di coriandoli, sentì gli occhi farsi umidi.

La stragrande maggioranza della gente, attorno a lei, si stava baciando. Era un rito ben augurante, che lei stessa aveva osservato con l'accompagnatore di turno più di una volta, in passato. Ma quella sera, proprio quando sentiva di averne più bisogno e desiderava dare a quel gesto un significato diverso, era sola...

La mano di Eric trovò la sua, stringendola, e il suo sorriso la riscaldò. Caro, dolce Eric. Sembrava possedere un radar speciale che gli permetteva di capire, con estrema precisione, quando lei sentiva il bisogno di un po' di conforto.

«Buon anno!», le gridò all'orecchio, cercando di non farsi travolgere dal gruppo di ragazzi festosi alle loro spalle.

Guardando quegli occhi chiari dietro le lenti, Zoe sentì il suo affetto triplicare.

"Al diavolo!", pensò, d'improvviso: era single, ma aveva a disposizione un bel ragazzo. Ed era abbastanza disperata, e sufficientemente ubriaca, da fare qualcosa di stupido come afferrare il bavero della giacca di Eric e trascinarlo giù, fino a incollare la bocca alla sua.

Un casto bacetto, non voleva nient'altro. Uno sfregamento di labbra utile a non farla sentire sola in un momento tanto entusiasmante.

Ma la bocca di Eric era così morbida, e così calda...

Indugiò un istante di troppo e la situazione le sfuggì

di mano. Stretta fra dozzine di persone urlanti che saltellavano per afferrare i coriandoli colorati, mentre le luci dei fuochi artificiali la illuminavano e l'inno americano inondava l'aria, Zoe riuscì solo a percepire il sapore delle labbra di Eric, d'un tratto cedevoli, attive e stuzzicanti.

La stava baciando… la stava baciando *davvero*!

Con un gemito di resa, gli strinse le braccia attorno al collo, sollevandosi sulle punte dei piedi per essere più vicina a lui. Nonostante fosse alta, e avesse i tacchi, Eric le superava di tutta a testa. Strano, pensò in un breve momento di lucidità: non aveva mai fatto caso a quanto lui fosse alto…

La mano calda di Eric le si insinuò tra i capelli, sulla nuca, e la bocca si aprì di più sulla sua, mentre il bacio diventava appassionato. Zoe si sentì vorticare in una densa nebbia di piacere e si lasciò sfuggire un mugolio soddisfatto. Lo strinse ancora più vicino e, nel sentire le braccia di Eric circondarla e quasi sollevarla da terra, provò un piacevole vuoto allo stomaco.

Cavolo… quello sì che era un bacio…

Quasi non si accorse di esser stata spinta violentemente di lato da un ragazzo appena precipitato addosso a lei. Ciò che la riportò con i piedi per terra fu il distacco da Eric che, pur tenendole ancora le mani sui fianchi, aveva fatto un passo indietro.

Solo allora la sua mente riprese lentamente a funzionare.

Imbarazzata e tremendamente confusa, non riuscì a far altro che guardarlo in faccia alla ricerca di un indizio. Ma di che tipo? Non era nemmeno sicura di volerlo trovare, un indizio.

Eric sembrava di pietra. Il suo viso non mostrava particolari emozioni e gli occhi erano schermati dagli occhiali, che in quel momento riflettevano i colori dello spettacolo pirotecnico.

A cosa stava pensando? Era stupito quanto lei?

«Buon anno!», gridò per rompere il silenzio, ricordando solo in quel momento che, poco prima che lei gli saltasse addosso, Eric le aveva augurato la stessa cosa.

Lui annuì e si concentrò sullo spettacolo circostante, e il momento passò. Ma Zoe rimase scombussolata. Alcol, tristezza, musica e caos erano stati un cocktail fatale. Se a quegli ingredienti, poi, si aggiungeva un bacio da favola… il risultato era stordente.

Quando riuscirono a trascinarsi fuori dalla bolgia e a camminare affiancati senza essere spinti, con il rumore che si affievoliva alle loro spalle, Eric la guardò. «Vuoi che ti riaccompagni dai tuoi?»

«No, voglio andare a casa mia. Non so se riuscirei a reggermi in piedi fino a SoHo», mormorò Zoe. Aveva un urgente bisogno di stare sola e chiarirsi le idee, e il suo appartamento distava solo qualche minuto.

Percorsero i pochi isolati camminando vicini ma senza sfiorarsi. Eric teneva le mani nelle tasche del giaccone, gli occhi fissi davanti a sé, e Zoe non riusciva a capire di che stato d'animo fosse. Avrebbe potuto chiederglielo, vista la grande confidenza che regnava tra loro, ma per la prima volta in tanti anni si sentiva terribilmente a disagio in sua compagnia e non osò parlare.

Quando raggiunsero il suo appartamento nel centro di Manhattan, Eric la scortò fino all'uscio, ma non accennò a entrare. Zoe rimase a guardarlo, sostenendosi alla maniglia della porta, indecisa se rompere il ghiaccio e affrontare il discorso finché era sotto l'effetto corroborante del vino, o se rimandare tutto a data da destinarsi.

«Vuoi... vuoi entrare?», balbettò, prendendo tempo.

Eric esitò, poi scosse la testa. «Meglio di no».

Aveva ragione, era davvero meglio evitarlo. Eppure, Zoe non riuscì a reprimere una piccola fitta di delusione a quel rifiuto. Eric era suo amico, non era proprio il caso di complicare le cose fra loro, soprattutto visto lo stato d'animo in cui lei si trovava. Tutto ciò che era successo quella sera aveva contribuito a creare una situazione irreale, che non doveva essere portata avanti. Che avrebbe pensato di se stessa, e di Eric, se la mattina dopo lo avesse trovato al proprio fianco? Probabilmente se ne sarebbe pentita. Quante volte aveva provato amarezza nel risvegliarsi accanto a un uomo di cui le importava poco e con cui aveva solo cercato di colmare un vuoto?

Ma Eric era diverso. Lui era una figura importante nella sua vita, e non poteva essere usato per placare il suo improvviso bisogno di compagnia. Inoltre, come le aveva appena dimostrato, Eric aveva un serio codice morale: non avrebbe mai approfittato di un fugace momento di debolezza, nemmeno se fosse stato disperato o pazzo di lei... Cosa che, ovviamente, non era.

Perciò si sforzò di sorridere e fece un passo indietro. «Ti chiamo domani, allora... Se mi sveglio! Ho un mal di testa... credo che dormirò tutto il giorno».

«Sì. Ci sentiamo domani», rispose lui.

Sembrava davvero una minaccia, o era lei a essere un po' troppo nervosa?

Eric mormorò una buonanotte e se ne andò, lasciandola finalmente sola e libera di respirare. Ma le tremavano le mani e aveva bisogno di qualcosa che potesse calmarle i nervi.

L'unica cosa che aveva in frigo era una bottiglia di vino bianco, così se ne versò un bicchiere abbondante. Mentre lo sorseggiava, pesantemente appoggiata al vetro della finestra, fissò senza vederli davvero i fuochi d'artificio che ancora brillavano nel cielo, in vari punti della città.

Che cosa le era preso? Possibile che una vaga malinconia e una solitudine latente l'avessero spinta a comportarsi in modo tanto stupido? E con Eric, per giunta, l'unica persona di cui si fidava ciecamente, al quale mai e poi mai avrebbe voluto fare del male!

Se il loro rapporto si fosse guastato a causa di quel bacio sconsiderato, non se lo sarebbe mai perdonata.

"Ma lui quel bacio lo ha ricambiato", suggerì una vocina nella sua testa.

«Sì, be', non significa niente. È pur sempre un maschio», bofonchiò. Conosceva abbastanza bene gli uomini da sapere che difficilmente si lasciavano scappare l'occasione di mettere le mani su una donna. Tuttavia, il pensiero che anche Eric fosse così materiale la contrariava. Aveva idealizzato un po' troppo la figura di quel ragazzo, e immaginarlo preda di un impulso puramente fisico la disturbava.

Andò a sedersi sul divano, portando il vino con sé. Allungata sulla morbida pelle bianca, accese la televisione per provare a distrarsi, continuando a sorseggiare il vino direttamente dalla bottiglia. Aveva freddo e una vaga nausea, e la testa continuava a girare senza sosta. Sapeva che bere ancora avrebbe solo peggiorato la situazione e che la mattina dopo se ne sarebbe pentita amaramente, ma ogni volta che pensava di smettere e andarsene a letto, dal caos che era la sua mente riemergeva il ricordo del bacio mozzafiato che lei ed Eric si erano scambiati, e la voglia di piangere si faceva sempre più forte.

Perciò si tenne stretta la bottiglia e guardò lo schermo illuminato della TV fino a quando non crollò, sfinita, in un sonno senza sogni.

Gli sembrava di essere rimasto a fissare il telefono per tutto il tempo.

In realtà aveva dormito, anche se poco e male, e aveva ingurgitato del cibo a un certo punto della giornata, guardato la televisione... anche se non ricordava niente di tutto ciò.

La sua mente era concentrata su un unico pensiero fisso: aveva baciato Zoe.

Cioè, l'aveva baciata davvero... appassionatamente! E lei aveva ricambiato il bacio, con tutta una serie di gemiti e mugolii che lo avevano quasi fatto impazzire. Ma la cosa più incredibile di tutte era che Zoe *per prima* lo aveva baciato. Aveva preso lei l'iniziativa.

Eric si alzò dal divano, passandosi una mano tra i capelli spettinati. Aveva cercato di dare una spiegazione plausibile a ciò che era successo, per non farsi fregare da false speranze, anche se non era facile arrestare il battito forsennato del suo cuore. Doveva ridimensionare quella felicità, però, e tenere i piedi ben saldi a terra.

Punto primo: Zoe era ubriaca, e perciò non sapeva bene quel che faceva.

Punto secondo: l'aveva aiutata con quella sceneggiata del fidanzamento davanti alla sua famiglia, per cui forse gli era soltanto grata.

Punto terzo: l'entusiasmo dovuto al Capodanno in piazza era un momento che faceva sempre librare gli animi delle persone, e forse aveva spinto Zoe a portare avanti una tradizione che osservava sempre con molta attenzione, ossia quella del bacio a mezzanotte.

Ognuna di queste giustificazioni era plausibile e, perciò, deprimente. E considerato che da anni le sue illusioni venivano puntualmente infrante, era ovvio che non sarebbe cambiato niente neanche stavolta.

Tornò a sedersi, sconfortato. Zoe non si era improvvisamente innamorata di lui, lo sapeva bene. Si era solo trovato sulla traiettoria giusta, al momento giusto. Un'ipotesi triste, ma assai probabile.

La cosa che più lo riempiva di ansia non era scoprire che quel bacio non aveva significato niente per Zoe, ma rendersi conto di quanta importanza avesse avuto per lui.

Sognava di baciare Zoe da dieci anni. *Dieci!* Fino a qualche ora prima tutto era stato inafferrabile, solo un parto della sua fantasia. E a volte si aveva paura di trasformare in realtà un bel sogno, per timore che questo non reggesse il confronto.

Invece quel bacio lo aveva retto, eccome. Anzi, aveva superato ogni sua aspettativa. E se per tutti quegli anni era stato inchiodato a una donna senza averla mai sfiorata in modo diverso da un amico, adesso che conosceva il sapore, il calore e la morbidezza delle labbra di Zoe si sentiva ancor più prigioniero di prima.

Era senza speranza.

"Perché ti butti giù così? Il bacio le è piaciuto, a giudicare da come lo ha portato avanti", si disse, cercando di essere ottimista.

Perché Zoe avrebbe dovuto ignorare quel che era successo? Erano inseparabili, legati da un profondo affetto; lei si fidava di lui, era da lui che correva quando qualcosa non andava. Aveva detto a tutta la sua famiglia che erano fidanzati, lo aveva baciato... lo aveva perfino invitato a fermarsi da lei, quando l'aveva riaccompagnata a casa. Perché, quindi, avrebbe dovuto trovare strana l'idea di portare il loro legame a un livello più intimo?

"Forse perché non l'ha mai voluto prima?".

Una volta escluso il banale lieto fine, non gli restava che chiedersi come sarebbe stato il loro rapporto di lì in avanti. Perché se Zoe poteva avere la scusante dell'alcol a tirarla fuori dai guai, lui non aveva nessun buon motivo per giustificare quel bacio appassionato nel bel mezzo di una piazza gremita.

In quei pochi minuti le aveva regalato tutto se stesso. Lei avrebbe finalmente capito tutto, lo avrebbe allontanato per non dargli false speranze e il loro rapporto sarebbe stato rovinato per sempre.

Era proprio per questo che non le aveva mai confessato i propri sentimenti. Preferiva averla accanto come amica, che non averla affatto.

«Ok, ragiona», sospirò, passandosi le mani sul viso. Poteva dirle che anche lui era un po' ubriaco, anche se era praticamente astemio. O poteva fingere di esser stato al gioco solo per cavalleria...

«In fondo ha iniziato lei», borbottò.

"Questo non ti dava il diritto di infilarle la lingua in bocca!".

Era fregato. Totalmente rovinato!

Il cellulare vibrò nella sua tasca, e il cuore mancò un battito. Era lei, lo sapeva con assoluta certezza ancor prima di vedere il suo nome lampeggiare sul display.

Si schiarì la voce e rispose, cercando di darsi un contegno. «Alla buon'ora...».

"Merda, così sembra che non vedessi l'ora di sentirla!", si maledì.

"Ma è vero", gli ricordò la solita vocina fastidiosa.

«Per un attimo ho creduto di non svegliarmi affatto. Che ore sono?», mormorò Zoe, con una voce roca che gli diede i brividi.

«Le cinque del pomeriggio».

«Cavolo... ho dormito quindici ore filate! Sarà per questo che mi sento completamente stordita».

«Stai bene?»

«Ho mal di testa, nausea, mi sembra di aver mangiato calzini, ho le ossa doloranti per aver dormito sul divano e ho il segno del collo di una bottiglia su una guancia... Anche se non ho idea di come ci sia finita una bottiglia sul mio divano».

Eric sentì risuonare un campanello d'allarme. «Non ricordi... di aver bevuto ancora, una volta tornata a casa?»

«Pare di sì. Ho bevuto davvero così tanto, ieri sera?»

«Credo l'equivalente di una bottiglia di vino, durante la cena. Poi ci sono stati diversi brindisi».

«Non sono abituata a bere in questo modo. Non disdegno un buon bicchiere di vino, ogni tanto, ma ieri ho esagerato. Vedi cosa provoca la mia famiglia riunita?», sospirò Zoe. «A proposito, devo essermi dimenticata di avvisarli che non sarei tornata da loro. Ho trovato la segreteria piena di messaggi preoccupati da parte di mia madre. L'ultimo diceva che avevano saputo da te dove mi ero cacciata».

Eric si sedette sul divano, rigido. «Sì, tua madre mi ha telefonato stamattina presto. Avrei dovuto avvisarla ieri sera, ma... mi è passato di mente».

«Non eri tenuto a fare proprio niente, sono adulta e devo risolvere io i miei casini. Ti ho già costretto a recitare una farsa per quella pazza di Maude. Dovevi essere sfinito anche tu, stanotte».

«Sì... ero proprio in stato confusionale». "Bravo, ottima mossa. Se esce il discorso, puoi usare questa scusa per giustificare il bacio vorace che le hai dato!", pensò, acidamente.

Ma lei sembrava non ricordarlo... o stava fingendo?

«Non ti ringrazierò mai abbastanza per avermi retto il gioco. Giuro che non accetterò inviti a cena a nome tuo da parte dei miei parenti, e che tra un ragionevole lasso di tempo dirò loro che ci siamo sbagliati e che abbiamo preferito riportare il nostro rapporto a com'era prima. Nel frattempo spero di aver risolto la questione! Insomma, anche se stamattina sembro uno zombie, non sono poi tanto malaccio, giusto? Prima o poi troverò qualcuno che mi voglia davvero».

Una pugnalata in pieno petto gli avrebbe fatto meno male.

Eric strinse forte una mano a pugno, chiudendo gli

occhi. «Sono sicuro di sì», si costrinse a rispondere. In realtà avrebbe avuto voglia di lanciare il telefono contro il muro e chiudersi in un ostinato silenzio lungo un mese.

«A proposito, credo di averti sognato, stanotte... Un sogno davvero singolare!», ridacchiò Zoe.

«Cioè?», chiese Eric, di nuovo vigile.

«Il contorno è molto confuso, ricordo solo che ci stavamo baciando... Pazzesco, vero? È evidente che il vino e le feste mi fanno uno strano effetto». Eric non rispose, e quel silenzio parve incuriosire Zoe. «Perché *era* un sogno, vero? Non verrà fuori che, in preda ai fumi dell'alcol abbiamo fatto qualcosa di stupido...?».

La sua voce sembrava quasi intimorita. Per quale motivo? Era così spaventoso, per lei, pensare di averlo baciato?

«Gesù, il tuo silenzio mi sta terrorizzando! L'abbiamo fatto veramente?!»

«No, tranquilla. Stavo cercando di riandare con la memoria alla serata di ieri, ma non ricordo nulla del genere», mentì Eric, odiandosi. «Ho bevuto anch'io, anche se non quanto te, e sai bene che con due bicchieri di vino inizio a sentirmi quasi Superman. Ma penso che, se mi fossi saltata addosso, mi sarebbe rimasto impresso. Insomma, ricordo il momento in cui tuo zio si è addormentato con la faccia nel piatto...».

«Io non salto addosso agli uomini, tesoro, di solito è il contrario», sbuffò Zoe, con voce altera. «Quindi sì, dev'essere stato davvero un sogno». Si lasciò sfuggire un sospiro di sollievo, ed Eric s'indispettì.

«Un incubo, direi. Dev'essere terrificante sognare di

baciare un imbranato come me», disse, cercando di non lasciar trasparire l'amarezza dalla propria voce.

«Invece ti sbagli, era un bacio da sballo! Dovrei testarti davvero, sai? Il Nerd manca all'appello, nella mia collezione di uomini!». Eric esitò, chiedendosi se lei per caso non stesse tastando il terreno, ma Zoe rise. «Sto scherzando, Eric! Spero tu non sia arrossito, non volevo metterti in imbarazzo. Puoi rilassarti, il nostro rapporto mi piace così com'è e non lo cambierei per niente al mondo».

Gli sembrò di udire il rumore sordo dei propri sogni infranti.

«Ok, sarà meglio che vada a fare una doccia e torni a essere umana», continuò Zoe, ignara di avergli appena calpestato il cuore con i suoi tacchi acuminati. «Vuoi venire a cena qui, più tardi?».

Una proposta banale, che tante altre volte era stata fatta e che Eric avrebbe accettato immediatamente, fino a poche ore prima. Ma non quella sera: non era dell'umore adatto. Doveva metabolizzare e rinchiudere di nuovo tutte le sue illusioni dietro la corazza di rassegnazione che negli anni si era costruito intorno.

«No, esco con i miei amici. Ieri sera li ho piantati in asso per venire da te, non posso dargli buca un'altra volta».

«Sono davvero una grande egoista. Un giorno anche tu ti stancherai di me e mi manderai al diavolo», sospirò Zoe. «Prometto di non farlo più».

"Ecco, brava! Non sono il tuo zerbino, maledizione. Non sarò sempre pronto a soddisfare ogni tuo capriccio, per poi essere messo da parte come una scarpa vecchia quando non hai più bisogno di me! Cercati un altro galoppino!".

Avrebbe dovuto risponderle così, per dar sfogo alla rabbia e all'amarezza che gli bruciavano dentro.

«Non ti preoccupare, a me fa piacere esserti d'aiuto. È questo che fanno gli amici, giusto?», disse invece.

«L'ultima cosa certa che ricordo di ieri sera, è di averti detto che sei il mio eroe. Lo confermo, Eric Morgan: sei stupendo. E io sono davvero fortunata a conoscerti». Zoe gli mandò un bacio e riattaccò, lasciandolo a fissare il cellulare con occhi spenti.

Era quello che voleva, giusto? Togliersi dall'impiccio di doverle spiegare il perché di quel bacio appassionato, non veder rovinato il loro rapporto in modo irrecuperabile, non sentirsi respinto.

Zoe gli aveva fornito l'alibi perfetto, credendo di aver sognato tutto quanto.

Problema risolto, quindi: poteva tornare a recitare la sua parte senza imbarazzi di sorta.

Allora perché si sentiva come se un treno gli fosse passato sopra a più riprese?

3

«Odio San Valentino».

La voce di Zoe risuonò nel negozio momentaneamente silenzioso, facendo alzare lo sguardo ai suoi colleghi.

Clover smise di sistemare cuori di stoffa in vetrina, lanciandole un'occhiata divertita. «Dici così solo perché non hai un fidanzato con cui festeggiarlo».

«Anche se stai con un attore superfigo, non sei autorizzata a sfottere le amiche», protestò Zoe, con un'espressione fintamente minacciosa.

«Dici la stessa cosa ogni anno, Zoe. E ogni anno ti rispondo nello stesso modo». Clover sorrise. «San Valentino è un modo come un altro per dimostrare i propri sentimenti».

«È una festa stupida. I sentimenti si dovrebbero dimostrare ogni giorno e non solo una volta all'anno. Un americano medio spende centinaia di dollari a San Valentino fra cene, cioccolata, fiori e bigliettini. Pensi che le loro compagne non apprezzerebbero un simile sforzo a gennaio o luglio?». Zoe incrociò le braccia al petto, scuotendo la testa. «Una donna va corteggiata sempre, ogni giorno. Non bisogna essere costretti dalle usanze per compiere gesti romantici».

«Sono d'accordo. Dico solo che è bello farsi contagiare dall'amore che circola nell'aria a San Valentino. È un po' come a Natale: l'atmosfera giusta può fare la differenza».

«Io odio anche il Natale», ricordò Zoe all'amica.

Clover fece roteare gli occhi e si rimise a sistemare la vetrina.

Zoe si appoggiò al bancone, con un lungo sospiro. «Comunque sia, essere sprovvista di un ragazzo a San Valentino è davvero deprimente».

«È questo il tuo problema, Zoe: non sai quello che vuoi», sbottò Eric, senza alzare lo sguardo dal plico di fotografie che stava visionando. Zoe si volse di scatto nella sua direzione, gli occhi grigi socchiusi.

«Il piccolo nerd ha una sua teoria, a quanto pare».

«L'avresti anche tu, se smettessi di lamentarti».

Zoe mise il broncio. «Io non mi lamento, espongo i fatti».

«Non capisco dove sta il problema», chiese Liberty, smistando il lavoro in quattro pile separate. «Gli uomini non ti mancano e San Valentino è una ricorrenza che non ti piace. Perché sei triste, allora?»

«Perché fra due settimane tutti avranno un appuntamento galante, mentre io sarò ancora, inesorabilmente sola!».

«Quindi mi dai ragione», disse Clover. «Anche se trovi San Valentino una festa commerciale, pensi che sia bello festeggiarlo con una serata romantica».

«Meglio soli che male accompagnati», sentenziò Eric, lanciando una rapida occhiata a Zoe. «E visti i tuoi gusti in fatto di uomini, non sarà un dramma se quella sera sarai single, credimi».

«Esagerato! Gli uomini che frequento non sono poi così male».

«Ti ricordo gli ultimi due: Jordan Edwards e Tommy Parks».

Clover finse di vomitare, Liberty tossicchiò. Zoe accantonò l'argomento con un gesto noncurante della mano.

«Ok, Jordan era un po' rozzo e Tommy un tantino fissato con il mio sedere, ma…».

«Un po' *rozzo* e un tantino *fissato* con il tuo sedere?». Eric fece una smorfia. «Il primo ruttava in pubblico».

«Gli è scappato…».

«E il secondo ti teneva la mano sul sedere come se ne andasse del suo equilibrio, oltre a non riuscire ad alzare lo sguardo più in alto del tuo petto. Scommetto che non saprebbe dirci di che colore sono i tuoi occhi».

«Hai citato i casi più estremi, non fanno testo», sbuffò Zoe.

Eric inarcò le sopracciglia al di sopra degli occhiali. «Erano solo quelli dell'ultimo mese. Potrei andare avanti per ore».

«Ricordi tutti gli uomini che ho frequentato?», chiese lei, perplessa.

«Solo perché io alleno la mente, anziché i bicipiti», borbottò Eric, tornando a concentrarsi sulle fotografie.

«Già, il nostro scienziato! Forse, però, oltre a sviluppare il cervello dovresti pensare anche ai muscoli. Sai, alle ragazze piacciono».

«Penso di poter ambire a qualcosa di più di una donna che va in estasi per un deltoide scolpito».

«Ad esempio? Che tipo di donna vorresti nella tua

vita?», chiese Zoe. Poi fece una smorfia. «Lasciami indovinare: un intellettualoide come te aspira sicuramente a una relazione con un topo di biblioteca, naturalmente laureata, poco incline a curare l'aspetto fisico, nessun interesse per l'abbigliamento o il trucco e una mente sempre pronta a lanciarsi in discussioni basate su scienza, informatica, filosofia e politica! Una noia mortale, insomma. Vuoi anche che sia vergine, per caso?»

«Sai, Zoe, non è necessario essere brutte o parlare di politica per essere intelligenti. Così ti sminuisci», replicò Eric, con falsa gentilezza.

«E sminuisci anche noi», aggiunse Liberty. «Io e Clover siamo belle e intelligenti, e suppongo che si possa dire lo stesso anche di te».

«*Supponi*?». Zoe si finse scandalizzata. «Questa la pagherai con calma! In ogni caso, anche se non ho una laurea, mi sento comunque sufficientemente intelligente».

«Allora il problema è un altro», si intromise Eric. «Forse credi che un ragazzo poco dotato di muscoli come me non possa attrarre ragazze intelligenti e anche belle?».

Zoe si volse a guardarlo, stupita. «Io non ho mai detto una cosa del genere», disse, sincera. «E comunque, nonostante gli occhiali da professorino, non sei proprio da buttare, *Quattrocchi*!», aggiunse, strizzandogli l'occhio.

Non mentiva, Eric era davvero carino. Alto, fisico asciutto e atletico, riccioli castani e occhi azzurroverdi: aveva un alto potenziale, ma non era affatto interessato a mostrarlo. Gli occhiali da studioso erano sempre appollaiati sul naso dritto, e il fisico nascosto da abiti sportivi. Il risultato era quello del perfetto bravo ragazzo, serioso e intelligente, che molte ragazze trovavano intrigante. Purtroppo, la sua timidezza gli impediva di approfittarne.

Mentre Eric bofonchiava qualcosa di inintelligibile in risposta al commento di Zoe, Clover terminò di sistemare la vetrina e le lanciò uno sguardo dolce. «Perché non dimostri la tua intelligenza smettendo di uscire con uomini solo belli? Se inizi ad aggiustare il tiro, vedrai che prima o poi troverai anche tu un uomo con cui passare il giorno di San Valentino».

«Suggerito da chi va a letto con uno degli uomini più desiderati d'America, non suona molto convincente», borbottò Zoe.

«Cade non è solo bello».

«È inutile che tenti di convincerla, Clo», sospirò Eric. «Lei deve uscire per forza con tipi gonfi di steroidi ma privi di argomenti, altrimenti non può tenerli in pugno».

«Vale a dire?», sibilò Zoe.

«Vale a dire che, nonostante la facciata che mostri alla gente, sei talmente insicura che preferisci avere a che fare con persone di basso livello, per sentirti in vantaggio. E siccome l'unico uomo di cui ti sei innamorata, in passato, non era vestito da cafone e non aveva muscoli in eccesso ma una laurea in medicina, hai deciso che i barbari sono più adatti alle tue esigenze perché non hanno abbastanza neuroni da impiegare facendoti del male». Eric piantò gli occhi nei suoi, il volto serio. «Se è l'intelligenza a spaventarti in un uomo, sappi che Harris ne possedeva meno di quanto pensi, o non ti avrebbe fatto ciò che ha fatto. Forse è ora che ti stacchi dal passato e guardi oltre».

Zoe rimase in silenzio, toccata da quelle parole.

Eric aveva ragione. In fondo, chi la conosceva meglio di lui? Sopportava le sue lamentele e subiva i suoi sfoghi fin dai tempi dell'università. Solo che, nell'ultimo periodo, era particolarmente severo nei suoi confronti, e i loro battibecchi sembravano accendersi per un nonnulla.

A volte le sembrava strano che il loro rapporto durasse da tanto tempo. Erano così diversi! Eppure avevano legato subito, contro ogni logica: la cameriera bella ed espansiva, circondata di ragazzi, e il solitario studente di fisica e informatica, timido e silenzioso. Zoe lo aveva trovato adorabile, quasi tenero, dietro i suoi occhiali dalla montatura sobria. Era diventato in fretta il suo migliore amico, l'unico a esserle vicino in ogni occasione. L'aveva confortata quando Stuart Harris, il solo ragazzo di cui si fosse innamorata in tutta la sua vita, le aveva spezzato il cuore tradendola ripetutamente con la sua migliore amica. Da allora sopportava lei e la sua smaniosa ricerca dell'amore, un'ossessione che l'aveva portata a intraprendere solo rapporti fallimentari con uomini sbagliati.

Forse era stufo di farle da balia. Per questo era così suscettibile nell'ultimo periodo?

La sola idea la terrorizzava: Zoe si fidava ciecamente solo di lui. Non avendo un buon rapporto con le donne e non avendo molte amicizie, al di là di Clover e Liberty, perdere l'affetto e l'appoggio di Eric l'avrebbe fatta sentire disperatamente sola.

La sua insolita aria distaccata e fredda la feriva. Non

era da lui essere tanto severo, e di solito non affrontava argomenti delicati di fronte ad altre persone.

L'amico parve leggerle nel pensiero e la guardò con aria quasi mortificata. «Scusa. Ho esagerato».

Zoe si rilassò. Come poteva sentirsi ferita da qualcuno che si scusava per aver detto solo la verità?

Ritrovando il buonumore, gli lanciò uno dei suoi sorrisi luminosi, quelli in grado di ammaliare uomini di ogni età. «Ti farai perdonare facendo qualcosa per me!», scherzò.

Il sopracciglio castano di Eric scattò in alto. «Ad esempio?»

«Be', se non dovessi trovare nessuno con cui uscire nei prossimi giorni, potresti portarmi a cena fuori per San Valentino».

Eric alzò gli occhi al cielo. «Come se non lo avessi mai fatto».

«Non fare il sostenuto, in fondo è un favore reciproco. Passeremo una serata divertente tra amici, dando alla gente l'impressione di essere una coppia e salvando così il nostro orgoglio».

Era diventata quasi una tradizione, ormai: quando entrambi si ritrovavano soli, passavano il loro tempo insieme. Zoe non contava neanche più le occasioni in cui Eric le aveva evitato di ubriacarsi in solitudine: aveva sopportato feste in famiglia, sostituito appuntamenti saltati all'ultimo minuto, presenziato a tutte le cene di San Valentino in cui si erano ritrovati entrambi single, erano perfino andati in vacanza insieme! In poche parole, Eric Morgan era l'uomo con cui aveva passato più tempo, la sua relazione più lunga... E non ci era nemmeno andata a letto!

In un moto di affetto si chinò a dargli un bacio sulla guancia. «Non so come farei senza di te».

Eric si sistemò gli occhiali sul naso, come ogni volta che si sentiva in imbarazzo. «Non è il caso che mi fai gli occhi dolci, verrò a quella dannata cena».

La porta di Giftland emise un simpatico scampanellio nel venire spalancata, interrompendo la loro conversazione.

Zoe alzò lo sguardo, pronta a sorridere al nuovo cliente. Quando i suoi occhi misero a fuoco un metro e novanta di fascino biondo, le sue mani corsero automaticamente a rassettare l'orlo della gonna di lana e il caschetto di capelli scuri. «Guarda guarda, che carino! Lasciatelo a me».

«Non avevamo dubbi», sogghignò Liberty con un sorriso storto, sgusciando fuori dal bancone del negozio per salire al piano di sopra.

Zoe si rivolse al cliente. «Benvenuto da Giftland! Posso fare qualcosa per te?».

L'uomo la squadrò da capo a piedi e sorrise. «Potresti fare diverse cose, ma per ora mi accontenterò del tuo sorriso», disse, allusivo.

Zoe ridacchiò, entrando in modalità seduttiva.

«Penso di potermi ritenere libero la sera di San Valentino», borbottò Eric, passandole accanto per recarsi nel suo ufficio.

Clover lo seguì. «Aspettiamo a giudicare. Potrebbe anche non piacerle». Davanti allo sguardo derisorio di Eric, sospirò. «Ok, sto zitta».

Ignorando i commenti dei colleghi, Zoe rimase di fronte al nuovo arrivato, il sorriso stampato sulle labbra. Era ormai un'abitudine, per lei, fingersi interessata a ogni uomo attraente che metteva piede in negozio, civettando e facendo del suo meglio per sembrare irresistibile. Era un passatempo, un modo come un altro per innalzare la propria autostima.

Ultimamente, quasi una necessità.

L'anno nuovo non era iniziato nel migliore dei modi, e da qualche giorno sentiva un'irrequietezza profonda che non le dava pace. Vedere le coppiette, che in quel periodo sembravano spuntare come funghi, la faceva sentire sola e i complimenti entusiastici che alcuni suoi parenti continuavano a farle per il "fantastico fidanzato che si era trovata" le pesavano sullo stomaco come un macigno.

Aveva sbagliato a inscenare quel finto fidanzamento. Se aveva finalmente soddisfatto le aspettative della sua famiglia non era certo merito suo, ma di Eric. Lui, da perfetto gentiluomo d'altri tempi, aveva mantenuto un atteggiamento impeccabile, riuscendo a dire le cose giuste al momento giusto, senza il minimo sforzo. Anche se non lo aveva mai visto in compagnia di una di loro, Zoe era certa che quello fosse il modo abituale con cui Eric trattava le sue ragazze. Non aveva relazioni così spesso come lei, ma di certo sapeva dedicarvisi con molto più impegno.

Non era ancora riuscita a dire ai suoi parenti che lei ed Eric si erano "lasciati", voleva prima trovare un vero fidanzato da portare a casa. Ma superare la perfezione del suo migliore amico era praticamente impossibile.

Soprattutto, sembrava impossibile, per lei, innamorarsi di nuovo.

Dopo Stuart, non era più accaduto. E, ripensandoci

a mente fredda, non era più così sicura di averlo amato veramente. Quel viscido porco l'aveva irretita con mille parole, charme e vestiti firmati, cene a lume di candela e sorprese... per poi portarsi a letto la sua migliore amica sotto il suo naso. I sentimenti che aveva provato per lui erano svaniti in un istante, così come la sua fiducia nel genere maschile. Da quel momento aveva protetto il proprio cuore in modo quasi eccessivo, e non si era più fidata degli uomini che sembravano affascinanti e intelligenti: sapevano ferire in modi molto più subdoli.

I ragazzotti rozzi e meno furbi, invece, facevano al caso suo. Erano i compagni ideali per concedersi un po' di divertimento; volevano ciò che tutti desideravano da lei, ossia sesso appagante e un bel trofeo da mostrare agli amici, ma erano abbastanza sinceri da non girarci troppo intorno, lasciandole la possibilità di condurre il gioco. E, di sicuro, non arrivavano a stancarsi prima di lei.

Non era entusiasta della sua vita sentimentale, ovviamente. Quelle relazioni passeggere e prive di significato erano divertenti, soddisfacenti da un punto di vista fisico, ma le lasciavano ben poco. Tuttavia, sembrava incapace di attirare situazioni più serie. Lei era reticente a lasciarsi andare di nuovo, certo, ma era anche vero che i bravi ragazzi le giravano al largo, spaventati dalla sua apparente sicurezza, dalla sua avvenenza e dalla carica di sensualità che emanava quasi inconsapevolmente.

Toglile il trucco e l'abito sexy, e vedrai che non è poi questo granché.

Di solito quelle come lei non riescono ad accontentarsi di un uomo soltanto per tutta la vita!

Una donna come quella ha ben pochi argomenti, oltre all'aspetto fisico, per attrarre un ragazzo come si deve!

Aveva sentito sussurrare quelle frasi molto spesso, nel corso degli anni, soprattutto dalle donne. Inizialmente ne aveva sofferto, poi aveva cercato di ignorarle e si era imposta di non cambiare per compiacere gli altri.

Non faceva niente di male, in fondo: era adulta e prendeva ciò che la vita le proponeva, per tutto il tempo che voleva. Che male c'era a uscire con un bel ragazzo? Non era sposata, né fidanzata, era libera e responsabile. Aveva possibilità di scelta, per cui selezionava le sue prede, traendo il massimo da ognuna per poi passare oltre. E a dirla tutta, come avrebbe potuto scegliere un uomo meritevole del suo cuore, se non frequentandone un vasto numero? Aspettare in un angolo, comportandosi come una vergine timida e romantica, non l'avrebbe aiutata di certo.

Lasciò andare tutti quegli inutili pensieri per concentrarsi sul presente. Il tizio che le stava di fronte era alto, muscoloso, con un viso attraente e bellissimi occhi scuri. Aveva una voce suadente, mani grandi e un bel sorriso. Somigliava a molti suoi ex, soprattutto nella scelta del look e nelle movenze da predatore. Ma era questo a tranquillizzarla: la prevedibilità. Flirtare con quei tipi era semplice, le bastavano poche mosse e ancor meno domande per inquadrarli. A volte non era nemmeno necessario andarci a letto per capire che non facevano al caso suo. A dispetto della sua fama di cacciatrice, il numero degli uomini con cui aveva fatto sesso non raggiungeva nemmeno la metà dell'intero ammontare dei suoi appuntamenti.

Il cliente, che le disse di chiamarsi Evan, non perse tempo a farle capire di essere attratto da lei: sguardi penetranti, frasi da manuale, gesti studiati. Era solo uno dei tanti in cerca di divertimento. Avrebbe potuto liquidarlo in due secondi netti, consapevole di non avere di fronte un uomo da amare. Ma era quasi San Valentino… E l'idea di essere ancora sola proprio non le andava giù.

Non aveva mai passato un San Valentino degno di nota. Si era fatta andar bene qualunque ragazzo avesse avuto l'ardire di chiederle un appuntamento, oppure era andata a cena con Eric. E, fra le due scelte, era stato più entusiasmante passare il tempo con il suo migliore amico piuttosto che con l'ennesimo stallone in calore. Se non altro, lei ed Eric sapevano divertirsi insieme.

Studiando l'espressione di Evan, fu quasi tentata di lasciar perdere in partenza e optare direttamente per una pizza con Eric. Ma l'idea di dover elemosinare l'attenzione dell'amico ancora una volta, la convinse a continuare lo show. Si era già spinta troppo oltre, a Capodanno, e la pantomima del finto fidanzamento aveva solo acuito il suo desiderio di avere un vero rapporto serio con un uomo in gamba. Durante quella recita si era quasi illusa, per un attimo, di poter essere speciale per qualcuno. Illusione che l'aveva portata, addirittura, a fare sogni scandalosi su Eric!

Non poteva rischiare di creare una dipendenza da quel ragazzo, né approfittare della sua gentilezza ogni volta che si sentiva sola. Se aveva voglia di uscire con qualcuno, doveva rimboccarsi le maniche.

Sorrise, tra il mesto e il divertito, mentre si dedicava alla sua nuova preda. Probabilmente, in quel momento, il suo saccente collega era in ufficio a fare i salti di gioia per non essere più costretto a passare la sera di San Valentino assieme a lei…

Il plico di fotografie finì sulla scrivania con un tonfo, la sedia venne scostata bruscamente e un cassetto aperto con troppa forza. Sapeva di avere un'espressione tetra, così come sapeva che gli occhi grandi di Clover lo stavano fissando con gentilezza.

«Non dire una sola parola», le intimò, senza nemmeno guardarla.

Appoggiata alla porta dell'ufficio, un occhio attento a controllare il corridoio, Clover sorrise dolcemente. «Non durerà, lo sai».

«Certo che lo so. Ci andrà a letto un paio di volte e poi lo scaricherà. Non ha senso prendersela per così poco», ironizzò Eric, accendendo il computer.

«Forse non ci arriverà nemmeno. Hai sentito quello che ha detto: non vuole stare sola a San Valentino. Mi aspettavo che si facesse piacere il primo belloccio di passaggio. Non è la prima volta che lo fa».

Eric strinse l'attaccatura del naso tra pollice e indice, al di sotto degli occhiali, sentendo sopraggiungere il familiare mal di testa. «Anche io me l'aspettavo».

Clover fece un passo avanti. «Devi fare qualcosa».

«Tipo cambiare lavoro, andarmene da New York e togliermela dalla testa una volta per tutte? Sì, hai ragione. Dovrei».

«Oppure, potresti dirle cosa provi. E tenerti l'opzione della fuga solo in caso di esito negativo».

«Perché umiliarmi per niente? Sappiamo già ciò che pensa». Il ricordo del sospiro di sollievo di Zoe quando le aveva detto di aver solo sognato il loro bacio, a Capodanno, gli bruciava ancora dentro come un acido.

«Lei ti adora, lo sai».

«Sì, come pupazzo tappabuchi». Eric congiunse le mani davanti al naso, lo sguardo fisso sullo schermo del computer. «Io per lei sono solo un simpatico orsacchiotto che ama abbracciare quando è triste o ha paura, ma è *quello* il genere di uomo che l'attrae veramente!», disse indicando la porta. «Io non sono abbastanza palestrato, né abbastanza biondo, forse nemmeno abbastanza dotato per una come lei».

«Non dire così…».

«Non importa, davvero. Sono anni che guardo lo stesso film scadente. A volte mi annoia, altre mi urta, ma in fondo sono io che scelgo di guardarlo, giusto? Tra poco mi sarà passata».

Sentendo dei passi in corridoio, Clover si strinse nelle spalle. «Come vuoi».

Liberty entrò in ufficio, pronta ad assegnare gli impegni per la mattina seguente. Anche se era appena metà pomeriggio, le piaceva organizzare ogni cosa per tempo, in modo da avere tutto sotto controllo e non rischiare di deludere nessun cliente.

Vedendo solo Eric e Clover, si guardò intorno. «Zoe è ancora di là a civettare?»

«Esattamente», rispose Eric. «Anzi, ti pregherei di togliermela dai piedi per il resto del pomeriggio: non sopporto le sue chiacchiere post *folgorante-primo-incontro* con il toro da monta di turno».

«Devi recarti a casa della signora Morrison per prelevare quegli album fotografici, ricordi? Perciò puoi andare, se vuoi».

«Fantastico». Eric si sforzò di sorridere a Liberty, del tutto ignara del suo malumore, e si affrettò a sbrigare un paio di faccende prima di uscire da Giftland. Era ansioso di allontanarsi prima che Zoe varcasse la soglia e lo intrattenesse con i dettagli della sua allegra chiacchierata con Mr Muscolo.

Quando attraversò il negozio, pochi minuti dopo, rallentò in prossimità della porta. Lei era ancora là, a flirtare vicino agli scaffali, fasciata in quell'abito di maglia che delineava ogni curva e del tutto ignara di avere il suo cuore stretto fra le belle unghie laccate. Del resto, perché avrebbe dovuto sospettarlo? Era stato bravo, in quegli anni, a nascondere ciò che provava per lei.

Una volta fuori, respirò a pieni polmoni l'aria gelida di inizio febbraio, lasciandosi sommergere dalla folla newyorchese.

Il freddo, il viavai incessante e la camminata gli schiarirono la mente, permettendogli di ragionare con più lucidità.

Zoe Mathison era una ragazza stupenda, e non solo fisicamente. Era bellissima, sexy, elegante, simpatica, profumata... Ma aveva sviluppato il suo fascino da donna fatale solo negli anni, curando il look, l'atteggiamento, perfino le espressioni del viso. Eric, invece, aveva conosciuto la Zoe ragazza, la cameriera della caffetteria dell'università di Boston che lavorava fino a tardi nella speranza di guadagnare abbastanza per potersi trasferire a Manhattan. Aveva imparato ad apprezzare la Zoe insicura, quella che aveva difficoltà a rapportarsi con le sue coetanee e che non riusciva a gestire le attenzioni dei ragazzi.

A quel tempo, lui era solo un secchione sfigato e abitudinario che si recava in caffetteria ogni pomeriggio alla stessa ora, per studiare... e per ammirarla segretamente.

Si era innamorato di lei dopo circa un'ora, forse anche meno. Una cosa che probabilmente era successa a tutti i pivellini poco inclini alla socializzazione come lui, ma anche a moltissimi ragazzi *normali*. Però, a differenza di tutti gli altri, lui aveva mantenuto intatto quell'amore per dieci lunghi anni.

La rassegnazione che lo accompagnava da sempre, e che lo aveva spinto a frequentare altre ragazze, non aveva mai annebbiato il sentimento di pura adorazione che provava per Zoe. E se Clover trovava quella fedeltà totale una cosa dolcissima, lui la trovava ridicola e iniziava a vergognarsene.

Si sentiva stupido. Zoe era fatta per stare con un uomo aitante e sicuro di sé, un uomo capace di prenderla, come e quando voleva, senza nessuna remora, e non di un serioso intellettuale che quasi temeva di sfiorarla.

Perciò era del tutto inutile desiderarla, sognarla, rivivere come un flashback ogni momento passato insieme – bacio a Times Square in primis – e provare rabbia o gelosia per la sua vita sentimentale. Tuttavia, se non poteva averla per sé, sperava almeno che lei trovasse un uomo degno di starle accanto.

Zoe meritava tutto l'amore del mondo, un compagno che le facesse dimenticare dubbi e incertezze, in grado di darle le attenzioni di cui aveva bisogno. Invece si circondava di stupidi, di energumeni pieni di testosterone capaci solo di strapazzarla a letto e mostrarla come un trofeo di caccia agli amici.

«Se è questo che vuole, devi lasciarla fare. Evidentemente è ciò che si merita», gli ripeteva spesso sua madre, l'unica persona, oltre a Clover, a conoscere i suoi veri sentimenti. Forse aveva ragione, o forse era solo contrariata nel vedere il suo unico figlio così infelice. Shila Morgan, ovviamente, lo considerava una perla di rara bellezza per la quale le donne avrebbero dovuto accapigliarsi.

Cieco amore materno.

«Zoe ti adora», gli ripeteva invece Clover. E forse era quella piccolissima, flebile speranza a mantenere alta la sua pazienza.

Se esisteva anche solo una minima possibilità di avere l'amore di Zoe, un giorno, non poteva permettersi di sprecarla. E poco importava se, nel mentre, perdeva altre occasioni di costruirsi una propria vita sentimentale.

Zoe era più importante di tutto il resto.

4

«Sei silenzioso stamattina», mormorò Zoe, avvicinandosi a Eric quasi di soppiatto. «Anzi, a dire il vero lo sei da un bel po'». Lo vide trasalire leggermente e sollevare la testa, ma rimanere ostinatamente voltato verso lo scaffale.

«Non sono mai stato un grande oratore».

«No, ma nemmeno muto. Qualcosa non va?»

«Ho mal di testa. Stanotte non ho chiuso occhio».

«È successo qualcosa?»

«Non mi pare». Eric le mise tra le braccia alcuni libri. «Visto che sei tanto solerte, aiutami a sistemare questi».

Zoe lesse qualche titolo e storse il naso. «Manuali sull'amore! Bah... Come se servisse questa roba per trovare l'anima gemella».

«Sono in tanti a richiederli, in questo periodo. Ricette afrodisiache, incantesimi Wicca per trovare un compagno di vita, varie regole per non farsi lasciare...». Eric scrollò le spalle. «A volte un libro può darti una traccia, se non un consiglio».

«Hai mai letto qualcosa del genere?»

«A me servirebbe un miracolo, non un libro», borbottò lui, tornando verso il bancone.

«Non ti abbattere, tesoro. Sei un bel bocconcino sotto quel maglione a righe, e poi sei onesto. Non resterai single per sempre», sorrise Zoe, sincera. Eric le lanciò uno sguardo dei suoi, dal bordo superiore degli occhiali. Si chiese per l'ennesima volta perché diavolo li indossasse se poi si ostinava a guardarla oltre le lenti.

«Hai ragione, forse un giorno gli asini voleranno e le donne sexy, dolci e intelligenti s'interesseranno agli sfigati come me».

Zoe sbatté le palpebre. «E da quando punti a una bomba sexy?»

«Se devo chiedere un intervento divino, meglio esagerare».

«Spesso il meglio si nasconde nella semplicità», disse lei, pensierosa.

«E lo vieni a dire a me?».

Lavorarono in silenzio per qualche istante, poi Eric tossicchiò. «Com'è andata ieri? Sono uscito prima di essere sommerso dalle solite, insulse chiacchiere sul tuo nuovo giocattolo».

Zoe ammiccò, un mezzo sorriso sulle labbra rosse. «Se le consideri insulse, non ti racconterò nulla».

«Oh, ti prego, non farlo! Sono un masochista da anni, ho bisogno della mia dose quotidiana di scemenze o vado in astinenza», recitò Eric, con una smorfia. «Ora che ci penso, dev'essere stato questo il motivo della mia insonnia».

«Che simpaticone!». Lei terminò di esporre i libri sulle mensole più basse, poi si avvicinò al banco. «In ogni caso, non c'è molto da dire. Evan è… simpatico. È un giocatore di football, a livello amatoriale».

«Non mi dire, uno sportivo con l'indole aggressiva e competitiva. Proprio il tuo genere! Stai attenta a non farti stritolare: con quelle braccia potrebbe anche ucciderti senza accorgersene, e probabilmente penserebbe che sei solo svenuta per l'immenso piacere di stargli accanto».

«Che stupido che sei», ridacchiò Zoe, dandogli una leggera spallata. «Non devo mica sposarlo! È solo un passatempo come un altro».

«Hai mai provato a leggere? Frequentare un corso di ballo? Opere di volontariato? Yoga? Sono tutte attività molto più istruttive, potrebbero perfino ripulire il tuo karma».

Zoe rise. Era abituata all'ironia acida di Eric e la trovava confortante. Quel loro modo di punzecchiarsi era un toccasana per lei, soprattutto in giornate come quella.

Da quando si era svegliata, quella mattina, si sentiva spenta. L'avvicinarsi di San Valentino, il suo stato di single, il freddo e la pioggia avevano fatto fronte comune, invadendola di malinconia. Gli amici, la famiglia, i ragazzi che le ronzavano intorno, non potevano nulla o quasi contro il vuoto che sentiva dentro, ogni giorno più profondo. Sapere di avere almeno l'affetto di Eric, come punto fermo nella vita, era consolatorio.

Lui era severo nei suoi giudizi, ma le voleva bene e si preoccupava per lei. Più di una volta, nel corso degli anni, le aveva detto di desiderare solo la sua felicità, per questo analizzava e faceva a pezzi tutti i suoi pseudo fidanzati. Dopo la brutta esperienza con Stuart, poi, l'occhio vigile di Eric aveva fatto gli straordinari.

Vi erano stati momenti in cui aveva quasi pensato che Eric fosse geloso, ma alla fine aveva dovuto ricredersi: se ci fossero stati sentimenti diversi, in ballo, la loro amicizia non sarebbe durata tanto a lungo.

Dalla nebbia della sua memoria riemersero le immagini confuse e sconcertanti del bacio mozzafiato che lei ed Eric si erano dati in sogno, ma le scacciò con decisione. Se fosse stato reale, e non il parto di una mente annebbiata dall'alcol, avrebbe potuto annoverare quel bacio come uno dei migliori della sua vita. Ma non era reale, e questo avvalorava la sua tesi: se Eric fosse stato interessato a qualcosa di diverso da un'amicizia, avrebbe potuto approfittare della situazione e farle credere che fosse successo davvero. Invece non lo aveva fatto.

E comunque, ricordando le ragazze che Eric aveva frequentato in passato, Zoe era sicura di non essere il suo tipo. Lui era così intelligente, così sensibile! Lo avrebbe fatto impazzire nel giro di pochi giorni. La vena di insicurezza che le correva dentro faceva vacillare spesso il suo autocontrollo, rendendola capricciosa e sfrontata, a volte perfino egoista. Eric aveva già il suo bel da fare a sopportarla in veste di amica; come fidanzata sarebbe stata terribile.

Rimase a fissare la strada bagnata al di là della vetrina, in silenzio. La pioggia intensa aveva scoraggiato in parte la clientela e il negozio era insolitamente vuoto. Liberty si era chiusa nel suo ufficio a scrivere alcune poesie richieste dai clienti, e Clover non era ancora arrivata. Una giornata davvero solitaria.

Ma *lui* c'era. C'era sempre.

In piedi accanto a Eric, Zoe abbozzò un sorriso imbarazzato. «Grazie», disse piano.

Eric sollevò le sopracciglia, perplesso. «Per cosa?»

«Per essere mio amico. Ti preoccupi per me, mi sopporti e mi fai ridere quando ne ho bisogno. Per me significa molto».

«Mattinata storta, ho capito. Quando diventi melensa con me è perché sei sul viale della depressione», scherzò lui, con una smorfia falsamente altezzosa.

«È vero, strizzacervelli, ma quello che ti ho detto lo penso veramente».

«Potresti ripetermelo più spesso? Sai, per il mio ego a brandelli».

«Non ti piacerebbe ricevere mille complimenti. Tu non sei come me».

«Neanche tu hai bisogno di mille complimenti, te ne basterebbero un paio sinceri, ogni tanto, detti da qualcuno con almeno un neurone funzionante».

«Trovami un ragazzo così e te ne sarò grata per l'eternità», sospirò Zoe, appoggiando i gomiti al bancone.

Dopo un momento di silenzio, Eric si schiarì la voce. «Zoe?»

«Sì?».

La porta si aprì in quel momento, facendo entrare Clover e Cade, entrambi riparati sotto l'impermeabile di lui.

«Accidenti che tempo da lupi!», sbottò Clover, sgusciando dall'abbraccio del fidanzato e liberandosi del cappello di lana bagnato di pioggia. I capelli rossi, umidi sulle punte, ricaddero sulla sua schiena come un manto, e Cade ne accarezzò alcune ciocche quasi senza rendersene conto.

Zoe notò quel gesto e provò una piccola fitta di invidia. Avere accanto un uomo così innamorato da non riuscire a frenare la voglia di sfiorarla sarebbe stato meraviglioso.

«Buongiorno ragazzi», sorrise Cade. «È in giornate come questa che rimpiango di non essere a Los Angeles».

«Ed è per questo che ci torna stasera stessa», bofonchiò Clover, senza voltarsi. Cade sorrise, circondandole la vita con le mani e cercando il suo sguardo.

«Ti avevo chiesto di accompagnarmi ma hai rifiutato, se non ricordo male».

Clover fissò gli occhi blu dell'uomo con un sospiro tremulo. «È quasi San Valentino, ho un mucchio di cose da fare. Non posso andare via adesso».

Fissandoli, Zoe si allarmò. «Tornerai in tempo per il 14, vero?», chiese a Cade, con sguardo minaccioso.

«Naturalmente», sorrise lui. «Non potrei tornare a New York, se saltassi una festa così importante. Clover manderebbe un sicario a finirmi direttamente in California!».

«Mi conosce così bene, anche se stiamo insieme solo da due mesi!», ridacchiò la ragazza, lanciandogli uno sguardo pieno d'amore.

Eric finse di asciugarsi il sudore dalla fronte. «Mi rincuori, Cade. Stavo già tremando al pensiero di dover portare queste due a cena fuori, insieme, per San Valentino».

«Tranquillo, noi non saremo nemmeno qui, quella sera», rise Cade.

Allo sguardo incuriosito dei colleghi, Clover gongolò. «Mi porta a Parigi!».

Zoe incrociò le braccia al petto, sul viso un grazioso broncio. «Ok: ti odio», sentenziò. Poi rivolse uno sguardo seducente a Cade. «Sei davvero sicuro di voler stare con lei? Perdonerei la tua svista, se mi dicessi di aver cambiato idea e volessi chiedermi di uscire».

«Non sono ancora pronto a cambiare idea, ma sono venuto qui proprio per te, stamattina», le sorrise Cade, stringendo al contempo la mano della sua fidanzata.

Zoe ammiccò. «Questo mi piace, vai avanti».

«Una mia collega, Brooke Samuels... Avrai sicuramente sentito parlare di lei...».

«L'attrice bionda che ha recitato con te in *Terra di nessuno*? Naturalmente!».

«Bene, verrà a New York dopodomani e sta cercando una fotografa che l'aiuti a realizzare un calendario divertente per una sua amica. Le ho parlato di Giftland e di te, e vorrebbe incontrarti».

«Brooke Samuels vuole incontrare me? Wow!». Zoe sorrise. «Sarà un onore lavorare con lei! Potresti parlare del mio lavoro anche a Patrick Dempsey, se capita?», aggiunse con una strizzatina d'occhio.

«Vedrò quel che posso fare, ma Patrick è felicemente sposato, ti avverto».

«Accidenti, arrivo sempre un passo dopo le altre!», sbuffò.

«Riuscirete ad accontentare Brooke entro San Valentino? So che avete parecchio da fare».

«Non ti preoccupare, troveremo spazio per la tua celebre collega».

Clover guardò l'orologio e sospirò. «Devo andare. Quel ragazzo sarà già da Macy's ad aspettarmi».

Cade inarcò un sopracciglio. «Quale ragazzo?»

«Il mio primo cliente di oggi, che è stato anche l'ultimo di ieri. Vuole trovare un regalo speciale per la sua ragazza, perché a San Valentino ricorre anche il loro primo anniversario».

«Che romantico», sorrise Zoe. «Comunque sono molto giovani, non sarà difficile trovare un regalo speciale. Alla loro età è tutto bellissimo, a priori, e probabilmente andrà avanti così ancora per molto... almeno fino a quando lui non la tradirà con la sua migliore amica».

«Non deve necessariamente succedere», disse Eric, senza guardarla.

«Be', tolti i miei genitori, non conosco molte coppie innamorate ed entusiaste come il primo giorno. L'uomo può anche non tradire, forse, ma si stancherà presto di cercare un regalo perfetto per la sua lei. E la routine può essere ancora più deleteria di un tradimento, in una coppia », disse Zoe con un'alzata di spalle.

Clover fissò Cade con aria minacciosa. «Mi prometti di non cadere nella routine, di essermi fedele e di sorprendermi e amarmi anche fra trent'anni?»

«Ho alternative?», scherzò lui.

«No».

«Cercherò di fare del mio meglio».

Clover gli regalò un sorriso luminoso, salutò i colleghi e insieme al fidanzato si avviò alla porta.

Eric e Zoe restarono a osservarli attraverso i vetri, e lei sorrise dolcemente nel vederli abbracciarsi e baciarsi.

«Sono davvero carini insieme, non trovi?»

«Sì. Clover è felice da quando l'ha incontrato».

«Sono fatti l'uno per l'altra».

«Stanno insieme da appena due mesi, diamogli tempo».

Zoe si volse a guardarlo. «Tu ci credi negli amori a prima vista? Parlo di amore vero, non di una cotta passeggera».

«Oh, ci credo eccome», mormorò lui, giocherellando con una bottiglietta d'acqua.

«Mi fa piacere che anche un tipo razionale come te lo reputi possibile. In questo periodo ho bisogno di credere che esistano cose come il vero amore, il colpo di fulmine e il "per sempre felici e contenti"».

«E i discorsi disfattisti di poco fa, allora? L'odio per le feste e per le coppiette felici che dimostri ultimamente?»

«È invidia», borbottò Zoe. «Sporca, cocente e subdola invidia. E se non trovo un fidanzato al più presto, sento che diventerò ancora più odiosa».

«Si salvi chi può».

Zoe poggiò i gomiti sul bancone, il volto fra le mani, lo sguardo fisso sulla vetrina colpita dalla pioggia. «A te non manca?»

«Cosa?»

«Essere innamorato».

«A volte è meglio non esserlo», disse Eric, sibillino. Zoe lo fissò, incuriosita.

«Che vuoi dire?»

«Che essere innamorati non serve a niente, se non si è ricambiati».

«Parli per esperienza personale?»

«Sono un essere umano, anche se né tu né le tue amiche sembrate considerarmi tale», ironizzò Eric, accantonando il discorso con un gesto della mano. Ma Zoe era ormai affamata di dettagli, e gli piantò addosso gli occhi grigi.

«Sputa il rospo, voglio sapere tutto!».

«Mi è capitato, come alla stragrande maggioranza della popolazione mondiale. Che c'è da sapere?»

«Un sacco di cose! Chi è? La conosco? Quando è successo? Come sono andate le cose?».

Eric rimase in silenzio così a lungo da farle pensare che non avrebbe risposto affatto. Poi si strinse nelle spalle, lo sguardo fisso sulla bottiglietta d'acqua che teneva fra le mani.

«Mi sono innamorato di lei ai tempi dell'università. Era bellissima, simpatica, molto più in gamba di me. Ci vedevamo quasi ogni giorno, lei mi trovava... divertente. Ma non mi ha mai guardato in modo appassionato, mentre io ero sicuro di avere gli occhi a forma di cuore ogni volta che me la trovavo davanti».

«Lei lo sapeva?»

«Figuriamoci. Una ragazza come quella poteva avere qualunque uomo, che se ne faceva di uno sfigato come me?».

«Vigliacco», sbuffò Zoe, scuotendo la testa. «Te la sei fatta scappare per paura di confessarle i tuoi sentimenti».

«Può darsi, ma almeno mi sono evitato la frase di rito».

«Che sarebbe?»

«*Oh, Eric, sono davvero lusingata, ma non possiamo essere niente più che amici*», scimmiottò lui, con una smorfia. «*Non è per te, naturalmente! Tu sei okay, è colpa mia... Non so ancora cosa voglio dalla vita! Mi perdoni?*».

«Quante volte ti hanno rifilato queste sciocchezze?»

«Nessuna, ma l'ho sentita parecchie volte sulle bocche altrui».

«Be', anche a me è capitato di scaricare qualcuno in questo modo, ma...». All'occhiataccia di Eric, sollevò il mento. «Io la uso per scaricare gli idioti, e comunque questa scusa non ti fa essere meno vigliacco. Come si chiamava lei?».

Eric esitò. «Stephanie».

«Ecco, per tutta la vita ti chiederai se Stephanie ti avrebbe detto di sì o meno. Potresti aver perso l'occasione di vivere il tuo grande amore solo per paura di un rifiuto!».

Per un momento nessuno parlò, poi Zoe tornò a guardare il collega. «Non ti sei più innamorato, dopo di lei?»

«No».

«Più o meno è quel che è successo a me. Mi sono impedita di provare emozioni, dopo la delusione subita con Stuart; non volevo più soffrire e mi sono buttata in relazioni inutili. Ma cosa ho ottenuto? Avere un centinaio di numeri di telefono sull'agenda non mi rende felice».

«Un *centinaio*?!»

«Più o meno», lo liquidò Zoe con un'alzata di spalle. Poi si raddrizzò, una luce nuova negli occhi. «Sai che ti dico? Dovremmo farlo!».

Eric, che aveva iniziato a sorseggiare la sua bibita, quasi si strozzò a quelle parole. «Farlo?»

«Sì! Lasciare andare il passato e guardare avanti», sorrise Zoe. «Siamo giovani, carini e intelligenti, ci meritiamo qualcosa di più di relazioni occasionali e prive di sentimento. Non credi anche tu?»

«Ah-ah».
«Dobbiamo impegnarci a trovare la nostra anima gemella».
«Ah». Eric mise via la bottiglia. «E quale sarebbe la tua idea?»
«Dobbiamo uscire, frequentare gente nuova».
«Tu conosci già mezza New York», la interruppe Eric. «Sai che dovresti fare, invece? Non uscire più con gli uomini! Prenderti un bel periodo di riposo dagli appuntamenti e riflettere su ciò che vuoi realmente. Esci con così tante persone che ormai è diventato un secondo lavoro, per te. Ti perdi il gusto della novità».
Zoe arricciò il naso. «Ormai è tardi per provare il tuo metodo, io voglio un ragazzo per San Valentino! E dal momento che mancano meno di due settimane, dovrò mettermi d'impegno».
Eric sistemò gli occhiali sul naso, senza guardarla. «Ne deduco che posso ritenermi libero, quella sera...?»
«Tu tieniti pronto per me, per ogni evenienza. D'accordo?», scherzò Zoe, dandogli un bacio sulla guancia. «Vado da Liberty a parlarle di Brooke Samuels, torno subito!», aggiunse poi, correndo su per le scale.

Tieniti pronto per me, per ogni evenienza...
La mascella si serrò più forte nel ripensare a quella frase.
Che cos'era, per lei? Una ruota di scorta da tenere nel bagagliaio, in caso di necessità?
Eric si passò una mano fra i capelli, sentendo la rabbia investirlo a ondate sempre più forti. Ma non era arrabbiato con Zoe, no. Era furioso con se stesso.

Zoe non era consapevole di pugnalarlo violentemente ogni volta che apriva bocca, non era a conoscenza del dolore che si provava ad amare in silenzio. La colpa era sua, perché era un vigliacco, proprio come lei gli aveva appena fatto notare. Per dieci anni l'aveva adorata senza pronunciare una sola parola, l'aveva assecondata, ritagliandole ogni spazio possibile nella propria vita. Se Zoe aveva bisogno, lui c'era, disponibile giorno e notte, perché per Eric la cosa più importante era saperla felice e poter godere della sua presenza.

Non era da biasimare se non lo considerava come un uomo, visto che si comportava come un cane fedele.

«Patetico», biascicò, cercando dell'aspirina in uno dei cassetti del bancone.

Aveva provato a non amarla, a dimenticarla frequentando altre donne, perfino a farsela piacere di meno compilando una lista piena di difetti. Ma non era cambiato niente, perché Zoe Mathison gli era entrata nel sangue. Amava ogni sua mania ed eccesso, i suoi bronci e la maschera di freddezza e arroganza che usava per nascondere il suo lato vulnerabile. Dopo la notte di Capodanno le cose erano ulteriormente peggiorate, e provare a vivere indipendentemente da Zoe era diventato impossibile.

Clover aveva ragione, avrebbe dovuto parlarle e farla finita. Se anche fosse andata male, come temeva, avrebbe sempre potuto andarsene, tornare a Boston e ricominciare da capo, senza averla ogni giorno sotto gli occhi.

«E se invece andasse a buon fine?», ripeteva sempre l'amica.

Ma come poteva andar bene? Zoe non si era mai accorta di ciò che provava, e non poteva essere solo merito del suo talento recitativo. Lei non lo ascoltava abbastanza, non lo guardava davvero negli occhi. Ecco perché non notava la luce di devozione con cui la contemplava.

Oppure lo sapeva e fingeva.

Entrambe le possibilità erano avvilenti.

No. Non poteva confessare e rovinare tutto, il rischio era troppo grande. Avrebbe messo Zoe in difficoltà, la loro amicizia si sarebbe guastata e stare insieme sarebbe diventato imbarazzante.

Doveva trovare un modo efficace per togliersela dalla testa.

La porta del negozio venne spalancata, facendo entrare una persona di spalle, intenta a chiudere un grosso ombrello. Eric allontanò ogni pensiero dalla sua mente, cercando di concentrarsi sul lavoro.

Il cliente si rivelò essere una ragazza bionda, molto carina, che avanzò con aria contrita.

«Ti sto sgocciolando sul pavimento, sono un disastro!».

Eric sorrise, gentilmente. «Non ti preoccupare, non sei la prima. Posso aiutarti?»

«Sto cercando un libro divertente per una mia amica. Mi hanno detto che qui avete una vasta scelta di titoli improbabili».

«Sì, abbiamo diverse stranezze». Eric la scortò fino allo scaffale dei libri, aiutandola con i volumi riposti sulle mensole più alte.

Dopo aver dato uno sguardo a diverse trame, la ragazza ne scelse uno, poi guardò lui con curiosità. «Hai un'aria familiare... Ci siamo forse già visti?»

«Non saprei. Vedo molte persone ogni giorno, perciò faccio davvero fatica a ricordarle tutte, nonostante la mia mente analitica».

«Somigli a un ragazzo che frequentava i miei stessi corsi al M.I.T. Ti chiami Morgan?»

«Eric Morgan, esatto».

La biondina sorrise, porgendogli la mano. «Steffy Parker. Mi hai aiutato con un progetto, una volta».

«Parker... Sì, mi suona familiare», mentì Eric. «Scusami, ma dopo così tanti anni...».

«Non ti preoccupare, sono cambiata molto da allora, è comprensibile». Steffy poggiò il libro sul bancone, lasciando a Eric il tempo di confezionarle un pacchetto regalo. «Sono a New York da poco, non pensavo di trovare una faccia familiare così presto».

«Io ci vivo da cinque anni, ormai. Era uno dei miei progetti, quello di venire a vivere qui».

«Sì, me lo ricordo». Al suo sguardo perplesso, la ragazza agitò una mano e arrossì in modo adorabile. «Abbiamo parlato, qualche volta. Io... avevo una cotta per te. Cercavo sempre di sedermi vicino al tuo banco e annotavo sul mio diario ogni conversazione che avevamo, anche se banale. Ora lo sai, contento?».

Eric sgranò gli occhi dietro le lenti. «Be'... non mi sento dire una cosa simile molto spesso, quindi direi di sì». La risata che le strappò la rese ancora più graziosa.

«Eri molto carino già allora. Ora sei migliorato, ma non sei cambiato molto. Hai sempre quell'aria da bravo ragazzo che intenerisce».

«Ecco, questo è un complimento che mi è più familiare», bofonchiò Eric, con una smorfia divertita. «Ma se mi avessi detto che la mia aria da bravo ragazzo scombussola gli ormoni femminili, probabilmente sarei svenuto. Quindi va bene così».

«Non è detto che non succeda», disse lei, sbattendo le ciglia. «La tenerezza è più eccitante di molte altre cose, per alcune ragazze».

Eric sperò di non essere arrossito. Quella ragazza ci stava provando con lui? Non che non fosse mai successo, qualcuna lo trovava attraente nonostante la sua aria da quattrocchi serioso, ma quella era veramente carina...

«Non volevo metterti in imbarazzo, Eric. Scusami», mormorò Steffy, mordendosi il labbro inferiore.

Lui scosse la testa. «No, fai pure... Cioè, non mi dispiace, ecco».

«E non ti dispiacerebbe nemmeno se t'invitassi a uscire?». Eric non rispose immediatamente, e Steffy si strinse nelle spalle. «Per fare due chiacchiere, senza impegno. Come ti ho detto, mi sono appena trasferita, non conosco ancora nessuno... Sarebbe simpatico, non credi? Se non hai problemi, ovviamente». Un pensiero improvviso parve sfiorarla e i suoi occhi verdi si spalancarono. «Oddio, dimmi che non hai già una ragazza e salvami dalla figuraccia che sto facendo!».

Aveva una ragazza?

Il volto di Zoe si affacciò nella sua mente, dandogli una fitta allo stomaco. Era ridicolo sentirsi in colpa all'idea di *tradire* qualcuno che quasi non si accorgeva della sua esistenza, rifiutando per questo un appuntamento con una donna carina e interessata.

«No. Non ho una relazione», disse quindi. Se voleva

togliersi Zoe dalla testa, era proprio il caso che si distraesse. E quella biondina non era affatto male.

«Ok». Steffy Parker si chinò sul bancone, afferrando una penna, e lo guardò negli occhi. «Ti lascio il mio numero. Dove lo scrivo?»

«Ehm...». Eric si guardò intorno, momentaneamente confuso, ma Steffy fu più rapida. Gli afferrò una mano, senza smettere di guardarlo, scostò la manica e gli scrisse velocemente il numero di telefono sull'avambraccio.

«Ecco fatto. Così dovrai chiamarmi presto, prima che sbiadisca. Altrimenti, potrò illudermi che non mi hai telefonato perché qualche cifra si è cancellata per errore, e non perché non ti interesso», sorrise, ammiccando.

Eric annuì, distratto dal rumore di passi sulle scale. Passi inequivocabili, che lui aveva imparato a riconoscere nel tempo: sicuri, sensuali, di media velocità.

«Lib ha detto che va bene, sarà un'ottima pubblicità per noi! Non vedo l'ora di...», disse Zoe, interrompendosi nel giungere dietro il bancone. Parve notare immediatamente la mano della ragazza bionda ancora posata sul suo avambraccio, la penna fra le dita e il numero di telefono che spiccava sulla pelle. «Scusate, credevo non ci fosse nessuno».

Eric ritirò in fretta il braccio, odiandosi per la fitta di colpevolezza che lo aveva assalito nel farsi trovare in quella situazione.

«Lei è una mia vecchia compagna di università», disse, vago, terminando di incartare il libro.

La bionda porse la mano a Zoe. «Ciao, mi chiamo Stephanie Parker. Steffy, per gli amici».

Zoe sbatté le palpebre, poi sorrise, ricambiando la stretta. «Stephanie! Mi pare di aver già sentito parlare di te».

«Davvero?». Stephanie lanciò un'occhiata a Eric, che sperò di potersi fondere con lo scaffale alle sue spalle.

Dannazione! Quando aveva parlato a Zoe del suo amore non corrisposto, poco prima, aveva inventato un nome su due piedi per non farle capire che stava parlando di lei. E quel nome era proprio Stephanie!

Zoe doveva essersi appena convinta che fosse quella la sua antica fiamma...

«Conosco anch'io Eric dai tempi dell'università», stava dicendo Zoe. «È probabile che mi abbia accennato il tuo nome in quel periodo».

«Sarà sicuramente così. Anche se non mi sembrava molto interessato a me, all'epoca». Steffy gli sorrise. «Ma le cose possono sempre cambiare».

Tossicchiando, Eric le porse il sacchetto. «Ecco il tuo regalo».

«Grazie. Allora, a presto».

«Sì», mormorò lui, sentendo gli occhi grigi di Zoe puntati addosso.

Lei sorrise cordialmente alla bionda. «Torna a trovarci».

«Lo farò!».

Quando Stephanie fu uscita, Zoe si appoggiò al bancone con un fianco, fissando Eric. «Dunque era lei?»

«Come?», prese tempo lui, ripulendo il piano di lavoro.

«Direi di sì, visto come sei agitato. Pazzesco, ne parli dopo anni e lei compare in negozio, come evocata dalle tue parole!». Zoe sospirò. «È molto romantico».

Eric non rispose. Dirle che quella ragazza non rientrava nemmeno tra i suoi ricordi avrebbe mandato all'aria sul nascere i suoi buoni propositi. Stephanie poteva essere un valido aiuto per mostrare a Zoe di non essere un completo imbecille a sua disposizione. Ma mentire in modo così spudorato gli veniva difficile.

«È molto carina», continuò Zoe. «Non credevo ti piacessero le bionde. Sei sempre uscito con ragazze brune, pensavo le preferissi. O forse non uscivi con le bionde proprio perché ti ricordavano il tuo primo amore?»

«Non volare così in alto con la fantasia. Non bado al colore dei capelli quando esco con una ragazza. Mi colpiscono altre cose».

«Ti ha scritto il suo numero sul braccio, è un segnale molto chiaro! Se fosse interessata solo a un'amicizia ti avrebbe chiesto un foglietto, o avrebbe tirato fuori il cellulare, invece ne ha approfittato per metterti le mani addosso. Quella ti vuole», stabilì Zoe. Poi mise il broncio, mettendosi a giocherellare con una penna. «Confesso che sono un po' gelosa».

Il cuore di Eric fece una capriola. «Cosa?»

«Sì. Insomma, siamo amici da tanto tempo, sei sempre stato con me in ogni occasione... E ora torna dal passato il tuo grande amore e avrà tutta la tua attenzione. Non potrò più averti solo per me».

«Le amicizie restano intatte anche quando ci si fidanza», disse Eric, senza guardarla.

«Parli già di fidanzamento? Wow... Quella Stephanie è davvero fortunata a essere amata così tanto», mormorò lei. «Comunque hai ragione, le amicizie proseguono. Ma ho già avuto modo di notare le occhiate malevole delle tue ex, in passato. Io non piaccio alle ragazze, lo sai. Anche lei ti chiederà di starmi alla larga».

«Qualcuna è mai riuscita a convincermi?», ironizzò Eric. Le sue ex avevano provato un'istintiva antipatia verso Zoe, forse intuendo i suoi veri sentimenti per lei. Fortunatamente, non si erano mai vendicate andando a raccontarlo alla diretta interessata.

Zoe gli prese una mano, accelerandogli inconsciamente le pulsazioni. «No, non ci sono riuscite, e di questo ti ringrazio. Sei sempre stato un amico stupendo».

Eric grugnì una risposta. Quando Zoe gli sollevò la manica della felpa, sfiorandogli la pelle con le dita lisce, trattenne il respiro. «Che fai?»

«Segnati quel numero, prima che si cancelli qualche cifra dandoti la possibilità di accampare scuse. Il destino ti ha dato una seconda occasione: sfruttala. Te lo meriti», disse lei, dolcemente.

"Se pensi tutte queste belle cose di me, invidi la ragazza dei miei sogni e sei gelosa all'idea di perdere la mia attenzione, perché diavolo non mi vuoi per te?", pensò Eric, frustrato.

Per un attimo desiderò dirle tutto e osservare la sua reazione. Era certo che sarebbe rimasta sconvolta, almeno inizialmente. Ma dopo? Come avrebbe reagito dopo?

Il solito dubbio tornò a tormentarlo, e il momento passò.

Segnò in fretta il numero di Stephanie su un post-it, sentendosi un perfetto cretino.

5

Si avevano sempre grandi aspettative riguardo alle celebrità di Hollywood. Era stato lo stesso con Cade Harrison, quando era entrato per la prima volta da Giftland cercando Clover, ma poi si era rivelato un uomo come tanti: affascinante e pieno di soldi, certo, ma simpatico e alla mano.

Brooke Samuels risultò essere altrettanto simpatica e tranquilla. Alta, bionda, con un viso in grado di incantare di persona come attraverso lo schermo, era entrata in negozio con un paio di grossi occhiali da sole sul naso e un cappellino da baseball sui capelli ricci, e si era diretta immediatamente verso di lui con un grosso sorriso.

"Due bionde che mi sorridono in meno di ventiquattr'ore, dev'esserci qualcosa di strano nell'aria", pensò Eric vedendola camminare nella sua direzione.

«Ciao, io sono Brooke. Sarei dovuta arrivare domani, ma ho preso il volo precedente e non ho resistito all'idea di venire qui a incontrarvi», disse l'attrice, con una voce ben modulata. Era evidente l'inutilità del doppiaggio, nei suoi film. «Cade mi ha detto che potete aiutarmi».

«Naturalmente, signora Samuels. Per noi è un piacere», sorrise Eric, sgusciando fuori dal bancone per stringerle la mano.

«Ti prego, chiamami Brooke. Signora Samuels mi fa sentire terribilmente vecchia!».

«Come preferisci».

«È con te che devo parlare della mia idea per il calendario?»

«No, con la fotografa. Zoe sarà qui a momenti».

Con tempismo perfetto Zoe si affacciò dal piano superiore, la macchina fotografica appesa al collo. Riconoscendo la donna si precipitò di sotto, aggiustando al tempo stesso gli abiti e sciogliendo i capelli, che aveva legato in un minuscolo codino per praticità.

«Mi sembrava di aver sentito il mio nome», disse, facendosi avanti.

Eric le indicò l'attrice. «Brooke è arrivata con un giorno di anticipo, e vuole sapere se può parlarti del suo progetto».

«Certo! Fra una decina di minuti avrò terminato le foto al mio cliente e allora potrò dedicarti tutta la mia attenzione, Brooke». Zoe porse la mano alla donna, per presentarsi, ed Eric fissò entrambe: una bionda e una mora da sballo. I suoi amici avrebbero pagato oro per essere al suo posto. Lo assillavano di continuo proprio a causa delle sue attraenti amicizie, chiedendo di essere presentati all'una o all'altra delle sue colleghe. Ma Clover era ormai fuori gioco e Liberty era impegnata da un pezzo.

Zoe, naturalmente, non era merce da contrattare.

Lei tornò di sopra, lasciandolo solo con Brooke. Eric la vide guardarsi intorno, interessata a ogni oggetto esposto, e si sforzò di fare conversazione. Solitamente era riservato e lasciava che fossero le altre a intrattenere i clienti, ma non poteva mollare Brooke Samuels a gironzolare qua e là per ingannare l'attesa, senza provare a essere almeno di compagnia.

«Cade ci ha accennato qualcosa circa la tua idea per il calendario», buttò lì, attirando l'attenzione della donna.

«Oh, sì. Sydney è stata piantata da quel cretino del suo fidanzato proprio una settimana prima delle nozze. È stata parecchio male e solo ora, a distanza di un anno, inizia a uscire dal suo nido. Perciò volevo farle un regalo divertente, per distrarla da una ricorrenza spiacevole». Brooke sorrise. «Cade mi ha parlato benissimo di questo posto… Anche se credo che parte del suo entusiasmo sia dovuto alla donna che ci lavora e che lo ha completamente rimbambito!».

«Clover fa quest'effetto», scherzò Eric. «Ha energie da vendere».

«Sì, Cade me lo ha detto. È proprio cotto di lei».

«Me lo auguro. Clover è come una sorella, per me; sapere che i suoi sentimenti sono corrisposti non può che farmi piacere».

«Oh, puoi esserne certo. Come ti chiami?»

«Eric Morgan».

«Il negozio è tuo?»

«No, il capo è Liberty Allen. Io, Zoe e Clover siamo solo i suoi schiavi devoti».

«Questo posto è davvero incantevole». La donna si guardò intorno ancora una volta. «Avete tantissime cose!».

Eric annuì. Giftland era una sorta di paradiso dei regali, un posto in cui trovare tantissime idee divertenti e originali per stupire. Oltre a vendere oggetti di ogni tipo, svolgevano servizi speciali su commissione: lui creava videostory e piccoli cortometraggi con il materiale fornito dai clienti; Zoe pensava alle fotografie, che successivamente venivano impiegate in mille modi diversi; Liberty scriveva poesie o racconti, oltre a mandare avanti l'intera baracca, e Clover dispensava consigli accompagnando i clienti per negozi alla ricerca del regalo perfetto. Erano una squadra, e la reputazione del negozio godeva del loro affiatamento. Da quando Clover aveva accalappiato il Principe di Hollywood, poi, gli affari erano lievitati. E con Brooke Samuels come seconda cliente celebre, la pubblicità favorevole poteva solo aumentare.

«Che tipo di calendario avevi in mente, per la tua amica?»

«Qualcosa di ironico, che la faccia divertire. La porterò qui con una scusa e troverà un set fotografico allestito apposta per lei. Sydney è una modella, è abituata a farsi fotografare. Si sentirà a proprio agio».

«Zoe saprà senz'altro scovare qualche idea originale per divertire la tua amica. È una bravissima fotografa, e poi è una donna: si intenderanno alla perfezione. Sono felice di non dover essere io a pensarci: non saprei proprio da che parte iniziare per aiutare una ragazza dal cuore spezzato».

«Non sapresti nemmeno come spezzarlo il cuore di una ragazza», disse Zoe, scendendo le scale. «Sei troppo buono per far del male a qualcuno».

«Ed è anche molto carino», aggiunse Brooke. «Forse potremmo usarlo per il calendario». Lo studiò per un momento, annuendo con fare assorto. «Senza gli occhiali, e un po' spettinato...».

«Avrei esattamente l'aspetto di una talpa stropicciata, il che non sarebbe utile a risollevare l'umore di nessuno, te lo assicuro», la interruppe Eric, imbarazzato.

Zoe, che nel mentre gli si era avvicinata, gli diede un piccolo calcetto sotto il bancone, poi sorrise a Brooke. «È così timido e modesto!».

«Adorabile», approvò l'attrice.

Zoe, per sua fortuna, invitò Brooke nel suo studio al piano di sopra per discutere del lavoro da svolgere, ed Eric poté ricominciare a respirare. Per un momento aveva davvero temuto di essere coinvolto in quel progetto e l'idea lo aveva terrorizzato. Non aveva un gran feeling con le macchine fotografiche; ogni volta che si ritrovava davanti a un obbiettivo si irrigidiva e il risultato era sempre pessimo. Fare brutta figura davanti a una star del cinema e a una modella, oltre che a Zoe, lo avrebbe mortificato. Ma rifiutarsi in partenza, sfidando l'ira di Liberty per non aver assecondato il volere di una cliente così influente, lo spaventava ancor di più.

La porta del negozio si spalancò rudemente, facendo entrare una lama di pallido sole, subito oscurata dalla figura imponente di un uomo.

Mr Muscolo.

Eric fissò in cagnesco il nuovo arrivato, pensando rapidamente a un modo per mandarlo via senza che Zoe lo vedesse.

«Puoi chiamarmi Zoe?», disse l'uomo, poggiando una grossa mano pelosa sul bancone.

«Ha da fare, in questo momento. Mi dispiace».

«Sono sicuro che se le dici che sono qui, troverà dieci minuti per me. Sono Evan».

La tronfia sicurezza di quel tale lo irritò. «Evan e poi?»

«Evan Lewis».

«Aspetta un momento». Eric afferrò il telefono e digitò l'interno di Liberty, sperando di interrompere uno dei suoi momenti di ispirazione. Questo l'avrebbe resa intrattabile, dandogli la scusa perfetta per non cedere alle voglie di quell'energumeno. «Lib, c'è qui un tale che vorrebbe vedere Zoe, che però al momento è con Brooke... Devo disturbarla?».

All'altro capo del filo, Liberty sbuffò. «Che cavolo ne so io? Se è qualcuno di importante prova a chiamarla, altrimenti digli di aspettare il suo turno».

«Dice di chiamarsi Evan Lewis. Zoe non mi ha mai parlato di nessun cliente con questo nome, tu ne sai qualcosa?», continuò Eric, soave, gustandosi l'espressione infastidita dell'uomo.

«Non sono un cliente. Zoe esce con me», sbottò questi.

Liberty udì il commento. «Digli di aspettare che Zoe abbia finito, oppure buttalo fuori. Se mi interrompi di nuovo per una cosa così inutile...».

Eric riattaccò prima di ascoltare la minaccia. «Zoe non può scendere adesso. Questa non è una casa di appuntamenti, quindi torna più tardi, oppure aspetta. Ma potrebbe volerci un po'».

«Aspetterò», borbottò lo sportivo, avviandosi verso uno scaffale.

Eric sperò che il colloquio di Zoe con Brooke Samuels durasse in eterno.

Purtroppo, l'attesa del signor Steroidi durò appena venti minuti, poi le due donne scesero le scale. Brooke gli fece un cenno di saluto e scappò via, notando diverse persone in negozio, mentre Zoe si avvicinò a Eric con un sorriso estatico.

«Sarà divertentissimo! Devo chiedere a Lib e Clover di regalarmi una cosa del genere, alla mia prossima delusione d'amore!».

«Vista l'intelligenza di quel tale, non penso che dovrai aspettare molto», bofonchiò Eric, vedendo avanzare Evan Lewis.

Zoe scorse il ragazzo e la sua espressione cambiò di colpo, diventando seducente e ammiccante. «Ehi, splendore! Non mi aspettavo di vederti, oggi».

«Sono qui da quasi mezz'ora», disse Evan, circondandole completamente la vita con le mani. «Credevo di poterti fare un salutino, ma a quanto pare è impossibile distoglierti dal lavoro».

Zoe lanciò un'occhiata perplessa a Eric, che indicò l'ufficio di Liberty con un cenno del capo e finse di tagliarsi la gola.

«È di pessimo umore», si giustificò, scansando ogni responsabilità.

Zoe fece spallucce e trascinò il giocatore di football in un angolino appartato in fondo al negozio.

Eric servì in fretta i clienti rimasti, ansioso di tenere d'occhio quei due. Sapere che se ne stavano rintanati dietro gli scaffali più lontani gli mandava il sangue alla testa.

Quando riuscì a liberarsi, afferrò una manciata di oggetti da rimettere a posto e si avviò nella stessa direzione presa dai due piccioncini. Controllava sempre la situazione, quando Zoe era con un uomo. Non per lei, ma per il tipo di turno. Quella donna aveva il potere di rimbecillirli, e quelli si sentivano quasi in dovere di prenderla, sbatterla al muro e…

…baciarla appassionatamente, le mani rozzamente posate su di lei, come Evan Lewis stava facendo in quel preciso momento.

La vista gli si annebbiò. La voglia di lanciare tutti gli oggetti che aveva in mano contro quel tale assunse proporzioni esagerate e solo il pensiero di fare la figura del cretino gli impedì di farlo davvero.

Non riusciva a vedere bene il volto di Zoe, da quella distanza, ma qualunque fosse la sua espressione stava lasciando che quella bestia in calore la palpasse!

La vide scostarsi, mormorando qualcosa che non riuscì a sentire. La bestia sembrò poco interessata all'argomento, poiché si chinò ancora su di lei, con tutte le intenzioni di riprendere da dove era stato interrotto. Zoe fece un passo indietro e questo convinse Eric che non era del tutto ansiosa di lasciarlo ricominciare.

Non gli serviva altro per capire che quel tale era diventato insistente. A suo parere, lo era stato già varcando la soglia del negozio.

Ma Zoe si lasciò baciare ancora, quasi con rassegnazione…

Rabbioso, Eric diede un pugno sul ripiano di uno scaffale, che si ruppe, lasciando cadere tutto il suo contenuto a terra. Soffocando un'imprecazione per il dolore che provò quando le schegge di legno gli si conficcarono nella mano destra, si tolse dalla visuale più in fretta che poté, sicuro che la coppietta si sarebbe precipitata in quella direzione.

Zoe arrivò di corsa, trovandolo chino a raccogliere libri e cornici colorate.

«Che è successo?»

«Si è rotta una mensola», sbottò, senza guardarla.

«Com'è possibile?»

«Avrà preso umido, è legno. Non ha retto il peso». Eric si alzò, le braccia cariche di oggetti. Zoe notò il sangue fuoriuscire dal lato del palmo e sgranò gli occhi.

«Evan!», chiamò, togliendogli al contempo alcuni libri dalle mani.

L'orco la raggiunse in una falcata. «Che c'è?»

«Tieni questi un momento». Zoe gli rifilò tutto ciò che Eric aveva in mano, poi prese lui per un braccio. «Vieni, tesoro, disinfettiamo quel taglio».

«Non importa, è solo un graffio. Non credo che sverrò per così poco», sbuffò Eric, infastidito nel sentirsi trattare come un bambino ma godendosi, al tempo stesso, l'espressione perplessa di Lewis, impalato in un angolo con le braccia cariche di articoli da regalo.

«Come hai fatto a farti male?», proseguì Zoe, continuando imperterrita a trascinarlo verso l'ufficio.

«Cercando di frenare la caduta di quella roba», le rispose.

Zoe si diede da fare come una mamma chioccia per medicare il taglio. «Mi dispiace, se ti avessi dato una mano…».

«Avevi da fare».

Zoe apparve mortificata, mordendosi il labbro inferiore. «Gli ho detto che poteva partecipare al progetto di Brooke e… be', era molto contento».

"Anche troppo", pensò Eric, serrando i denti nel ricordare la foga con cui quel tale l'aveva baciata. Zoe travisò la sua espressione e si avvicinò, rapida.

«Ti fa male?»

«Non così tanto».

«Oh, non fare lo stoico! So che non ami la vista del sangue».

«Sono certo che al tuo amico, invece, piace parecchio. Hai fatto bene a trascinarmi via, rischiavi di farlo eccitare più di quanto già non fosse».

Zoe lo scrutò. «Ci stavi spiando?»

«Non era necessario, si sentivano i vostri gemiti nel raggio di cento metri».

«Non essere volgare, mi stava solo baciando».

«Fagocitando è il termine più esatto. Del resto, dopo aver aspettato per quasi mezz'ora, la sua libido doveva essere ormai schizzata alle stelle».

Irritata dal suo tono, Zoe gli mise un cerotto con un gesto stizzito. «Scusa se abbiamo urtato la tua sensibilità da timorato di Dio. È evidente che non ti ricordi più cosa significa essere attratto da una donna... Sempre che tu ne abbia mai baciata una in modo appassionato!».

«Non tutte le donne amano essere sbattute contro il muro in un luogo pubblico, Zoe».

Quella frase la ferì. Eric se ne accorse dal modo in cui i suoi occhi divennero scuri e le sue guance pallide. In un altro momento si sarebbe scusato, e Zoe probabilmente si aspettava proprio qualcosa di simile da lui, ma era così arrabbiato da non pensarci neppure.

Lei rimase in attesa per qualche istante, poi gli mollò la mano e se ne andò, la maschera di fredda indifferenza in posizione.

Rimasto solo, Eric frenò l'impulso di colpire qualcos'altro. Non aveva intenzione di dissanguarsi ancora, anche se il pugno alla mensola lo aveva aiutato a sfogare parte della sua frustrazione, oltre a interrompere gli approcci sessuali di Lewis.

Chiuse la porta e si sedette alla scrivania, le parole di Zoe vorticanti in testa.

Lo reputava una mezza sega? Uno che non ci sapeva fare con le donne, solo perché non le palpava in pubblico?

Era questo che voleva Zoe, da un uomo? In tal caso, era proprio senza speranze. Lui non era quel genere di persona, sapeva essere passionale senza doverne per forza dare dimostrazione al mondo intero. Un rozzo assalto come quello a cui aveva assistito non significava desiderare la propria donna, c'era modo e modo per mostrare attrazione. Le ragazze con cui era uscito lo avevano apprezzato proprio per la sua eleganza!

Ma Zoe era convinta del contrario, evidentemente.

Il post-it giallo con il numero di Stephanie attirò la sua attenzione. Steffy Parker era proprio l'esempio lampante di quella teoria: Zoe non era interessata a un ragazzo educato e riservato come lui, ma qualcun'altra lo avrebbe apprezzato.

«Fanculo», mormorò, afferrando il telefono.

Se Zoe voleva un gorilla come compagno di vita, aveva solo l'imbarazzo della scelta. Lui poteva avere di meglio.

«Ci vediamo, stasera?»

«No». Zoe si accorse di aver usato un tono troppo asciutto e aggiunse un sorriso. «Scusa, Evan, ma ho del lavoro da finire e penso che me lo porterò a casa. In questi giorni siamo sepolti di richieste, non ho tempo per uscire».

«Come vuoi. Peccato, perché mi hai lasciato con certe voglie...», disse lui, allusivo, avvicinandosi a lei.

Zoe sgusciò via dal suo abbraccio, sperando nell'arrivo di un cliente che avvalorasse la sua tesi. «Ho davvero delle cose da fare».

«Va bene. Allora ci vediamo per il servizio fotografico della Samuels». Evan scosse la testa, ancora emozionato all'idea di posare per un calendario. «Quando lo dirò ai miei amici non crederanno alle loro orecchie!».

«Non poserai insieme a lei. Il calendario è per una sua amica, una modella canadese», sospirò Zoe.

«Sicura di non volermi "istruire"? Se ci vedessimo stasera, potresti farmi degli scatti preliminari. Da me o da te, non ha importanza».

Quanto riusciva a essere viscido un uomo, quando aveva il sangue concentrato sotto l'ombelico?

Zoe iniziava già a pentirsi di aver proposto a Evan di posare per quel progetto. Brooke aveva deciso di ritrarre la sua amica Sydney assieme a dodici aitanti uomini, sperando che questa capisse che poteva averne quanti ne voleva, in qualunque momento e in qualunque veste, in sostituzione del suo vile ex fidanzato. Le aveva chiesto di scegliere ragazzi affascinanti e, quando Zoe era tornata dabbasso e aveva visto Evan, le era parso naturale chiedergli di partecipare. Era biondo, sexy, attraente, sarebbe stato perfetto per il mese di febbraio, nella parte di Cupido.

Evan aveva reagito con troppo entusiasmo alla proposta, e in minima parte quella reazione l'aveva delusa. Andare in estasi al pensiero di posare mezzo nudo su un calendario, bah! I luoghi comuni non erano soliti tacciare le donne di quel tipo di esibizionismo? Sembrava che i ruoli si fossero ribaltati, negli ultimi anni, e le sue esperienze – sia al lavoro che in privato – potevano confermarlo. Sempre più uomini amavano essere immortalati in pose sensuali e senza veli. Molti di loro le avevano chiesto di posizionare la sua reflex perfino in camera da letto, per avere scatti più piccanti! Inizialmente divertita, Zoe si era lentamente stancata di quegli atteggiamenti, diventando abile a evitarli.

Il solo pensiero di passare una serata simile con Evan le causò un grande senso di fastidio.

E la colpa era interamente di Eric.

L'aveva fatta sentire uno schifo, facile e superficiale come molte persone la consideravano. Con quell'aria offesa da puritano, aveva riversato su di lei il proprio sdegno, ridicolizzando i ragazzi con cui usciva e denigrando le sue scelte di vita. Nemmeno suo padre le diceva come vivere!

"Tuo padre non sa quello che fai per aggirare la solitudine, Eric sì", mormorò una vocina insistente nella sua testa.

Be', questo non gli dava il diritto di giudicarla!

Liquidò Evan, servì un paio di clienti, poi approfittò del momento di calma per salire nell'ufficio di Liberty. Aveva bisogno di sfogarsi con qualcuno.

Lib alzò una mano quando la porta si aprì. «Aspetta», disse secca, gli occhi fissi sulla pagina. Zoe si avvicinò alla scrivania e si appollaiò su un angolo, in silenzio. Quando Liberty scriveva assumeva un'espressione remota, ed era pericoloso interrompere i suoi momenti di ispirazione. Fissò la penna dell'amica scorrere veloce sul foglio di carta, il computer dimenticato in un angolo, e sorrise. Liberty aveva una vera passione per la parola scritta, le si leggeva in faccia.

Quando la donna sollevò la testa, con aria soddisfatta, Zoe indicò il quaderno. «Perché diavolo scrivi a mano se poi devi comunque riportare tutto sul computer?»

«Questione di intimità. La penna e la carta creano un legame più forte con le parole che mi scorrono in testa». Lib si passò una mano sul viso, ravviando, poi, i capelli biondi. «Sei venuta qui solo per chiedermi questo?»

«No, sono venuta qui per evitare di fiondarmi nell'ufficio di Eric e spaccagli anche l'altra mano!». Zoe balzò in piedi, sentendo ritornare a galla il fastidio di poco prima.

«Eric si è spaccato una mano?»

«No, ma si è fatto male. Una mensola si è rotta e lui si è sacrificato per salvare gli oggetti. Un eroe, vero? Forse aveva paura che lo mettessi in punizione dietro la lavagna», disse, velenosa.

«Questo è un bene: amo sapere che mi teme. Ma come ha fatto la mensola a rompersi?»

«Che ne so, chiedilo a lui! Avrà senz'altro una teoria interessante sulla composizione chimica del legno e di come questa può modificarsi a contatto con gli agenti atmosferici».

«Vi frequentate da troppo tempo», sbuffò Liberty, sistemando le carte sulla scrivania. «A volte parli come lui».

«Esatto, ci frequentiamo da troppo tempo e questo dovrebbe avergli fatto capire un paio di cosette su di me, giusto? Invece no, lui giudica e punta il dito senza pensare che ha di fronte qualcuno che può restarci male!».

«Arriva al sodo».

«È passato Evan a trovarmi».

«Lo so, me lo ha detto. A proposito: datevi appuntamento fuori dal negozio, la prossima volta».

Zoe roteò gli occhi. «Non gli ho chiesto io di venire, ha fatto tutto da solo. Mi ha aspettato mentre ero di sopra con Brooke Samuels e, quando sono scesa, mi sono appartata due minuti con lui per salutarlo e chiedergli se voleva partecipare al progetto del calendario. Evan era molto contento e lo ha dimostrato con un bacio… uhm… appassionato».

Liberty alzò gli occhi al cielo. «Zoe, devi per forza pomiciare nel mio negozio?»

«Era solo un bacio! Cavolo, non ti è mai capitato di essere afferrata e baciata in modo passionale da Justin?».

Liberty sollevò un sopracciglio. «Justin è un uomo riservato ed elegante. Non si sognerebbe mai di lasciarsi andare a effusioni eccessivamente ardenti in un luogo pubblico, e a me va decisamente bene così».

«Ecco perché il signorino va d'accordo con il tuo fidanzato».

«Zoe, qual è il problema?»

«Eric mi ha fatto sentire come una spudorata che si struscia contro il primo che capita».

«Lo stavi facendo?»

«Era. Solo. Un. Bacio.», scandì Zoe, fissandola.

«Ok. Se era solo un bacio e a te piace essere baciata in quel modo, perché sei tanto arrabbiata?»

«Perché Eric sa bene che non sono una ninfomane che si lascia palpare da chiunque, in pubblico!».

«Ti ha detto che lo sei?»

«No, ma il suo tono lo suggeriva».

«Allora chiarisci le cose con lui, digli di farsi gli affari suoi e di non giudicare le tue scelte».

«È proprio quello che pensavo», bofonchiò Zoe.

Liberty la studiò a lungo. «C'è altro, immagino, o non saresti ancora qui con quella faccia da funerale».

«È solo che... non voglio che Eric abbia una pessima opinione di me. Mi ferisce saperlo».

«Non credo sia così. Vuole il meglio per te e, conoscendoti come le sue tasche, sa che non è il trattamento che ti riserva Evan Taldeitali ciò di cui hai bisogno».

«Gli ho detto che si comporta così perché lui non è nemmeno capace di baciare una donna in modo appassionato», mormorò Zoe. Si sentiva tremendamente in colpa per quel colpo basso. Cosa ne sapeva, lei, di come Eric baciava le donne?

A parte nei suoi sogni, ovvio...

«È bello sapere che i miei dipendenti si insultano a vicenda in orario di lavoro», sospirò Liberty. «Comunque sia, Eric ti ha dato della svergognata e tu hai offeso la sua virilità. Siete pari».

«Io l'ho detto solo perché ero arrabbiata».

«Forse anche lui».

«Arrabbiato per cosa?».

«Perché si era appena fatto male ed era nervoso? Perché ti vuole bene e si preoccupa per te?»

«In poche parole lo stai giustificando. Quindi sono

io la poco di buono che si diverte dietro gli scaffali in modo immorale, lasciando il collega a fare tutto il lavoro da solo, al punto da farsi male…».

Liberty sorrise, vagamente divertita. «Se ti senti in colpa per non averlo aiutato, e sei consapevole di esserti lasciata andare a un atteggiamento che non ti rappresenta, perché non vai a chiedergli scusa?».

Lib arrivava sempre al nocciolo del problema.

Zoe incrociò le braccia al petto, imbronciata. «Ok».

«Brava bambina. Ora sparisci e lasciami lavorare».

Zoe si bloccò sulla porta. «Secondo te, io sono una mocciosa viziata e poco seria?»

«Secondo me sei una ragazza bisognosa di attenzioni, che gioca a fare la gran donna per nascondere le proprie debolezze. So che è difficile mostrare i propri sentimenti, Zoe, ma non è strettamente necessario nasconderli dietro un atteggiamento innaturale».

«Meglio fingere di non averne, come fai tu. Vero?». Zoe sorrise in modo tenero all'espressione sorpresa della collega. «O sei la persona più indifferente e sicura di sé sulla faccia della Terra, Lib, oppure mi hai appena dato un consiglio che tu stessa ti rifiuti di seguire. Comunque sia, ti ringrazio». Zoe chiuse la porta sul volto interdetto di Liberty e scese le scale.

Il suo capo aveva ragione, si sentiva in colpa. Sia per aver mollato Eric a sbrigarsela da solo con il negozio, sia per aver lasciato che Evan la trattasse come una ragazzetta qualunque da palpare in mezzo alla gente. Per questo aveva reagito in modo aggressivo.

Odiava essere colta in fallo.

Doveva scusarsi con Eric. Anche se era saccente e odioso, aveva ragione: non tutte le ragazze amavano essere sbattute al muro in un luogo pubblico. Lei per prima, anche se dimostrava l'esatto contrario per ricevere consensi.

Attese che l'orario di lavoro fosse concluso, anche se si rivelò un pomeriggio lungo e faticoso. Non c'era niente di peggio, in giornate piatte come quella, che ritrovarsi a lavorare da sola, sapendo che il suo migliore amico era arrabbiato con lei.

Quando lo vide uscire dall'ufficio per aiutarla a chiudere, come sempre, fu assalita dalla tenerezza. Aveva il viso tirato e la mascella rigida, ma si sforzò comunque di essere gentile. Anche se in collera, Eric non cadeva mai nella banalità di un muso lungo o di una ripicca infantile. L'educazione e il rispetto per gli altri si notava anche da quelle piccole cose, e l'affetto che provava per lei non poteva affievolirsi solo per una stupida lite.

Zoe appose il cartello "chiuso" alla porta, poi vi si appoggiò contro, fissandolo. «Scusa».

«Per cosa?», chiese Eric, ignorandola.

«Lo sai». Zoe gli si avvicinò, costringendolo a guardarla. «Non volevo dire quello che ho detto. Io non so niente della tua vita sessuale, al contrario di te. Ma proprio perché sai ogni cosa che mi è successa, da dieci anni a questa parte, dovresti sapere che non sono quel tipo di ragazza».

«Io lo so, ma gli altri no. Quindi non perdere tempo a spiegare al sottoscritto come sei fatta, fallo comprendere a chi ancora non sa che il tuo atteggiamento è solo una recita».

«Forse agli altri non importa di sapere come sono fatta davvero. Mentre a me importa il tuo parere, per questo ci resto male se ti arrabbi con me».

«Se pensi che agli altri non importi chi sei davvero, perché diavolo ci perdi del tempo?», sbottò lui alzando le mani, pronto a lanciarsi in una delle sue solite tirate. Zoe sorrise ed Eric fece una smorfia. «Non importa, non sono affari miei».

«Sono contenta di sapere che ti preoccupi per me, davvero. Ho reagito male perché... be', mi sentivo in colpa per averti lasciato da solo. Per quanto riguarda Evan, è stato un po' irruento, lo ammetto, ma sono abituata ai tipi come lui e infatti è stato liquidato».

«Nel senso che non lo vedrai più?»

«Nel senso che stasera si troverà qualcos'altro da fare. E in futuro vedremo».

«Suppongo sia già qualcosa», rispose lui, burbero.

Più tranquilla, ora che avevano chiarito, Zoe si sfregò le mani. «Che ne dici se, per farmi perdonare, ti offro una pizza? Se andiamo subito, forse riusciremo a trovare un tavolo anche senza prenotare».

Eric esitò, poi scosse la testa. «Non posso».

Zoe sbatté le palpebre. «Perché no?»

«Ho già un appuntamento».

«Oh». Confusa, Zoe lo scrutò. «Con Stephanie?»

«Sì. Arriverà fra poco».

«Capisco. Ok, faremo un'altra volta». Zoe finì di sistemare i fogli con gli ordini del giorno dopo, ma la sua mente restò concentrata sul rifiuto di Eric.

Era assolutamente normale che lui uscisse con quella ragazza. Era stata il suo grande amore giovanile, era naturale che volesse recuperare il tempo perso. Solo non era abituata a saperlo impegnato. Aveva avuto altre storie, in passato, ma nessuna aveva interferito con la loro amicizia.

"Neanche questa interferisce, Eric resta comunque tuo amico", ragionò, corrugando la fronte. Eppure, sapere di non poter passare la serata con lui la faceva sentire... esclusa.

Due discreti colpetti alla vetrina attirarono l'attenzione di entrambi. Stephanie era là fuori, le guance accese per il freddo e un bel sorriso sulle labbra. Sembrava emozionata in vista della serata.

Zoe si volse in direzione di Eric, che stava infilando la giacca, e si sforzo di rivolgergli un sorriso allegro. «Divertitevi! Falle vedere cosa si è persa in tutti questi anni».

«Ci proverò».

«È tutto a posto, vero?», chiese, un momento prima che lui raggiungesse la porta. Catturata la sua attenzione, lo guardò negli occhi chiari. «Non mi va di tornare a casa sapendo che non mi hai ancora perdonata».

«Non lo faccio sempre?», sospirò Eric, un'espressione indecifrabile sul viso. «Ci vediamo domani», disse poi, uscendo.

Zoe osservò la coppia allontanarsi lungo la strada. Erano davvero carini insieme, ed era sinceramente contenta che Eric avesse finalmente l'opportunità di realizzare i propri antichi sogni d'amore. O, almeno, avrebbe dovuto esserlo.

Invece avvertì un'ondata di tristezza, invidia e rammarico farsi largo nel suo petto, sensazioni che la fecero sentire sola, egoista e cattiva.

Con un groppo a serrarle la gola, finì di rassettare il negozio, pensando di meritarsi la propria solitudine.

6

«Avete fatto sesso?».

A quella domanda, Eric cadde quasi dallo sgabello. Zoe ridacchiò nel vederlo tanto sconvolto. «Andiamo, a me puoi dirlo. Sono o non sono la tua migliore amica?»

«Non credo che quel titolo ti autorizzi a ficcare il naso nelle mie questioni intime».

«Ma io ti parlo sempre di ciò che faccio con i miei ragazzi!», protestò Zoe.

Eric scese dallo sgabello, allontanandosi. «Appunto».

Sorvolando su quel commento, Zoe lo seguì. «Su, toglimi questa curiosità! Mi sta uccidendo».

«Pensa ai fatti tuoi».

«Ti prego, ti prego!». Zoe lo fermò, un finto broncio sulle labbra.

«Che ci guadagni a saperlo?», sbuffò lui.

«Nulla, è per il semplice gusto di spettegolare. L'ho fatto anche con Clover, a suo tempo, ricordi?»

«Se pensi che mi metterò qui a discutere degli attributi di Steffy, ti sbagli di grosso».

«Per carità!», sbottò Zoe, seccata. «Non ci tengo a sapere proprio *tutto*!».

«A Clover lo hai chiesto».

«Lei aveva appena fatto sesso con un attore di Hollywood! E comunque non mi ha mai risposto, quella screanzata».

«Perché tanto interesse per Stephanie? Non mi hai mai fatto il terzo grado, prima. Le altre ragazze che ho frequentato non ti interessavano?»

«È diverso, questa è speciale. È la donna della tua vita, giusto? O almeno era ciò che pensavi a vent'anni».

Eric prese a sistemare alcuni oggetti da collezione in un espositore. «Sono passati secoli, siamo cambiati entrambi».

«Oh-oh». Zoe scosse la testa, una smorfia poco convinta sul viso. «Suona molto sinistra questa tua affermazione».

«Perché?»

«Credevo fossi al settimo cielo e invece stai mettendo le mani avanti. Steffy non ha superato le tue aspettative giovanili?».

Alzando gli occhi al cielo, Eric la sorpassò. «Siamo usciti solo una volta!».

«Spesso è sufficiente».

«Sono un seguace della razionalità, ricordi? Ho bisogno di più tempo per capire se una persona mi piace».

«Eppure da ragazzo hai avuto un colpo di fulmine».

«Era meglio restare fulminati per davvero», borbottò lui, seminandola.

Zoe tornò al bancone, pensierosa. Per tutta la notte, dopo la discussione avuta con Eric, aveva pensato e ripensato a ciò che aveva provato vedendolo andare via con Stephanie Parker, e si era sentita così squallida da ripromettersi di comportarsi come un'amica modello per il resto dei suoi giorni. Non voleva assolutamente che i suoi rimpianti la rendessero invidiosa o acida con una delle persone che più amava al mondo, né voleva continuare a farsi trattare come un oggetto dai ragazzi. Voleva iniziare a lavorare seriamente su se stessa, essere una persona migliore, smetterla di uscire con gente che non meritava nemmeno un minuto del suo tempo, ed essere leale e giusta con gli amici.

Voleva che Eric si sentisse libero di chiederle consiglio o di sfogarsi, se lo desiderava. Era un ragazzo speciale e si meritava un'amica alla sua altezza.

Quando lui la raggiunse, tornò alla carica. «Volevo ricordarti che a me puoi dire tutto. Se hai bisogno di un consiglio, di conforto, di qualunque cosa, io ci sono», disse, seria. «D'accordo?»

«Hai qualcosa da farti perdonare?». Eric sembrava perplesso, e Zoe gli prese la mano destra, sfiorando il cerotto.

«Questo, per esempio. Se ti avessi dato una mano con il lavoro, ieri, anziché perdere tempo con Evan, non ti saresti fatto male. Mi sono sentita davvero in colpa nel vederti sanguinare».

Eric rimase immobile, la mano abbandonata nella sua, lo sguardo puntato altrove. «Non importa. Sono stato maldestro, come sempre».

«Morganuccio Combinaguai!», tubò Zoe, dandogli un buffetto sulla guancia.

«Mia madre non avrebbe mai dovuto parlarti di quel nomignolo», bofonchiò lui, aggiustando gli occhiali sul naso.

Zoe rise di gusto. «Me lo ha detto per vendicarsi, perché non sei tornato a casa per Natale».

«Hai usato tutte le tue armi subdole per convincermi a passare quella serata con la tua famiglia. Doveva punire te, non me!».

«Ma io so come farmi perdonare». Zoe sporse le labbra, sbattendo le palpebre. «Sono incantevole e irresistibile, vero?».

Eric grugnì.

«Disturbo?».

A quella voce, entrambi si voltarono, trovandosi a fissare una Stephanie alquanto confusa. Zoe si rese conto di tenere ancora la mano di Eric tra le sue e la lasciò andare, ma senza fretta. Non stava facendo niente di male e non intendeva, perciò, agire come se fosse stata colta a rubare la marmellata.

«Ciao, Steffy».

La ragazza fece passare lo sguardo dall'uno all'altra, un sorriso tirato sulle labbra. «Passavo di qui e sono entrata per un saluto veloce. Ho sbagliato momento?»

«Certo che no».

«Hai fatto bene a passare», disse Eric, sorridendole. «Tutto bene?»

«Sì, certo. Ho un colloquio di lavoro tra venti minuti e sono in anticipo».

Eric aggirò il banco per raggiungerla, e Stephanie si allungò a dargli un bacio sulla guancia, molto vicino alle labbra. Zoe intuì che non erano ancora così intimi da baciarsi sulla bocca in pubblico, e per un brevissimo istante se ne sentì rincuorata. Poi, dandosi della pazza e ricordando i suoi stessi buoni propositi, si allontanò per lasciarli soli.

La porta del negozio si aprì e Zoe fece per avvicinarsi al cliente, ma Eric la precedette, scusandosi con Stephanie prima di lasciarla sola al centro della stanza. Vedendo lo sguardo della ragazza farsi triste, Zoe la raggiunse.

«C'è sempre un gran viavai di gente, qui. Te lo hanno portato via in meno di un minuto».

«Già. Ma non posso certo pretendere che dedichi tutto il suo tempo a me, togliendolo al lavoro». Steffy si strinse nelle spalle. «Sono piombata qui senza avvisare, non mi aspettavo che avesse occhi solo per me. Anche perché è evidente che non è così».

L'ultima frase, pronunciata con voce amara, fece inarcare le sopracciglia di Zoe. «Che intendi dire?».

Stephanie la fissò «Ti posso fare una domanda?»

«Spara».

«Tu ed Eric siete stati insieme?»

«Come?». Zoe trasecolò. «Noi... no! Perché me lo chiedi?»

«Sembrate molto complici. Quando sono entrata eravate talmente presi da voi stessi da non accorgervi della porta che si apriva e... Sì, insomma, volevo essere certa di non avere concorrenza sleale».

"Concorrenza sleale? Se io volessi Eric, avresti già perso, bambolina!".

Quel pensiero emerse in modo così repentino, in Zoe, da darle i brividi.

Non poteva sentirsi in competizione con le ragazze di Eric. Era assurdo!

Rise, anche se in modo un po' forzato. «Siamo solo amici da tanto tempo». Eric sopraggiunse in quel momento e Zoe lo trascinò nella discussione. «Puoi tranquillizzare la tua ragazza, per favore?»

«A che proposito?».

Stephanie intervenne, di colpo esitante. «Mi dispiace, ho messo in imbarazzo Zoe chiedendole se voi due avete avuto una storia in passato».

Eric si tolse gli occhiali, sfregandosi gli occhi con una mano. «Cosa ti ha fatto pensare una cosa simile?»

«Mi sembrate molto affiatati».

«Dopo dieci anni di amicizia lo sarebbe chiunque».

Zoe fece un passo indietro quando Steffy prese la mano dell'uomo. Era già successo che una ragazza di Eric la guardasse storto per la complicità che dimostravano insieme, ma era la prima volta che qualcuna l'affrontava così di petto. Dovette apprezzarla per questo: era evidente che teneva a Eric, e lei non poteva che esserne contenta.

«Stai tranquilla, anch'io esco con una persona in questo periodo», le disse, quindi.

«Oh, bene! Cioè, sono contenta per te, ma io non volevo insinuare niente, spero di non essere stata fraintesa!», disse Stephanie, quasi affannata. «Sei così bella che mi metti ansia, sai? Viene da pensare che un ragazzo, dopo aver passato tutto il giorno insieme a te, non possa più provare interesse per una ragazza normale».

Zoe liquidò l'argomento con un cenno della mano. «Ti ringrazio, ma non è affatto vero. Eric mi conosce da un sacco di tempo... E se non è mai successo niente tra noi, direi che è immune al mio fascino». Cercò lo sguardo di Eric, che sembrava tremendamente a disagio, poi tornò a sorridere a Stephanie. «E comunque, sei una bellissima ragazza anche tu».

«Ti ringrazio, e scusa se ti ho messa in imbarazzo».

«Nessun problema».

«Stasera andremo all'inaugurazione di un nuovo ristorante. Perché non vieni anche tu con il tuo ragazzo?».

Zoe esitò. Guardò Eric, che pareva aver appena ingoiato un rospo intero, e scosse la testa. «Non è il caso. Godetevi la serata fra voi».

«Ci tengo, davvero. Dopo la gaffe di un attimo fa il minimo è cercare di fare amicizia. Mi fa piacere conoscere le persone che sono parte della vita di Eric, e tu indubbiamente sei una figura importante». Stephanie interrogò Eric con lo sguardo. «Per te non è un problema, vero?»

«Non credo che Zoe abbia voglia di unirsi a noi. Il suo ragazzo ha sicuramente altri progetti per la serata».

Il telefonino di Zoe si mise a vibrare nella tasca della gonna. Lei lo estrasse ed emise uno sbuffo ironico. «Parli del diavolo...». Si allontanò di qualche passo per rispondere, ma Eric la raggiunse prima che potesse farlo.

«Unitevi a noi», disse serio. «Non abbiamo mai fatto un'uscita a quattro, prima d'ora».

«Riuscirai a digerire Evan per tutta la cena?», ironizzò lei.

«Forse conoscendolo meglio finirò per trovarlo simpatico», rispose Eric con lo stesso tono, prima di tornare da Steffy.

Zoe rispose al telefono con una strana sensazione.

Eric aveva ragione, non erano mai usciti insieme ai rispettivi partner, in passato. Sembrava che il loro rapporto esistesse solo al di fuori di eventuali relazioni sentimentali.

Eppure era naturale presentare il proprio compagno agli amici. Clover lo aveva fatto con Cade, e lo stesso aveva fatto Liberty con Justin. Lei ed Eric, invece, non si erano mai presentati ufficialmente nessuna conquista amorosa. Forse perché nessuno era mai stato degno di essere conosciuto dall'altro?

Propose ad Evan di cenare assieme a due amici e, come si aspettava, lui brontolò. Erano usciti solo un paio di volte e l'uomo era più interessato a fare altre cose in sua compagnia. Lievemente seccata, Zoe si ritrovò a insistere. Voleva un rapporto normale con un ragazzo, e una serata tra amici rientrava nella sua idea di normalità.

Intuendo che, se non avesse accettato, sarebbe andato in bianco anche quella sera, Evan acconsentì a cenare con Eric e Stephanie, e Zoe riattaccò con un sorriso soddisfatto.

«Ha detto di sì», disse ai due, riavvicinandosi.

«Fantastico, ci divertiremo!», sorrise Stephanie.

Zoe non riuscì a capire se l'entusiasmo della ragazza fosse genuino o dettato dall'ansia di riparare al passo falso commesso poco prima. Di sicuro non voleva inimicarsi la migliore amica di Eric, ma era altrettanto intuibile che non si fidava del tutto di lei.

Si ritrovò a essere contenta di quella serata, dopotutto: avrebbe avuto modo di studiare la nuova fiamma di Eric e di capire se era davvero adatta a lui o se doveva considerarla una nemica come le altre. Ma, soprattutto, avrebbe potuto osservare il suo timido e riservato amico in una situazione diversa dall'amicizia. Era molto curiosa al riguardo.

Che idea stupida.

Come aveva potuto spingerla ad accettare l'avventato invito di Stephanie? Avrebbe dovuto farle capire che non era la benvenuta e fingere di voler cenare da solo con la propria ragazza… Ma l'idea di far sentire Zoe il terzo incomodo risultava ridicola perfino alle sue cellule cerebrali.

Ora capiva, Zoe, perché non avevano mai partecipato a un'uscita a quattro, in passato? Per lui il motivo era chiaro, ma lei non doveva aver mai pensato a quel dettaglio, prima di quella sera. In quel momento, però, vi stava riflettendo di sicuro, vista la fiacca comunicazione che si stava svolgendo al loro tavolo.

Lui ed Evan non avevano nulla in comune. Il giocatore di football parlava solo di sport e motori, due argomenti che Eric aveva sempre trovato noiosi. Senza Zoe a fare da intermediaria, e senza l'allegria forzata di Stephanie, sarebbe piombato il silenzio un minuto dopo l'arrivo degli antipasti.

Le due ragazze fingevano un cameratismo che in realtà non esisteva; si studiavano come due gatte che si contendono lo stesso filetto di pesce, anche se per motivi ben diversi, rendendo pesante l'atmosfera.

Insomma, era una serata disastrosa.

Eric capiva i dubbi di Stephanie riguardo il suo rapporto con Zoe, ci era già passato con le precedenti relazioni. Tutte, indistintamente, finivano per sentirsi minacciate dalla presenza ingombrante della sua migliore amica, anche se Zoe non faceva nulla per alimentare tali sospetti. Purtroppo non era colpa sua se era stupenda e sexy da morire, e se lui non poteva fare a meno di desiderarla ogni volta che posava gli occhi su di lei. Anche se si impegnava per non mostrare al mondo ciò che provava, le vibrazioni che il corpo emanava in presenza di Zoe dovevano essere percepibili anche da un imbecille... Lewis escluso, naturalmente. Quel tale non sapeva far altro che tirar fuori qualche monosillabo e lanciare occhiate lascive ai seducenti pantaloni attillati di Zoe e alla maglietta bianca che lasciava scoperta una porzione di pelle vellutata, dal collo alla spalla, sufficiente a risvegliare gli istinti vampireschi di chiunque.

Ogni volta che *quello* la guardava o la toccava, Eric si sentiva morire di gelosia. Stava facendosi violenza per non fissarlo in cagnesco, per non pugnalarlo con la forchetta ogni volta che allungava una mano, per non sbottare come una zitella inacidita quando Zoe gli dava un bacetto per tenerlo buono.

Per contrastare l'amaro gusto di bile che aveva in gola, si era concentrato il più possibile su Stephanie, carina e fresca come una rosa nel suo abito color pesca. Era davvero un peccato che Zoe fosse così radicata nella sua testa e nel suo cuore: Steffy era una ragazza dolcissima e teneva davvero a lui, a compiacerlo e a mostrargli quanto fosse felice di frequentarlo.

Perché non poteva innamorarsi di lei? Sarebbe stato tutto molto più semplice.

Zoe lanciava continue occhiate nella loro direzione, saziando parzialmente la sua curiosità: era intrigata all'idea di poterlo vedere in azione con una ragazza.

Eric lo sapeva e per questo cercava di comportarsi in modo naturale, nonostante si sentisse a disagio a fare il fidanzatino in presenza della donna dei suoi sogni. Ma non era solo quello a spingere Zoe a osservarli.

Conoscendola, Eric intuiva quanto fastidio doveva darle l'essere tenuta d'occhio da Stephanie come fosse un ordigno esplosivo. Alcune sue ex avevano cercato di allontanarlo da lei e Zoe voleva assicurarsi che l'ultima arrivata non fosse un ennesimo pericolo per la loro amicizia.

Eric avrebbe riso per quell'assurdità, se ne avesse avuto la forza.

«Quindi hai ottenuto il lavoro?», stava domandando Zoe a Steffy, mentre aspettavano il dolce.

«Sì. Dalla prossima settimana sarò l'assistente del dottor Leitman».

«Dottore? Non eri una mezza scienziata?».

A quella frase, Eric fissò Evan, una frase pungente sulla lingua. Aveva proprio il cervello grosso come una nocciolina.

Stephanie, sempre gentile, si finse divertita. «Lo sono. Molti laureati vengono chiamati "dottore", non solo i medici».

Zoe sorvolò. «Il nome Leitman mi suona familiare».

«Era uno dei nostri professori, al M.I.T. Ora si è dedicato completamente alla ricerca, e io lavorerò per lui».

«Avrò sentito quel nome quando ti aiutavo a studiare». Zoe sorrise a Eric.

«Probabile. Era il mio professore preferito, all'epoca».

Stephanie guardò Zoe. «Anche tu studiavi a Boston?»

«No, lavoravo nella caffetteria del campus. Eric veniva tutti i giorni alla stessa ora e, nei momenti di calma, mi sedevo con lui e gli davo una mano». Zoe abbassò lo sguardo sul piatto vuoto. «Più che altro lo ascoltavo: fisica e informatica non sono mai state il mio forte».

«In cosa ti sei laureata, tu?»

«Non ho frequentato l'università».

«Zoe sapeva già a vent'anni cosa voleva fare nella vita». Eric si inserì nella conversazione per evitare che l'amica s'inalberasse. Al solo menzionare l'università, Zoe si irrigidiva sempre. «Lavorava sodo, mentre la metà dei ragazzi del campus si dedicava a feste ad alto tasso alcolico e organizzazioni segrete. Il suo sogno era quello di trasferirsi a New York e frequentare uno dei corsi di fotografia più prestigiosi degli Stati Uniti. E ha fatto bene a seguire la sua strada: non le serviva una laurea qualunque per diventare la bravissima fotografa che è oggi».

Il sorriso dolce di Zoe rischiò di mandarlo in brodo di giuggiole, anche se non aveva detto quelle cose con l'intenzione di farsi bello ai suoi occhi. Zoe si era sempre sentita inferiore di fronte a persone che, come lui, avevano conseguito una laurea in discipline considerate impegnative. Non aveva nulla in comune con gli ex universitari e questo la faceva sentire esclusa da molti argomenti, spingendola a cercare l'approvazione generale puntando su altre doti.

«Io mi sono fermato alle feste alcoliche!», rise Evan, che di certo non aveva problemi a mostrare le proprie carenze. «Ho frequentato il college per un anno, poi ho mollato per giocare a football».

"Sei andato al college? *Tu*?!", pensò Eric, stupito. «Che indirizzo avevi scelto?», chiese invece, cercando di limitare la dose di sarcasmo nella voce.

«Ah, uno qualunque. Nemmeno me lo ricordo, lo aveva scelto mio padre».

"Mi sembrava strano". Eric si lasciò sfuggire un sospiro stanco.

Ringraziò il cielo quando il cameriere portò loro il dolce. Ancora pochi minuti e avrebbero potuto andarsene, finalmente.

«Eric mi ha detto che nei prossimi giorni ci sarà un servizio fotografico speciale, in negozio», disse Steffy, immergendo il cucchiaino nella sua fetta di torta.

Zoe annuì. «Realizzeremo un calendario piccante per l'amica di una nostra cliente».

«La cliente è Brooke Samuels!», esclamò Evan.

Zoe ed Eric gli lanciarono un'occhiataccia, ma Stephanie non se ne accorse.

«Sul serio? L'attrice di Hollywood? Che forza!».

«Lo è, ma sono informazioni che di solito lasciamo trapelare solo *dopo* aver lavorato con persone di un certo calibro». Zoe le rivolse uno sguardo eloquente. «Sai, per la privacy».

«Oh, certo. Immagino sia una vera scocciatura avere a che fare con gli ammiratori accalcati fuori dalla porta».

«Esattamente».

«Dovreste essere abituati. Una delle vostre colleghe sta con un attore, giusto?», proseguì Evan.

Stephanie fissò Eric. «Liberty o Clover?»

«Clover», sospirò Eric. Visto che Mr Muscolo non sapeva tenere la bocca chiusa, tanto valeva chiarire subito tutto. «Sta con Cade Harrison, che a sua volta ha lavorato con Brooke Samuels. È per questo che lei verrà da noi, domani».

«Cade Harrison, accidenti! È davvero affascinante!».

«La storia è stata su tutti i giornali. Come hai fatto a non saperne nulla fino a ora?», chiese Zoe, perplessa.

«Non mi interesso a simili pettegolezzi, di solito».

«Proprio come Eric. Stai anche china sui libri tutto il giorno?».

Il tono di Zoe, lievemente acido, passò inosservato grazie al sorriso splendente e scherzoso con cui lo diluì, ma Eric lo colse e fece una smorfia.

«Siamo una coppia affiatata proprio per questo. Stessi, noiosi interessi».

Quel commento bastò ad accendere una luce di gioia nello sguardo di Stephanie, e una fitta di colpevolezza in lui. Riusciva a fare i complimenti a quella ragazza solo per prendersi una piccola vendetta nei confronti di un'altra.

Che tristezza.

«A me non dispiace il mondo dello spettacolo», disse Evan, terminando in un baleno il suo dolce. «Quella gente ha un sacco di privilegi. Chi non vorrebbe essere al loro posto?»

«Hai aspirazioni in quel campo?», chiese Eric, sempre più annoiato.

«Non ci avevo mai pensato seriamente, anche se mi è sempre piaciuto apparire sul giornale dopo una partita. Ma sono molto eccitato al pensiero di essere uno dei modelli scelti per il calendario. Conoscerò due donne famose!».

«Eccitato, eh? Non avevo dubbi». Il suo borbottio gli fece guadagnare un calcio sotto il tavolo da parte di Zoe, che cercava di trattenere le risate. L'energumeno, naturalmente, non colse il sarcasmo nella sua voce.

Una donna dalla bellezza piuttosto appariscente, passando accanto al loro tavolo, si fermò di botto guardando Lewis.

«Evan? Sei tu?».

Lui alzò lo sguardo e il suo viso si aprì in un sorriso. «Luanne?».

Mentre i due si abbracciavano e baciavano, parlando quasi in contemporanea, Eric si concentrò su Zoe, che fissava la nuova arrivata come uno scienziato osserva una cellula al microscopio.

Qualunque fosse il grado di interesse che lei provava per il partner del momento, Zoe, la sua bellissima e sveglia Zoe, finiva per sentirsi sempre minacciata dalle altre donne.

Ridicolo. Quella bionda ossigenata con le tette rifatte non era bella nemmeno la metà di lei.

Evan, però, sembrava apprezzarla e lo sguardo parzialmente lascivo che stava lanciando alla scollatura della sua amica fece scattare in piedi Zoe.

La vide avvicinarsi a Evan e posargli una mano sulla schiena, facendola scivolare lungo la spina dorsale in una carezza leggera, volta ad attirare l'attenzione.

Eric non poteva parlare per Lewis, ma il suo corpo reagì immediatamente, facendogli stringere i denti. Distolse lo sguardo da quella scenetta patetica e si concentrò sul proprio dessert, anche se gli parve di ingoiare vetri acuminati.

«Non ci presenti la tua amica?», stava dicendo Zoe,

con voce suadente. Si era messa in competizione con la nuova arrivata in meno di due minuti, di solito vi impiegava più tempo. Questo significava che quella nullità le piaceva più degli altri?

«Lei è Luanne. È stata la mia storica ragazza del college», spiegò Evan. «Lu, questa è Zoe. Usciamo insieme da qualche giorno».

Zoe e Luanne si strinsero la mano e, se la realtà fosse stata un film di fantascienza, da quella stretta sarebbero sprizzate scintille di alta tensione.

«È gelosa, eh?», mormorò Stephanie al suo orecchio, distraendolo.

«Di chi parli?»

«Dovrei dire di entrambe, ma principalmente di Zoe. Quando la ex e la nuova ragazza di un uomo si incontrano per la prima volta, sono sempre ostili fra loro. Si studiano e si chiedono cosa ha trovato di così interessante, lui, nell'altra ragazza».

«Personalmente non trovo nulla di entusiasmante in quella donna», disse Eric. «Forse l'affetto parla al posto mio, ma credo che Zoe non abbia nulla da invidiarle».

«Sei molto leale». Stephanie gli accarezzò una guancia e gli diede un breve bacio sulla bocca. «Anche tu non hai nulla da invidiare al ragazzo di Zoe, sai? Lui è così…».

«Rozzo? Stupido? Volgare?», propose Eric, con una smorfia.

«Sarei stata più magnanima nel descriverlo, ma direi che la tua versione può andare!», rise lei.

Non riuscendo a impedirselo, Eric lanciò un'altra occhiata in direzione di Zoe, che continuava a strusciarsi sul suo giocattolino per marcare il territorio. Sentendo l'irritazione crescere a dismisura, si alzò dal tavolo con piglio deciso.

Stephanie sollevò la testa, perplessa. «Che ti prende?»

«Ho dimenticato di fare una telefonata», improvvisò. Le diede un bacio sul capo, per ammortizzare la fretta. «Torno subito. Poi vorrei che ce ne andassimo. Non voglio passare tutta la serata insieme a loro».

«Concordo», sorrise lei, una luce maliziosa negli occhi verdi.

Eric si avviò all'uscita e, una volta fuori, si lasciò andare contro il muro di pietra del ristorante.

Che serata schifosa. Doveva convincere Stephanie a non farsi venire in mente mai più idee simili, in futuro. La loro storia doveva viaggiare parallelamente al suo rapporto con Zoe, altrimenti sarebbe stata una totale perdita di tempo.

Non aveva deciso di frequentare un'altra donna proprio per dimenticare la collega?

Vederla ostentare un interesse per quell'imbecille, solo per non farsi mettere in un angolo da Miss Tette Rifatte, lo faceva impazzire. Zoe Mathison, che poteva avere qualunque uomo desiderasse, che aveva un cervello funzionante oltre a una bella faccia e un fisico strepitoso, elemosinava attenzioni da chiunque finendo per rendersi ridicola. Non aveva mai sopportato quella debolezza, in lei, e il suo grado di sopportazione era sceso nettamente nelle ultime settimane.

Stava diventando sempre più difficile tenere a bada i propri sentimenti.

Prese un profondo respiro per calmarsi, poi tornò

dentro. Luanne sembrava essersi dileguata, ma Evan e Zoe erano ancora in piedi e questo gli fece ben sperare in un'imminente conclusione della serata.

«Noi andiamo via», disse Zoe, senza alzare lo sguardo. Evan aveva un sorriso da orecchio a orecchio… e un vistoso rigonfiamento nei pantaloni.

Sul punto di vomitare, Eric fece alzare Stephanie e l'aiutò a indossare la giacca. «Sì, anche noi».

Uscirono in silenzio e, una volta in strada, Steffy sorrise a Zoe.

«Grazie di aver accettato il nostro invito, mi ha fatto piacere conoscerti meglio».

«Anche a me», rispose Zoe, distratta.

Evan le porse un casco integrale, poi salì su una moto enorme che Eric non aveva notato prima. «Monta su, piccola. Con questa arriveremo presto a casa».

«Sa guidare?», chiese Eric a Zoe, i pugni serrati nelle tasche.

«Certo. Corre troppo, ma… chi non lo farebbe con un bolide simile?». Zoe salì in sella alla moto, poi si voltò verso di lui. «Ci vediamo domani!», urlò, per sovrastare il rumore del motore mandato su di giri.

«Se sarai ancora viva», borbottò Eric, prendendo Stephanie per mano e dirigendosi verso la fermata dei taxi.

«Non è stata una grande idea, la mia. Vero?».

Eric si sforzò di sorridere alla sua ragazza. «Non importa, ormai è andata».

«Mi dispiace. Volevo rimediare alla figuraccia fatta con Zoe e l'ho invitata d'impulso». Steffy si morse le labbra, mortificata. «Non avrei dovuto farle quella domanda impertinente su voi due, avrei dovuto chiederlo a te, o farmi gli affari miei. Ma volevo capire se temerla o fidarmi di lei».

«Temere Zoe?». Eric rise, amaro. «Hai visto che tipo di uomo le piace».

«Gusti alquanto singolari».

«Diciamo così».

Stephanie fissò la strada davanti a sé, il viso improvvisamente malinconico. «Non vorrei averti dato l'impressione di essere una malata di gelosia, ma per me è difficile fidarmi. Anni fa mi sono innamorata di un tizio che aveva un rapporto molto stretto con un'altra ragazza: amici di famiglia fin dai tempi dell'asilo. Lui provava solo un affetto fraterno per questa persona, ma quando ci siamo messi insieme lei è diventata gelosa e ci ha messo i bastoni fra le ruote in più di un'occasione, fino a quando non ci siamo lasciati. Io mal sopportavo la sua intromissione nel nostro rapporto, ed ero diventata particolarmente suscettibile, mentre il mio fidanzato era troppo legato a lei per mandarla al diavolo, gli dispiaceva farla soffrire». Lo osservò, da sotto le lunghe ciglia. «Capisci perché volevo essere certa che Zoe non fosse una rivale? Noi donne tendiamo a rincorrere sempre lo stesso tipo di errore, in amore... Ma stavolta vorrei proprio evitarlo».

Eric rimase in silenzio per qualche istante, sentendosi più in colpa che mai. Ma se Steffy aveva bisogno di un'assicurazione sull'inesistente interesse di Zoe nei suoi confronti, poteva dargliela senza mentire. Era lui quello innamorato senza speranza, non il contrario. Ed era anche intenzionato a porre rimedio alla questione.

«Hai sentito che ha detto, oggi: se in questi anni non

è mai successo niente, tra noi, non hai di che preoccuparti», disse quindi, aprendole galantemente la portiera del taxi e prendendo posto accanto a lei.

«Questo mi fa davvero piacere», mormorò la ragazza, sorridente, attirandolo più vicino a sé.

«Dove vi porto?», chiese il tassista.

Steffy guardò Eric, un chiaro invito negli occhi. «La serata è ancora lunga. Ti va di salire da me?».

Lui esitò un solo istante, confuso. Poi l'immagine di Zoe in sella alla moto di quel maiale in fregola gli schiarì la mente in un lampo.

«Ottima idea».

7

Ferveva una grande attività in quel periodo, da Giftland. Per far fronte alle continue richieste della clientela, Liberty aveva dovuto reclutare un paio di ragazze in più, così da permettere a lei, Zoe, Eric e Clover di svolgere le loro mansioni con più calma.

Quel giorno, però, la situazione era ancor più caotica. Oltre alla clientela abituale – più numerosa del solito, in vista di San Valentino –, una star di Hollywood e una quotata modella canadese erano in negozio e la confusione regnava sovrana. Tutti i dipendenti volevano dare un'occhiata alle celebrità e tutte le clienti si spintonavano per ammirare i fantastici modelli che sfilavano da ore su e giù per le scale.

Intenta a settare la propria reflex, Zoe aspettava che Brooke Samuels spiegasse alla sua stupefatta amica Sydney lo scopo di quel servizio fotografico. Lei e l'attrice avevano passato insieme il pomeriggio precedente per scegliere dodici volti fra quelli che un'agenzia di moda aveva messo a loro disposizione, e ad assegnare i ruoli per ogni mese del calendario. Ora, gli stessi modelli erano radunati in un angolo, quasi pronti a iniziare, mentre Sydney scuoteva ancora la testa, incredula e divertita.

Il telefono interno squillò e Zoe lo afferrò senza pensarci. «Giftland», disse, continuando a fissare il display della macchina fotografica.

«Ciao, sono Cade. Cercavo quella matta della mia ragazza».

«Nessuna speranza che tu decida di parlare solo con me, eh?», scherzò lei, alzando gli occhi per guardarsi intorno alla ricerca di Clover. L'amica era rimasta in negozio per dare una mano con la scelta dei costumi, non poteva essere molto lontana.

«Smettila di provarci con me, Patrick non ne sarà felice».

«Patrick?»

«Dempsey. Ho un suo autografo da portarti. Non è il suo numero di telefono, ma...».

«Oh, Cade, sei il migliore!», rise Zoe, avvicinandosi a Clover. «Cercherò con ogni arma possibile di sottrarti a quella testa rossa che, per inciso, non ti merita. Sei via da pochi giorni e ti ha già rimpiazzato, lo sai?»

«Oh, davvero? E con chi?»

«Con uno stuolo di modelli seminudi e unti. Ci si sta sollazzando proprio in questo momento, quindi non so se riuscirò a staccarla da loro per passartela», tubò, sorridendo nel vedere l'espressione di Clover illuminarsi, una volta compreso chi fosse il suo interlocutore.

«Che ci fanno dei modelli seminudi nel vostro negozio? Credevo di essere al sicuro nel lasciarla andare al lavoro», continuò Cade, in tono scherzosamente cupo.

«Che vuoi farci, stiamo per dare il via a un servizio fotografico piccante e Clover si è subito offerta di dare una mano. Che spudorata!».

«Fammi avere le foto, le userò come identikit per sguinzagliare i miei cecchini».

Il telefono le venne strappato di mano da una Clover sogghignante, che partì in quarta. «Vedi che effetto mi fa stare lontana da te per così tanto tempo? Se non fossi partito per Los Angeles, non avrei nessun bisogno di aggirare la solitudine con l'aiuto di dodici aitanti sconosciuti!», disse allontanandosi.

Intenerita, Zoe tornò alla sua postazione guardandosi intorno.

La grande stanza in cui lavorava di solito era piena di gente: dodici modelli, quattro fra sarte e truccatrici, Brooke e Sydney, Clover e Liberty, e perfino Eric. Era stato richiesto dalla Samuels, infatti, che venisse girato anche un video con i retroscena più divertenti del servizio fotografico, e così Eric si stava dando da fare con telecamere e microfoni.

Zoe si concesse un minuto per osservarlo. Dopo la serata tremenda passata assieme ai rispettivi partner, non erano mai rimasti soli e non avevano avuto modo di parlare. Anzi, sembrava quasi che lui si tenesse a distanza.

Forse aveva altro a cui pensare, per esempio alla sua relazione. La dolce fidanzatina aveva già iniziato con il lavaggio del cervello per spingerlo a non starle troppo vicino?

Zoe digrignò i denti al pensiero che l'ennesima ragazzina cercasse di allontanarla dal suo migliore amico. Di che cosa avevano paura? Se Eric avesse avuto un interesse per lei lo avrebbe reso noto, in tutti quegli anni, giusto?

Ricordò l'atteggiamento premuroso e dolce che lui

aveva avuto con Stephanie durante la cena e si lasciò sfuggire un sospiro. Quella sì che era una coppia normale, degna di nota. Di certo non poteva essere considerata una relazione ciò che lei aveva con Evan, quella specie di assatanato con ambizioni nel mondo dello spettacolo!

Si guardò intorno per cercare l'uomo in questione e, nel vederlo intento a rimirarsi allo specchio prima di andare a prepararsi per le fotografie, fece una smorfia. Il loro rapporto aveva preso una strana piega, dopo la serata al ristorante, una piega del tutto sessuale che Zoe non desiderava. Ma aveva commesso l'errore di concedergli una notte infuocata solo per riguadagnare il terreno che le era parso di perdere quando aveva visto Evan fissare con ammirazione la sua ex ragazza, e adesso tenerlo a bada era diventato ancor più difficile di prima. Si vergognava di quella maldestra presa di posizione volta a evitare che lui la piantasse in asso per una minestra riscaldata con le tette rifatte. D'altra parte, il pensiero di mostrarsi single e disperata davanti alla nuova coppietta dell'anno la faceva sentire uno schifo, per questo portava avanti quella stupida relazione, sperando di trovarvi qualche lato positivo. Ma il compito si stava rivelando più arduo del previsto.

Tornò suo malgrado a concentrarsi su Eric. Sembrava distratto, silenzioso. I lineamenti del suo volto erano rilassati, per lei indice sicuro di soddisfazione sessuale, ma i suoi occhi non brillavano come quelli di Clover.

Non era felice con la sua ragazza?

Lui si volse e Zoe incontrò il suo sguardo. Avrebbe voluto chiedergli come stava, come andava la sua nuova storia d'amore, o anche solo passare un po' di tempo insieme a lui per chiacchierare e stuzzicarsi come facevano sempre, giusto per assicurarsi che non si stesse allontanando da lei. Ma non era certa che lui fosse disposto a confidarsi, e poi era troppo indaffarata, in quel momento, per pensare a quelle cose. Perciò si impose di rimandare tutto a data da destinarsi.

Evan emerse da una delle cabine improvvisate per garantire privacy ai modelli, abbigliato – o meglio, quasi nudo – come Cupido. Indossava un drappo di tessuto bianco a coprire le parti intime, un paio di ali bianche e aveva un arco in mano. Era davvero attraente, molto sexy, anche se forse le sarte avevano esagerato un tantino con l'olio per il corpo. Ogni singolo muscolo era stato messo in risalto, lucido e guizzante, e i riccioli biondi erano inanellati ad arte.

Zoe lo vide avvicinarsi a Brooke e Sydney, e imprecò fra i denti. Gli aveva detto di stare alla larga da loro, ma era evidente che non l'aveva ascoltata. Sul volto gli si era disegnata la stessa espressione che avevano i ragazzini entrando in un negozio di videogiochi: fissava le due donne quasi con adorazione.

Nauseata si avvicinò a Liberty, intenta a scegliere brani musicali da usare come sottofondo. «Non ho mai visto un uomo strisciare in stile verme come Evan sta facendo in questo momento con quelle due», borbottò.

«Aspira a diventare un fotomodello?»

«Non ne ho idea».

«Di cosa parlate quando siete insieme?», chiese Liberty, senza guardarla.

Zoe si strinse nelle spalle. «Di solito la parte teorica tocca a me».
«Capisco».
Eric si fermò accanto a loro con una matassa di fili in mano, cercando di sistemarli in modo che non dessero fastidio.
«Fai attenzione con quelli, non vorrei che inciampasse qualcuno», gli ricordò Liberty. «Dovremmo ripagare quelli dell'agenzia di moda, se uno dei ragazzi si facesse male».
Zoe fece una smorfia. «L'unico che può tranquillamente farsi male è Evan: lui non fa parte di alcuna agenzia, almeno per ora».
«Cupido ha le ali, non so se riesco a farlo inciampare. Ma posso provarci», ironizzò Eric, chinandosi sotto un tavolo per nascondere la matassa di cavi elettrici.
Brooke e Sydney si avvicinarono a loro. «Zoe, possiamo parlarti un attimo?»
«Certo, ragazze, che succede?»
«È tutto davvero divertente, e l'idea mi piace molto», sorrise la modella, rivolgendo all'amica uno sguardo affettuoso. «Ho solo un piccolo appunto».
«Dimmi tutto e vedremo di rimediare immediatamente».
«Cupido», borbottò Brooke. «Non riesci proprio a rimpiazzarlo?».
Uno sbuffo divertito proveniente da sotto il tavolo strappò un mezzo sorriso a Zoe, che tentò di trattenersi. «Che problema c'è con Evan?»
«È un tantino… insistente!». Sydney roteò gli occhi. «Non fa che sorridere e fare complimenti, ho la sensazione che miri a ottenere una raccomandazione con la

mia agenzia di moda… o che voglia un appuntamento. In entrambi i casi, non sono interessata».

«Comunque sia, per la parte di Cupido avrei preferito qualcuno di più delicato», ribatté Brooke.

Zoe sbatté le palpebre. «Mi dispiace, avrei dovuto far venire anche lui per i casting, ieri. La descrizione non è stata abbastanza esaustiva?»

«Oh, no, credevo potesse essere una buona idea: un bel putto sexy. Ma il tuo ragazzo non si avvicina alla mia idea di sensualità».

«Si avvicinava alla mia, almeno fino al mio quasi marito», sbottò Sydney, mentre un'ombra passava nel suo sguardo. «Anche Trevor aveva quel tipo di fascino animale».

«Forse potremmo richiamare l'agenzia di moda e farci mandare uno dei ragazzi che abbiamo escluso».

Sydney si voltò verso Liberty, con espressione piena di rammarico. «Mi dispiace crearvi problemi».

«Niente affatto, il calendario è un regalo per te ed è giusto che sia di tuo totale gradimento», la tranquillizzò Liberty.

Lo sguardo di Brooke venne attirato dalla figura di Eric, ancora accucciata sotto il tavolo, e un sorriso diabolico le si dipinse in volto. «Syd, tesoro, forse potremmo avere un bel Cupido in pochi minuti».

Zoe seguì lo sguardo dell'attrice e per poco non scoppiò a ridere. «Oh, Brooke, non credo…».

«Guarda che bel culetto», proseguì la donna, dando di gomito a Sydney. La modella fissò il sedere di Eric, che in quella posizione risaltava in modo piuttosto evidente, e inarcò le sopracciglia.

«Non male. Ma il resto com'è?»

«Delizioso!», assicurò Brooke. «L'ho già conosciuto».

«Ma Sydney no», sorrise sadicamente Liberty, pregustando la scena. «Eric, puoi emergere da lì sotto un momento?».

Zoe vide Eric indietreggiare carponi, sollevarsi e sbattere la testa contro il bordo del tavolo. «Accidenti», lo sentì borbottare, massaggiandosi i riccioli castani.

Sorrise, divertita. Eric era l'unico ragazzo di sua conoscenza che riusciva a essere educato ed elegante perfino quando imprecava.

Il colpo gli aveva fatto cadere gli occhiali, perciò fu un Eric spettinato e con il viso libero che si risollevò. Sydney lo osservò da capo a piedi, poi annuì.

«Mi piace!».

Inforcando gli occhiali, Eric fissò, perplesso, le facce femminili che lo attorniavano. «Mi sono perso qualcosa?»

«Stai per diventare un modello», sentenziò Liberty. «Brooke e Sydney credono che tu sia perfetto per la parte di Cupido».

Zoe si portò una mano alla bocca per evitare di ridere forte. L'espressione scioccata di Eric era davvero impagabile.

«Cosa?! No, niente affatto! Io non poso per un servizio fotografico!», protestò lui, cercando il suo sguardo. «Digli che non sono fotogenico!».

«Be'», esitò Zoe. «È un po' rigido, in effetti. Troppo timido per una cosa del genere».

«Sciocchezze, qui siamo tra amici». Brooke accantonò quelle scusanti con un cenno della mano, poi afferrò il braccio di Eric e lo trascinò in mezzo a loro per poterlo guardare meglio. «Non è estremamente muscoloso, ma è alto e ha un bel viso. Sembra molto dolce, e questo è un bene dovendo rappresentare il dio dell'amore. Nella mitologia latina, Cupido veniva descritto come un giovane maldestro, e anche questo sembra coincidere. I capelli non sono proprio biondi, ma neanche nei dipinti di Caravaggio lo sono, perciò...».

«Hai ragione, è perfetto», approvò Sydney.

«Bene, Eric, se vuoi andare a cambiarti... Sei il secondo in ordine di apparizione», disse Liberty, pensando al lato pratico della situazione. Ma Eric continuava a scuotere energicamente la testa.

«Aspettate un attimo, non ho nessuna voce in capitolo? Io non sono un modello!».

Mentre lo sguardo di Lib si faceva minaccioso, e Brooke e Sydney lo guardavano perplesse, Zoe lo prese per un braccio, ma Eric si divincolò e si avviò fuori dalla stanza.

«Ci penso io, datemi cinque minuti», disse alle altre donne, prima di seguirlo.

Lo intercettò fuori dalla porta, fermandolo. «Eric, aspetta!».

«Non voglio farlo», sibilò lui, il viso serio.

Zoe lo trascinò nell'ufficio di Liberty e chiuse la porta. «Saranno solo pochi scatti! Ti prometto che farò in fretta, ho già un'idea ben precisa di ciò che voglio realizzare, perciò non ci metterò molto».

«Ma hai visto com'è vestito quel pagliaccio?!»

«Oh, andiamo, fai uno sforzo!». Zoe ammiccò. «Non sei contento di sapere che due bellissime donne del *jet set* preferiscono te a Evan? Pensa a che soddisfazione ne ricaverai entrando lì dentro e rubandogli arco e ali!».

Eric bofonchiò qualcosa di incomprensibile e Zoe gli si avvicinò. «Fallo per Sydney. È stata mollata brutalmente proprio da un uomo che somiglia a Evan».

«Così impara a preferire i muscoli al cervello».

«Allora fallo per te stesso e per Liberty. Se facessi arrabbiare Brooke, rifiutandoti di collaborare, Lib potrebbe anche dimezzarti lo stipendio!».

«Bell'amica! Non mi ha neanche chiesto un parere, mi ha subito immolato per la causa!».

«Ok, fallo per me». Zoe gli posò una mano sul petto, sbattendo le ciglia come spesso faceva per ottenere favori dalle sue prede. «Tu non vuoi farmi fare brutta figura davanti a due donne così importanti, vero?»

«Ci stai provando con me?», sbottò Eric, fissandola.

«Funziona?», ridacchiò lei.

«A che scopo?»

«Farti accettare il ruolo di Cupido?»

«Allora no».

Quale scopo avrebbe fatto la differenza?, si chiese Zoe brevemente. Ma accantonò il pensiero e sospirò. «Rischiamo anche di fare una cattiva pubblicità a Cade. È lui che ci ha suggeriti a Brooke, ricordi? Se la contrariassimo, lei potrebbe lasciarsi sfuggire questa cosa con i giornalisti e la povera Clover ci finirebbe nel mezzo...».

«Tu sì che sai come incastrare la gente». Eric prese un profondo respiro. «Dieci minuti in tutto. E non farmi sembrare un idiota!».

«Ti farò sembrare un dio, promesso!». Zoe batté le

mani, contenta. «Vai a prepararti, Clo e le sarte ti diranno cosa fare. Io vado a tranquillizzare le altre».

Uscì prima che lui potesse cambiare idea, e raggiunse Brooke, Sydney e Liberty.

«Tutto ok? Non volevo che si arrabbiasse», esordì la modella, confusa.

«Non è arrabbiato, solo terrorizzato», spiegò Zoe. «Ma l'ho calmato, assicurandogli che non ci vorranno più di dieci minuti».

«Vado a prendergli una birra, magari si rilassa», ironizzò Lib, sparendo fuori dalla stanza.

Brooke guardò Zoe, quasi incredula. «Non mi era mai capitato di vedere un uomo così poco ansioso di mettersi in mostra davanti a un gruppo di donne».

«Eric non è come gli altri uomini», sorrise lei. «È un bravo ragazzo che aspira a colpire per altre qualità».

«Ci riesce. È talmente tenero che gli chiederei di uscire!», rise Sydney.

«Mi dispiace, è già impegnato», precisò Zoe. Il suo tono fece intendere a Sydney tutt'altro.

«Oddio, scusami. Non credevo che voi due... Pensavo che tu stessi con il giocatore di football».

Zoe sgranò gli occhi grigi. «Oh, no! Cioè, sì, esco... anzi, uscivo con Evan. Io ed Eric siamo solo amici. Ma lui ha una ragazza, intendevo questo».

«Lo hai detto con una tale perentorietà che ho creduto fossi gelosa!».

Brooke ridacchiò. «Forse è pentita di esserselo lasciato scappare».

«Vado a liquidare Evan», disse Zoe, ignorando i loro commenti. Non capiva il perché, ma quei discorsi la mettevano a disagio.

Evan non prese molto bene la notizia. Si guardò intorno, lanciando fulmini dagli occhi in cerca del suo sostituto, ma Zoe gli disse che il nuovo modello era già andato a cambiarsi e che doveva consegnarle ali e arco. L'uomo glieli diede con un gesto stizzito, correndo poi a rivestirsi. Se ne andò senza nemmeno salutare e Zoe seppe che non lo avrebbe più rivisto.

Venti minuti dopo, il vociare aveva iniziato a diventare insistente. Era da ormai più di un'ora che tutti ciondolavano in quella stanza; i primi scatti erano stati effettuati con successo e i restanti dieci modelli erano impazienti di mettersi in posa. Sydney era già pronta, con indosso l'abito scelto per la foto di febbraio... ma di Eric ancora nessuna traccia.

Cogliendo lo sguardo impaziente di Brooke, intrattenuta da Clover e Liberty, Zoe si diresse verso il piccolo spogliatoio in cui aveva visto entrare l'amico.

Era dentro da un pezzo, ormai. Aveva per caso cambiato idea? Brooke si sarebbe davvero arrabbiata, per non parlare di Liberty...

Con piglio deciso si fermò davanti al camerino, pronta a blandirlo un'altra volta, se necessario. «Eric, ci stai mettendo troppo», esordì, scostando la tenda senza troppe cerimonie. La loro confidenza era tale da non necessitare di simili accortezze. «Ho già finito con il modello di gennaio, adesso tocca a te e dovrai essere fuori tra...».

Le parole le morirono in gola di fronte allo spettacolo che le si parò davanti.

Il corpo di Eric si stagliava nella piccola cabina poco illuminata, completamente nudo. Le dava le spalle, offrendole la piacevole visione di una schiena liscia e ben fatta, di spalle sufficientemente ampie, muscoli non gonfi ma scattanti e ben delineati.

E un sedere da urlo. Alto, sodo, ben tornito...

«Mio dio», mormorò, gli occhi sgranati, la mano stretta alla tenda scura.

Eric si volse di scatto, regalandole anche una vista accurata di un petto ben disegnato e... *tutta* la sua restante anatomia, prima che afferrasse la felpa per coprirsi, il volto soffuso di rossore.

«Zoe! Maledizione, non potevi bussare?!», esclamò, imbarazzato.

«Ah». Zoe si schiarì la voce, gli occhi ancora fissi su quel fisico asciutto. «Non si può... bussare su una tenda, voglio dire», balbettò. Poi sbatté le palpebre. «Cristo santo, Eric... perché diavolo sei nudo?!»

«Non devo indossare gli abiti di Cupido? Se mi preferisci vestito...».

«No, no!», lo interruppe lei, frettolosamente. «Fai pure», aggiunse, richiudendo la tenda con uno scatto deciso.

Dio...

Il cuore le batteva a tonfi sordi nel petto. Non era mai stata tanto scioccata in vita sua!

Che diavolo ci faceva lì in piedi, nudo come appena venuto al mondo? Tutto aveva immaginato, tranne di trovarlo in quelle condizioni.

Incredula, scostò nuovamente la tenda, quasi per assicurarsi di non aver avuto un'allucinazione. Ma Eric era ancora lì, ora con indosso il gonnellino di cotone bianco. Anche se la sua nudità non era più in bella mostra, Zoe sentì ugualmente una vampata di calore nel vedere il resto di quel fisico scattante.

Non era abituata a vederlo svestito. Non ricordava di aver mai visto più di un polpaccio e un braccio nudo di Eric in dieci anni.

Si era quasi convinta che lui non avesse un corpo, santo cielo!

«Perché diavolo ti copri sempre?», sbottò, inspiegabilmente infastidita.

Eric sobbalzò, infilando velocemente uno degli accappatoi forniti ai modelli. «Sei ancora lì?»

«Sono venuta a chiamarti per dirti di fare in fretta, e tu continui a perdere tempo». Zoe lo fissò. Aveva i capelli spettinati come se vi avesse passato più volte le mani, e sul viso un'ombra di barba chiara che lo rendeva più affascinante. Stava cercando gli occhiali, poggiati sulla pila ordinata dei suoi abiti, e istintivamente lei avanzò di un passo per fermarlo. «Non metterti quei dannati occhiali!».

«Non ci vedo, senza».

«Non sei cieco». Alzò una mano a indicarlo da cima a fondo, scuotendo poi la testa. «Perché?», chiese.

«Perché, cosa?»

«Perché… ti sei spogliato del tutto?»

«Non sono ancora capace di cambiarmi d'abito senza prima spogliarmi, ma ti prometto che imparerò a padroneggiare la tecnica al più presto», sbottò Eric, acido. «Se offendo la tua vista, posso rivestirmi in un lampo. Io non volevo neanche farlo questo dannato servizio fotografico!».

«Non mi aspettavo di trovarti totalmente nudo. Credevo… sì, insomma, che ti spogliassi come tutti gli altri puritani, un pezzo per volta!».

«Dovevo indossare un costume composto *unicamente* da un ridicolo gonnellino!».

Zoe sospirò. «Ok, ok. Ma... perché ti vesti da sfigato quando potresti valorizzare quel fisico?»

«Mi spiace sapere che i miei abiti non ti piacciono, ma sono comodi e mi soddisfano. Non sono un modello, Zoe, né aspiro a diventarlo».

«Però...». Zoe continuò a scuotere la testa, cercando di scacciare l'immagine di quel corpo nudo dalla mente. «Oh, non importa. Fatti ungere, stiamo tutti aspettando te».

«Ungere?»

«Sì, per mettere in risalto i muscoli che non sapevo tu possedessi!», scattò lei, uscendo dalla cabina. «Razza di... traditore!», borbottò allontanandosi a grandi passi.

Clover la intercettò lungo il tragitto. «Qualcosa non va? Non dirmi che ha cambiato idea...».

«Oh, no, affatto! Ci sta prendendo gusto a starsene lì impalato, nudo come un verme, a rimirare i muscoli che ci ha tenuto nascosti per tutto questo tempo!».

«Eric ha i muscoli? Sicura?», scherzò l'amica, seguendola.

«E ha anche un bel culo», bofonchiò Zoe. «E non solo quello!».

Clover sgranò gli occhi. «Zoe! Quanto hai visto?!»

«*Tutto!*». Si passò le mani sul viso, sfregandosi gli occhi. «Porca miseria... Non lo dimenticherò più!».

Clover rise. «Era così notevole? Perché sei arrabbiata, allora?»

«È Eric! Non ero preparata... Insomma, poteva anche avvisare!».

«Avvisare di cosa? Di essere ben dotato e di possedere un fisico niente male sotto gli abiti?»

«Sotto abiti da secchione che non lo valorizzano affatto! Cavolo, con un paio di lenti a contatto, camicie sexy al posto di quei maglioncini da sfigato, e con dei jeans più stretti... farebbe tutta un'altra figura!».

«Che importanza ha? Sarebbe comunque Eric: saccente, acido e perfettino», sorrise Clover, con una strana espressione.

Zoe si passò una mano tra i capelli. «Sì, hai ragione», disse, poco convinta. Ma continuò a sentirsi defraudata di qualcosa.

«Eric, tocca a te», disse Clover, raggiungendolo fuori dalla cabina.

Lui annuì, tenendo i lembi dell'accappatoio con entrambe le mani. «Mi dovete un favore. Enorme!», sbottò, guardandola male.

«Io che colpa ne ho?»

«La tua amica Zoe mi ha convinto ad accettare pensando anche a te e a ciò che potevi subire se la notizia di una Brooke Samuels irritata avesse fatto il giro dei giornali, ben sapendo che è stato Cade a presentarcela».

«Capisco. E Liberty?»

«Era pronta a scuoiarmi, quando ho avanzato un'obiezione!».

«E Zoe?»

«Oh, lei pagherà più di tutti», promise, minaccioso.

Clover ridacchiò. «A proposito, deduco di doverti fare i miei complimenti, ma li terrò per dopo».

«Di che parli?»

«Non ho mai visto Zoe tanto sconvolta alla vista di un uomo nudo». Clover si guardò intorno, poi si protese verso di lui. «L'hai spiazzata! Balbettava, quando è uscita dal tuo spogliatoio. Il che mi incuriosisce molto, perciò non vedo l'ora di vederti su quel set».

Eric sentì il cuore accelerare. Quando Zoe era piombata nella cabina, mentre si cambiava, per poco non era svenuto. Era stato proprio il pensiero di posare seminudo davanti a lei a terrorizzarlo di più. Sapeva di avere un fisico nella norma, agile e scattante, ma considerati i gusti di Zoe, orientati verso gli sportivi dopati, si sentiva quasi uno scheletro privo di attrattive. Ma gli era parsa parecchio in imbarazzo, effettivamente. E le parole di Clover lo confermavano.

L'amica parve leggergli nel pensiero. «Alza la testa e divertiti. Non hai nulla da invidiare a nessuno dei ragazzi presenti, e sono sicura che farai un figurone. Lo sapevi che l'uomo longilineo è tremendamente di moda, oggigiorno?»

«Alla moda o no, spero solo di non risultare ridicolo».

«Non più del modello che interpreta la Primavera!», scherzò Clover. «Ha un perizoma con una foglia di fico sul davanti e una coroncina di fiori in testa!».

«L'ho scampata bella, allora».

Prima che lui potesse avvicinarsi al set illuminato, Clover lo prese per un braccio. «Me lo fai un favore?»

«Un altro?»

«Questo è anche per te», disse la ragazza, con aria misteriosa. «Immagina di essere un adone, un uomo che può ottenere tutto ciò che vuole. Poi pensa a Zoe e a quello che vorresti dirle, farle, a cosa vorresti che provasse per te. E quando sarai abbastanza convinto dei tuoi stessi pensieri, alza gli occhi e guardala».

«Vuoi rovinarmi?»

«Voglio solo fare un esperimento. Poi ti spiego». Clover lo lasciò andare, poi tornò indietro e lo strattonò per farlo chinare, fino ad avere le labbra all'altezza del suo orecchio. «Mi raccomando: quando pensi a lei, non scendere troppo nei dettagli. Ricordati che indossi solo un gonnellino!».

Eric soffocò una risata, a quel crudo commento, mentre la guardava allontanarsi.

Una delle sarte gli si avvicinò, allungando le mani in attesa dell'accappatoio, e la voglia di ridere svanì, sostituita da pura ansia. Spogliarsi in pubblico, davanti a tutte quelle donne bellissime e a quei perfetti modelli professionisti, lo rendeva nervoso. Azzardò un'occhiata in direzione di Zoe, ma lei pareva concentratissima sulla sua macchina fotografica, perciò prese un profondo respiro e si svestì. Subito, una delle assistenti si avvicinò per ungerlo meglio, strappandogli una smorfia di disgusto.

Sydney lo raggiunse, inguainata in un abito da sera rosso fuoco. Era bellissima, i capelli neri sciolti sulle spalle in ricci ordinati, e lo guardava con aperta ammirazione. «Wow, che fusto! Ancor meglio di quanto pensassimo».

«Sei gentile, ma non ci credo neanche un po'».

«E invece sbagli. È un peccato che tu sia già occupato, sai?». La donna gli strizzò l'occhio, poi attese direttive da Zoe, che si stava avvicinando.

«Tutto a posto?», chiese lei, mentre Eric infilava le ali bianche da angelo.

«Ricordati la promessa. Non più di dieci minuti», le disse, fissandola in cagnesco.

«Ci prenderai gusto, fidati!», sorrise Brooke, lì accanto. «Tu pensa solo a quanto sei bello e a quanto è bella Syd, il resto verrà spontaneo».

Zoe si schiarì la voce, attirando la sua attenzione. «Sydney sa già cosa fare. Per quanto ti riguarda, devi impugnare l'arco come per scagliare una freccia su di lei, gambe larghe e ben piantate a terra. E voglio che la guardi come fisseresti la cosa che desideri di più al mondo».

Eric fece una smorfia ma non rispose. Sollevò l'arco, tenendolo fra le mani come se scottasse. «Da che parte si gira quest'affare?».

Alzando gli occhi al cielo, Zoe gli posizionò le mani e le braccia, poi si chinò a divaricargli le gambe. Eric trattenne il fiato a contatto con quelle dita esili e calde. «Ecco, così sei perfetto», mormorò lei, passando un dito sul quadricipite che, data la posizione, risaltava in modo fiero. Eric si concentrò su tutti i pensieri negativi che scovò nella sua mente per evitare di eccitarsi.

Zoe si rialzò in fretta, fece un passo indietro e finì addosso a Brooke. «Oops, scusami!», balbettò. Voltandosi di scatto, tornò dietro la macchina fotografica. «Ok, cerchiamo di muoverci. Se riesci a farmi l'espressione giusta alla prima, ci metteremo anche meno di dieci minuti».

Sydney colse la rigidità del suo corpo e sorrise, posandogli una mano sulla schiena. «Rilassati, Eric. Non stai facendo niente di illegale».

«Ci proverò».

«Sydney, puoi scompigliargli i capelli?», chiese Brooke, affiancando Zoe. «Rendiamolo un po' più cattivo, questo bel ragazzo!».

«Non dovrei rappresentare il dio dell'amore? Che c'entra la cattiveria?»

«Conoscendo i gusti maschili di Brooke, c'entra eccome», ridacchiò Sydney, passandogli le dita fra i capelli.

«Basta così», ordinò Zoe. «Non voglio snaturarlo troppo».

Alle orecchie di Eric, quelle parole suonarono come il più grande dei complimenti.

Si mise in posa e guardò Sydney, cercando di sentirsi un fiero e sexy arciere come di sicuro si sarebbe sentito Evan Lewis al posto suo. La soddisfazione di essere stato giudicato migliore di quell'energumeno lo rese più spavaldo e la sicurezza emerse dalla sua postura, che si raddrizzò ulteriormente. Sidney gli sorrise, incoraggiante, ed Eric si immaginò per un attimo come Clover gli aveva suggerito di fare, ossia un uomo sicuro e attraente, in grado di ottenere ciò che voleva con la massima facilità.

«Mettici un po' di passione in più e sei perfetto», disse Zoe, scattando come una forsennata da ogni angolazione. Eric chiuse per un momento gli occhi, immaginandola al posto della modella mora, e il cuore perse un battito. Con quell'abito indosso, Zoe sarebbe stata una vera favola...

I suoi occhi corsero automaticamente all'oggetto del suo desiderio, lo sguardo colmo di emozioni. Zoe restò impalata, gli occhi fissi nei suoi, e il tempo parve fermarsi... almeno fino a quando le dita di lei non persero la presa sulla reflex dal lungo obbiettivo, che finì a terra con un tonfo sordo.

Nel silenzio ansioso che seguì, una risatina femminile si udì distintamente nella sala ed Eric seppe, con certezza, che si trattava di Clover.

«Merda», sbottò Zoe, raccogliendo in fretta la sua macchina fotografica.

«Si è rotta?», chiese Brooke, preoccupata.

«No, no... è tutto a posto».

Eric si guardò intorno, intercettò lo sguardo di Clover e inarcò un sopracciglio. Per tutta risposta, lei sollevò entrambi i pollici.

«Direi che ho visto abbastanza. Puoi andare», borbottò Zoe, allontanandosi.

Eric non se lo fece ripetere due volte. Tirando un sospiro di sollievo, consegnò ali e arco a un'assistente, poi si voltò verso Sidney e le afferrò una mano. «È stato un piacere», disse, giocoso ora che poteva scappare dal set, chinandosi a posarle un bacio sulle nocche.

«Anche per me!», sorrise lei. «Chiamami, se torni single!», aggiunse, con una risatina, mentre lui si allontanava.

Eric non rispose e uscì dal cerchio di luci. Nel passare accanto a Zoe non resistette all'impulso di posarle una mano sulla spalla, sentendola irrigidirsi sotto le dita. «Sono andato bene?»

«Sì... benissimo!», annuì lei, senza guardarlo negli occhi.

«Grazie per aver fatto in fretta», mormorò, con una strizzatina d'occhio.

«Vai a rivestirti, per l'amor di dio», bofonchiò lei, fissandolo in cagnesco.

Anche se non era certo di ciò che passava nella mente di Zoe, Eric si sentì euforico come poche altre volte in vita sua, mentre usciva dalla stanza.

Non riusciva a staccare gli occhi dallo schermo del computer. Il viso di Eric era così intenso, così bello... Continuava a non capacitarsi di quanto fosse attraente, ma soprattutto del tempo che lei stessa aveva impiegato per accorgersene.

Seguendo un impulso sfiorò quei lineamenti con un dito, scendendo lungo il collo, costeggiando la clavicola, scorrendo lungo il petto fin dove lo scatto permetteva. Dopo anni di amicizia conosceva la consistenza della sua pelle, sapeva che era calda, che odorava di bagnoschiuma e di un sottile profumo maschile di cui non ricordava il nome, ma che aveva sempre ricollegato solo a lui. Però mai, prima d'ora, le aveva suscitato quella voglia irrefrenabile di sentirla contro di sé.

Il servizio fotografico di quel pomeriggio l'aveva lasciata piena di desideri incredibili, non solo perché avevano un fondo di passionalità, ma perché erano indirizzati proprio verso Eric, il ragazzo timido e schivo per il quale aveva sempre provato solo un affetto quasi fraterno.

Quando l'aveva fissata in quel modo, pieno di vibrante passione, aveva sentito un intenso calore inondarla. In un lampo si era vista al posto della modella, con quell'abito meraviglioso addosso e quell'uomo seminudo intento a desiderarla, un uomo che rappresentava l'amore in tutto e per tutto...

Si alzò di scatto dalla sedia, sventolandosi con una mano. Forse era meglio far passare qualche giorno, prima di visionare le fotografie scattate quel pomeriggio. Doveva riprendersi dalla sorpresa di aver visto il suo migliore amico completamente nudo e di averlo desiderato ardentemente.

Il cellulare squillò, vibrando sulla scrivania. Lo afferrò senza guardare il display, ringraziando chiunque fosse per la distrazione che le offriva.

«Pronto?»

«Ti disturbo?».

Una voce inconfondibile, che fino a qualche ora prima le avrebbe strappato un sorriso di sincera contentezza, mentre in quel momento fece affluire sangue al suo volto già arrossato. «Eric...».

«Devo parlarti. Il prima possibile».

«Va bene. Di che si tratta?»

«Di me... di te. Insomma, si tratta di noi».

Noi?

Adesso capiva perché i cardiologi fossero strapagati. Emozioni simili creavano scompensi nella vita di un essere umano, rendendo l'intervento dei medici a dir poco provvidenziale.

«Dimmi», balbettò. Cercò di tranquillizzare il battito accelerato del proprio cuore prendendo un profondo respiro.

«Sei sicura di volerlo sentire? Una volta preso atto di questa cosa, niente sarà più lo stesso».

La voce di Eric era profonda, pregna di emozioni a stento trattenute. In un lampo, lei capì che voleva a tutti i costi sentire ciò che aveva da dirle.

«Puoi dirmi tutto ciò che vuoi», sussurrò.

«Preferirei dirtelo guardandoti negli occhi».

«Allora vieni qui... o vuoi che venga io?».

Il suono del campanello rischiò di far cedere le sue gambe già tremanti.

Sollevando l'orlo dell'abito rosso che non ricordava di aver indossato, corse alla porta e la spalancò. Lui era lì, il cellulare ancora all'orecchio, con indosso una camicia che non gli aveva mai visto, i capelli spettinati, un accenno di barba sul viso e senza i suoi fedeli occhiali. Era davvero bellissimo...

Continuò a parlare con lui attraverso il telefono, pur avendolo di fronte. «Che volevi dirmi?»

«Sei stupenda».

«È il vestito...».

«No, sei tu, lo sei sempre stata. E io non riesco più a guardarti senza desiderarti».

Lasciando cadere il telefono a terra, gli volò fra le braccia. Non sapeva perché stesse succedendo proprio ora, non era stato previsto né mai immaginato, ma d'improvviso sembrava assolutamente giusto, eccitante, perfetto.

Non vedeva l'ora di riassaporare il piacere di un suo bacio.

Chiuse gli occhi quando, staccandosi dal suo abbraccio, Eric le prese il viso fra le mani, chinando la testa.

«Stephanie, quanto ti amo...».

Stephanie?

«No!», gridò, sentendo un macigno sul cuore. «Tu vuoi me, soltanto me!».

«Perché dovrei?», chiese Eric, mortalmente serio.

Un singhiozzo le sfuggì dalle labbra, e quel suono parve rimbombare nella stanza vuota...

Zoe riemerse dal sonno con un piccolo gemito di disperazione, sentendo il cuore battere come impazzito. Posò una mano sul petto, cercando di calmarsi, e si mise a sedere. Nel buio della stanza, la flebile luce della radiosveglia indicava che erano da poco passate le tre del mattino e che non aveva dormito più di un paio d'ore.

Le immagini del sogno scorrevano ancora nella sua mente come un video fuori controllo, facendole scuotere la testa per l'incredulità.

Con gambe tremanti scese dal letto e si avvicinò alla finestra, che offriva una spettacolare vista sull'Empire State Building, illuminato di rosso in occasione dell'imminente festa degli innamorati.

Che diavolo le stava succedendo? Era la voglia di avere accanto qualcuno a provocare quegli strani sogni, o la paura di vedersi portare via il suo migliore amico? Oppure, dopo ciò che era successo quel pomeriggio sul set fotografico, aveva davvero iniziato a vedere Eric sotto una luce differente?

"Hai già sognato di baciarlo, ricordi? E allora non lo avevi ancora visto nudo...".

Forse era arrivato il momento di parlare con qualcuno dei pensieri confusi che le vorticavano in testa e avere un parere spassionato da chi osservava tutto da una diversa prospettiva.

Sei sicura di volerlo sentire? Una volta preso atto di questa cosa, niente sarà più lo stesso...

Le parole che Eric aveva pronunciato nel sogno risuonarono in lei, stringendole lo stomaco. Il suo inconscio stava forse cercando di dirle qualcosa?

«Ok, è ufficiale: le feste mi fanno uno strano effetto», mormorò alla stanza vuota, poggiando la fronte sul vetro gelido.

8

Si sentiva stanca e priva di energie. Forse era solo colpa dello stress del periodo, della gelida giornata di neve o del molto lavoro sbrigato in quei giorni. In realtà, quella mattina non aveva fatto che un paio di servizi fotografici relativamente semplici, dopodiché si era dedicata alla scelta, al ritocco e alla stampa delle foto per il calendario di Sydney.

Erano venute davvero bene. Tutti i modelli risultavano credibili e attraenti, e Syd era semplicemente stupenda. Ma, soprattutto, la modella si era divertita da morire a posare per quelle foto, e questo rendeva Brooke Samuels decisamente soddisfatta. L'idea era nata proprio per riportare il sorriso sulle labbra dell'amica e l'obiettivo poteva dirsi raggiunto.

Mancavano cinque giorni a San Valentino e il calendario era quasi pronto. Avrebbe inviato le foto a Brooke perché le approvasse, prima di mandare tutto in stampa, ma Zoe era sicura che non avrebbe trovato nulla da ridire. Era stato un vero successo.

Un successo che le aveva lasciato un feroce mal di testa, smontato il set e tornata nel suo appartamento, e che ancora pulsava fastidioso sulle tempie dopo una notte quasi insonne e due aspirine.

Soprattutto, dopo lo strano sogno che aveva fatto su Eric.

Di nuovo.

"È solo l'avvicinarsi di San Valentino che ti fa quest'effetto", si ripeté per la millesima volta, massaggiandosi la fronte. Tutto quell'amore nell'aria poteva dare alla testa.

Ma quando Eric si stagliò nel suo campo visivo, quella giustificazione si sbriciolò sotto i suoi occhi come un castello di sabbia.

Maledizione, non riusciva più a guardarlo senza vederlo nudo! Sotto quel suo maglione a righe, i jeans senza pretese e gli immancabili occhiali sul naso, ora lei riusciva a intravedere il fisico tonico e nervoso che l'aveva lasciata senza fiato.

Aveva visto una moltitudine di uomini svestiti in vita sua, per lavoro e per piacere. Si era intrattenuta più volentieri con tipi dall'aspetto imponente e aggressivo, perciò aveva dell'incredibile la sua reazione alla placida bellezza di Eric. Eppure, anche da vestito era facilmente distinguibile l'ampiezza delle sue spalle, il fisico sportivo e l'altezza non indifferente. Come aveva fatto a non accorgersi prima di quanto fosse potenzialmente sexy?

Era il suo lavoro, accidenti! Cogliere le sfumature, la personalità dietro un volto, l'armonia di un corpo, faceva tutto parte del suo successo come fotografa. Invece, dopo ben dieci anni di amicizia, non era stata in grado di captare le qualità eccitanti di quel ragazzo, si era lasciata fregare dalle apparenze, dall'atteggiamento dimesso, dalla timidezza che sembrava frenarlo dal fare qualunque cosa…

Sexy? Eccitante?
Perché diavolo pensava a Eric in quei termini, ora? Averlo visto nudo non cambiava certo le cose, Clover aveva ragione: lui era sempre il presuntuoso sapientone pungente che tutte loro conoscevano, e poco importava se con un corto gonnellino di cotone, un olio profumato a dar risalto ai muscoli, un paio d'ali e un arco in pugno era in grado di azzerarle la salivazione. Se a quell'immagine associava, poi, quegli strani sogni ambigui, il risultato era spaventoso.
«Tutto bene?».
Quella voce la colse di sorpresa, calda come la mano che si posò gentilmente sulla sua schiena. Zoe si raddrizzò di colpo, voltandosi.
«Sì!», esclamò, frettolosamente. L'idea che Eric potesse anche solo intuire i suoi pensieri, guardandola negli occhi, le fece distogliere immediatamente lo sguardo.
Eric sembrava perplesso. «La tua testa stava per sbattere sul bancone».
«Sei stato carino a preoccuparti».
«Dovere. Quel bancone ci serve, non posso lasciare che entri in collisione con la tua testa. Ne uscirebbe malconcio», scherzò.
Zoe fece una smorfia, rilassandosi. Ora riconosceva il suo amico di sempre.
«Ah-ah-ah. Che risate».
«Che vuoi farci. Ho scoperto nuovi orizzonti che prima mi erano preclusi. Dopo la mia recente esperienza come sex symbol, potrei quasi prendere in considerazione anche la strada della comicità».
«Un uomo dai mille talenti nascosti, non c'è che

dire». Zoe lo osservò sistemare un enorme peluche a forma di cuore in vetrina e si scoprì ad allungare il collo, per avere una visuale migliore.

Buon dio, gli stava guardando il sedere!

Scuotendo la testa si risollevò di scatto, tappandosi gli occhi con le mani.

«Che stai facendo?», chiese Eric, tornando accanto a lei.

«Ho mal di testa».

«Vai a riposare, ci penso io qui».

«No, preferisco distrarmi. Tu devi montare il video di Brooke. Non ho nulla da fare fino alle quattro, e con questo tempo non entrerà molta gente. Posso farcela».

Eric si fermò di fronte a lei, gli occhi verde-azzurri solleciti dietro le lenti. «Sei sicura? Il video posso montarlo anche stasera».

«Non hai niente di meglio da fare che portarti il lavoro a casa?»

«A dire il vero, no», rispose lui, senza esitare. Zoe batté le palpebre.

«E Stephanie?».

Eric nascose un lieve imbarazzo dietro un gesto noncurante. «Non intendevo quello. Ma stasera lei ha un altro impegno, perciò sono libero». Tornò a fissarla, in modo attento, e Zoe si sentì rimescolare. «L'invito per quella pizza è sempre valido? In fondo devi farti ancora perdonare».

«Be'... non saprei», tentennò, a disagio come mai prima. Che diavolo le stava succedendo?

«Hai ragione, scusa. Non stai bene, e poi con questa neve è meglio lasciar perdere». Eric le diede una pacca sulla spalla e sparì nel suo ufficio senza darle il tempo di rispondere. Del resto, le sarebbero occorsi diversi minuti per mettere insieme una frase di senso compiuto, dal momento che aveva la lingua attaccata al palato.

Con un gemito mise la testa sul bancone freddo.

La porta si aprì nello stesso istante in cui Liberty scese le scale, facendo entrare una Clover fradicia ma sorridente. Zoe sbuffò.

«Guardala, Lib. È stata in giro con questo tempo infame, eppure riesce a sorridere ugualmente!».

«Il potere dell'amore!», sospirò Clover, portandosi le mani al petto. «Cade è tornato ieri sera».

Zoe si voltò verso il suo capo. «Posso ucciderla o ti serve ancora?»

«Richiedimelo dopo San Valentino, per ora mi è quasi indispensabile», rispose Liberty, serafica, attivando la macchinetta del caffè sistemata in una nicchia dietro il bancone.

Clover si avvicinò al banco e sventolò un sacchetto profumato sotto il naso di Zoe. «Se ti offro una ciambella glassata perdonerai la mia felicità?».

Zoe afferrò il sacchetto. «Solo se me le regali tutte. Ho bisogno di parecchio zucchero per contrastare questa tristezza dilagante».

«Tristezza? Sono tutti così sdolcinati, in questi giorni, che inizio ad avere paura delle carie ai denti», borbottò Liberty, scaldando le mani con la tazza di caffè.

Zoe la fissò, sorpresa. «Lib, anche tu?»

«Io cosa?»

«Credevo di essere la sola acida invidiosa, qui dentro. In fondo è normale, sono l'unica single».

«Non sono invidiosa», sorrise la bionda. «Mi hai mai

vista sospirare con aria sognante o andare in visibilio per le situazioni zuccherose?»

«A dire il vero no».

«Un po' di dolcezza ti farebbe bene, Lib», disse Clover, avvicinando il sacchetto di ciambelle al suo capo. «Prendine una».

Liberty indietreggiò come di fronte al demonio. «No, grazie».

Clover inarcò un sopracciglio. «Che hai contro i dolci? Li guardi sempre con esagerato disprezzo».

«Ho impiegato anni per entrare in una taglia quarantadue, non lascerò che una manciata di carboidrati rovinino di nuovo tutto», sbottò lei, tornando in fretta nel suo ufficio.

Zoe e Clover rimasero a guardarsi, interdette, poi attaccarono le loro ciambelle.

«Come va?».

Zoe fece spallucce. «A parte il mal di testa, tutto come sempre».

«Eric?», chiese Clover, trattenendo una risatina nel vederle alzare la testa di scatto.

«Se vuoi sapere come sta Eric, chiedilo a lui», sbuffò, minimizzando. Clover la guardava in modo strano fin dal giorno prima, ne era consapevole. Del resto, il suo assurdo comportamento post visione degli attributi di Eric non meritava nulla di diverso. «Smetti di avere quell'aria da furbetta», la minacciò.

«Zoe, quando ti è caduta la macchina fotografica stavo per svenire dalle risate!», sghignazzò Clover. «Se dovessi raffigurare la tua espressione di ieri in una vignetta, ti disegnerei con la bocca aperta, la bava all'angolo, gli occhi fuori dalle orbite e il cuore pulsante in evidenza sotto la camicetta! Potrei chiedere a Lib di farci uno schizzo...».

«Di che diavolo parli?». Zoe affondò i denti più a fondo nella sua ciambella. «Mi è caduta la reflex perché ero distratta».

«Oh, sì! Lo abbiamo notato tutti».

«Piantala, non è come pensi». Zoe continuava a ripeterlo, a Clover e a se stessa, sperando di convincersene. L'alternativa, ripensando a quel momento imbarazzante e ai sogni successivi, era ammettere di essere rimasta turbata dallo sguardo magnetico e pieno di desiderio che per un momento Eric le aveva rivolto. Ma si era trattato solo di un caso, ovviamente: era stata lei a dirgli di metterci più passione, posando per la foto del calendario. Eric aveva solo eseguito un ordine.

Alla perfezione.

«Devo ammettere che era davvero attraente, abbigliato come Cupido», continuò Clover, imperterrita. «Non me lo aspettavo».

«Ecco, appunto. Perciò puoi comprendere la mia sorpresa».

«Ma a me non si è spalancata la bocca come un affamato di fronte a una tavola imbandita per il 4 luglio! È anche vero che io non ho visto quel che aveva sotto il gonnellino...». Zoe quasi si strozzò con l'ultimo boccone e tossì rumorosamente, divertendo Clover, che aggiunse: «È un vero peccato che lui adesso abbia una ragazza».

Ripresasi lentamente, Zoe si sfregò le mani per togliere via le briciole. «Non cambierebbe niente. Siamo amici da tantissimo tempo, eppure non facciamo che beccarci come polli. Stare insieme sarebbe un disastro, rovineremmo tutto. Io sono troppo complicata per un tipo semplice come Eric. Lo farei soffrire».

Lo sguardo trionfante di Clover le fece intuire di essere finita in una qualche trappola tesa ad arte. Poi capì.

Le sue parole avevano evidenziato una riflessione accurata in quella direzione: aveva praticamente ammesso di aver pensato seriamente all'ipotesi di una relazione fra lei ed Eric.

Si affrettò a rettificare. «È un discorso che non sta né in cielo né in terra, comunque. Provare imbarazzo nel vedere un amico nudo non significa niente».

«Io non ho insinuato nulla, hai fatto tutto da sola», sorrise Clover, riprendendosi il sacchetto con le ciambelle. «Vado a telefonare al mio prossimo cliente. Se riuscissi a finire prima, potrei tornare a casa da Cade in anticipo. La neve ha i suoi lati positivi, tra le altre cose: scoraggia le persone a perdere tempo in giro per negozi, e crea un'atmosfera molto romantica!».

Zoe la vide entrare nell'ufficio che divideva con Eric, e sospirò per l'ennesima volta in quella giornata.

Avrebbe preferito non avere a che fare con gente innamorata fino alla fine di quella maledetta festa, e forse anche oltre. Invece non faceva altro che incontrare donne dall'aria sognante e uomini decisi a sorprendere le proprie compagne con regali speciali.

E parlando del diavolo...

La porta si aprì ancora, facendo entrare Stephanie.

Zoe provò un piccolo moto di fastidio. Non era una novità vederla entrare da Giftland: sapeva bene che la relazione tra lei ed Eric si era fatta più seria, dopo la disastrosa uscita a quattro. Ma quel giorno non era attesa: Eric aveva detto che non si sarebbero visti.

«Ciao Zoe», sorrise Steffy, scrollando via fiocchi di neve dal giaccone.

«Non ti aspettavo oggi. Non così presto, almeno».

«Non sarei dovuta venire, infatti. Ma prima di andare all'addio al nubilato della mia migliore amica, ho pensato di fare un salto a salutare Eric». La biondina si strinse nelle spalle, l'estasi stampata sul viso. «Mi dispiacerebbe non vederlo nemmeno per un istante».

«Capisco». Zoe cambiò abilmente discorso. «La tua amica si sposa in questi giorni?»

«Proprio a San Valentino. E fortunatamente il matrimonio è al Plaza, almeno saremo all'asciutto. Prevedono un tempo da lupi per quella sera».

«Sono contenta di passarla al calduccio nel mio appartamento, allora», sorrise Zoe, mentendo spudoratamente.

«Tu e il tuo ragazzo festeggerete in casa?», chiese Stephanie, candida.

Zoe provò l'improvvisa e irresistibile voglia di strozzarla.

Non dovette rispondere, per fortuna, perché Steffy proseguì con aria pensosa. «Io non so ancora che succederà. Voglio dire, io ed Eric usciamo insieme, sì, ma non so se possiamo già definirci una coppia. Perciò, non so se chiedergli di accompagnarmi al matrimonio di Nicole o meno».

«Avete passato insieme un tempo troppo breve per capire che direzione prenderà il vostro rapporto».

«Però vorrei comunque fargli un regalino». Stephanie abbassò la voce. «Tu cosa mi consigli? Conosci Eric molto meglio di me».

«Oh». Zoe si guardò intorno, presa in contropiede. «So quello che gli piace, è vero, ma non saprei scegliere qualcosa per San Valentino. Non è come fargli un regalo di compleanno o Natale».

«È che non vorrei banalizzare il pensiero buttandomi sui soliti cioccolatini, o scegliendo un misero biglietto». La ragazza prese a girellare per gli espositori rigurgitanti cuori: biglietti con cuori, pupazzetti che reggevano cuori, cuori in diverse misure e consistenze, il tutto rigorosamente rosso fuoco. «Vorrei regalargli qualcosa di poco impegnativo, per non spaventarlo, ma abbastanza dolce e simpatico per l'occasione e sufficientemente originale da strappargli un sorriso».

«Ok, vediamo». Zoe la seguì, scrutando la merce esposta.

«Che ne dici di questo?», chiese Steffy, afferrando un portachiavi a forma di Statua della Libertà, che reggeva uno scettro a forma di cuore. Zoe scosse la testa.

«Eric non ama particolarmente i portachiavi, si ostina a tenere lo stesso da anni e non ha alcuna intenzione di cambiarlo, anche se ne avrebbe un gran bisogno». Pensandoci, era stata proprio lei a regalarglielo, dopo la laurea.

«Parli di quello a forma di Empire State Building? Hai ragione, è tutto consumato». Stephanie scosse la testa. «Forse ha un valore affettivo per lui. Niente portachiavi, allora. Non voglio rischiare di regalargli qualcosa che non apprezzerebbe. Aiutami, ti prego! Mettiti nei miei panni e dimmi cosa gli regaleresti dopo così poco tempo».

Mettiti nei miei panni...

Zoe provò a immaginarsi come "la ragazza di Eric". Si vide circondata di piccole attenzioni, guardata costantemente da quegli occhi azzurro-verdi che spiccavano dal bordo superiore delle lenti, consolata dalla sua voce gentile...

E stretta a quel corpo che sembrava esile mentre invece era forte e sexy, e...

"Ci risiamo!".

Scacciò le immagini conturbanti che affollavano la sua testa e si mise a pensare seriamente all'eventualità di fare un regalo romantico ma divertente a un tipo come Eric. Dopo qualche minuto di ricerche, i suoi occhi vennero attratti da uno dei tanti peluche che lui aveva sistemato proprio quella mattina, un orsacchiotto in pigiama munito di occhiali e babbucce. Un tastino nascosto dava il via al simpatico ritornello di Rod Stewart, *Da Ya Think I'm Sexy?*, sulle cui note l'orsetto ancheggiava in modo simpatico. Sotto il pigiama, chiuso da una piccola lampo, il pupazzetto indossava una maglietta rossa con la scritta: Tu mi piaci. Io ti piaccio?

«Gli regalerei questo», sorrise, togliendolo dall'espositore. «È perfetto per lui».

Stephanie azionò il pulsante, ridacchiando, poi lo spense. «È davvero carino, proprio come lui! Anche perché, detto fra noi: sotto quell'aria da bravo ragazzo, Eric è... wow!».

A giudicare dal brillio negli occhi chiari, Steffy non si riferiva solamente all'aspetto fisico di Eric. Zoe iniziò a sospettare che quell'uomo avesse molti altri assi nella manica di cui lei era all'oscuro.

Rifiutandosi categoricamente di arrivare a immaginarsi a letto con lui, afferrò l'orsacchiotto e lo portò al banco. «Te lo incarto, prima che lo veda».

Aveva appena terminato di stringere il fiocco rosso quando Eric emerse dal suo ufficio, sfregandosi gli occhi al di sotto degli occhiali. Nel vedere Stephanie si fermò, sorpreso.

«Ciao. Che ci fai qui?»

«Sono passata a farti un salutino, visto che stasera non possiamo vederci».

Zoe la vide avvicinarsi a lui, sollevarsi in punta di piedi e posargli un bacio sulle labbra. Distolse lo sguardo. "È per lasciargli un po' di intimità", si giustificò.

Ma quel leggero tremore alla bocca dello stomaco non la convinse del tutto.

Si diede da fare per riempire il vuoto lasciato dall'orsetto nell'espositore, in modo che Eric non ne notasse l'assenza, e aspettò che i due si salutassero. Stephanie se ne andò senza ulteriori smancerie, fortunatamente, lasciandola libera di tornare al banco.

«Dimmi che Steffy non aveva in mano un regalo romantico per me», disse Eric, guardandola di traverso.

«Non vuoi ricevere un regalo dalla tua ragazza?»

«Usciamo insieme da poco».

Zoe liquidò quella giustificazione con un'alzata di spalle. «È quasi San Valentino, è naturale che voglia fare un regalo alla persona con cui va a letto. Anche se è tutto ancora fresco tra voi, mi sembra ci sia interesse da parte di entrambi a continuare questa relazione. O sbaglio?».

Eric si immobilizzò. «Ti ha detto lei che noi...?»

«Tesoro, non ho bisogno che nessuno mi spieghi certe cose: sono grande e so come va il mondo», scherzò Zoe, dandogli un buffetto sul naso. «Comunque, aveva un'aria davvero estatica la tua ragazza. Perciò... be', bravo!».

Le orecchie di Eric assunsero una leggera tonalità di rosso. «Voi donne non potete proprio fare a meno di raccontarvi questo genere di cose?»

«Voi uomini fate di peggio: stilate classifiche con tutte le vostre conquiste sessuali, date i voti ai loro attributi fisici come fossero cavalli in vendita, e scendete in dettagli ben più spinti».

«Di sicuro non io».

Già, non lui. Non l'educato bravo ragazzo che aveva di fronte.

Zoe sorrise, intenerita. «Dovrebbero esserci più Eric Morgan al mondo. In tal caso, potrei anche decidere di tenerne uno per me», aggiunse, ammiccando. Aveva usato volutamente un tono scherzoso, ma si stupì lei per prima della sincerità di quelle parole.

Possibile che i suoi sentimenti per Eric fossero cambiati così di colpo? Di certo non poteva essere stato solo l'averlo visto nudo a scatenare tutto quanto.

«Suppongo di dover pensare anch'io a un regalo», disse lui, distraendola. «Per Stephanie».

«Dimmi cosa vorresti regalarle e io, da donna, ti darò un parere».

«Non saprei proprio. Cosa può desiderare una ragazza dopo poche uscite e nessun discorso serio?»

«Se desideri avere con lei qualcosa di più profondo di un banale appuntamento fisso fra le lenzuola, ma allo stesso tempo non sai ancora quale sarà il giusto evolversi della storia, scegli qualcosa di classico. Noi donne siamo piuttosto facili da accontentare: fiori, cioccolatini, qualche parola toccante e un po' di originalità nel proporre il tutto, ed ecco che ci sciogliamo come neve al sole».

«Originalità nel proporre il tutto», mormorò Eric, pensieroso. Poi annuì. «Ci penserò su».

"Non ti dà fastidio, non ti dà fastidio...".

Zoe si ripeté quelle parole, fissando la vetrina senza nemmeno vederla.

Invece gliene dava, eccome.

Dare consigli romantici agli uomini, consigli che avrebbero poi usato per conquistare altre donne, era davvero deprimente.

Qualcosa di classico, proposto in chiave originale...

Eric continuava a pensare a quelle parole, chiedendosi come poter agire in proposito.

Ogni anno, a San Valentino, si premurava di far avere a Zoe un piccolo omaggio, in forma del tutto anonima. E ogni anno, puntualmente, il suo dono finiva nel mucchio di fiori, bigliettini e cioccolatini che Zoe riceveva dai suoi numerosi spasimanti.

Sapeva che non poteva pretendere molto, vista la situazione. Era vigliacco, da parte sua, ma sceglieva apposta quel giorno per darle un piccolo segnale d'amore, consapevole che sarebbe passato quasi inosservato. I primi anni, Zoe era stata incuriosita dal pacchettino senza nome che trovava assieme agli altri; poi, lentamente, si era abituata a quella silenziosa presenza.

Esattamente come si era abituata a lui.

Ma Eric non aveva più voglia di passare inosservato, né di essere un'abitudine. Era giunto il momento di dare una svolta a quel rapporto.

Aveva notato un sottile cambiamento nei modi di Zoe, da quando lui aveva posato per quello stupido calendario. Forse era solo una sua impressione, ma lei sembrava un po' meno sciolta in sua compagnia, quasi a disagio. C'era sempre cameratismo e affetto, certo, ma a volte la sorprendeva a fissarlo con una strana luce incuriosita in quegli splendidi occhi da gatta. E il dubbio che potesse trattarsi di un interesse diverso dall'amicizia lo faceva fremere come un bambino di fronte a un negozio di dolciumi.

Non sarebbe mai riuscito a sbandierarle i suoi sentimenti decennali così, di punto in bianco. Aveva bisogno di un espediente per arrivarci. E un regalo di San Valentino, dolce, romantico e originale, poteva essere un buon modo per iniziare.

Lanciò un'occhiata a Zoe, appoggiata al bancone con aria pensierosa. Era sempre più bella, ogni giorno di più. Quei lineamenti delicati, gli occhi lievemente a mandorla, la pelle di porcellana… La natura aveva davvero creato un'opera d'arte, scolpendo il suo volto. E il resto, poi!

Con quei jeans aderenti, il maglioncino rosso a V e i capelli raccolti che lasciavano scoperta un'ampia porzione di collo candido, era davvero irresistibile. Le sue dita bianche e sottili giocherellavano con un ciondolo a forma di cuore che lui stesso le aveva regalato, in gran segreto, un San Valentino passato, attirando lo sguardo sul seno alto e sodo, ben delineato dal tessuto del maglione. Negli ultimi giorni aveva smesso i panni della mangiatrice di uomini su tacchi a spillo, ma non per questo risultava meno sexy. Era una sensualità innata, la sua, le stava cucita addosso come una seconda pelle. Aveva lo stesso effetto anche con addosso il pigiama.

Era inconcepibile, per lui, saperla single. Tutti i ragazzi che avevano avuto la fortuna di ricevere le sue attenzioni non avevano capito proprio un accidente, vista la facilità con cui l'avevano lasciata andare.

Alcuni clienti entrarono in negozio, distogliendo entrambi dalle loro silenziose riflessioni. Eric stava per affrontare i nuovi arrivati quando, con la coda dell'occhio, vide Zoe irrigidirsi nel notare un tizio in giacca e cravatta che si avvicinava al banco. Incuriosito, rimase dov'era.

«Zoe? Sei proprio tu?», esclamò l'uomo, con aria sorpresa.

«Stuart», rispose lei, il volto inespressivo.

Eric si raddrizzò in tutto il suo abbondante metro e ottantacinque, ogni terminazione nervosa sull'attenti.

Stuart Harris, l'ex ragazzo di Zoe. Quel bastardo, colui che l'aveva tradita nel peggiore dei modi, l'unico per cui lei avesse realmente sofferto, stava avanzando velocemente nella loro direzione. Lo aveva visto solo un paio di volte, brevemente, quattro anni prima, troppo poco per ricordare quella faccia da schiaffi. Capelli scuri, occhi chiari, sguardo intenso. Non era un cultore del fisico ma era alto ed elegante, un tipo piuttosto comune che era stato in grado, a suo tempo, di conquistare il cuore di Zoe come nessun altro.

Lo aveva odiato allora e lo odiò nuovamente adesso.

«Che sorpresa. Sapevo che avevi cambiato lavoro,

ma non credevo di incontrarti qui», sorrise Stuart, poggiandosi al bancone come un vecchio amico.

Che faccia tosta!

«Nemmeno io», ribatté Zoe, incrociando le braccia al petto. Eric vide lo sguardo di Stuart posarsi discretamente sul seno della ragazza, evidenziato dalla posizione, e provò il desiderio fisico di rompergli il naso.

«Piccola Zoe, hai ancora quel caratterino selvatico che ricordo tanto bene», ridacchiò quello, scuotendo la testa.

«Che cosa vuoi, Stu?»

«Ti ho vista dalla vetrina e sono entrato per salutarti». Stuart le rivolse uno sguardo quasi tenero, al quale Eric non credette neanche per un momento. «So che ti riesce difficile crederlo, ma a me fa davvero piacere vederti».

«Effettivamente sì, mi riesce difficile». Zoe sospirò, poi fece un passo indietro. «Grazie del saluto ma, come vedi, ho da fare».

«Perché non ci vediamo, una di queste sere?», la fermò Stuart, con espressione seria. «Vorrei davvero fare due chiacchiere con te».

Zoe sembrava incredula. «Mi prendi in giro? Perché dovrei voler parlare con te?»

«Tra noi c'era qualcosa di molto forte, non ricordi? Siamo stati insieme due anni».

«Certo che me lo ricordo, come ricordo che sei andato a letto con Miranda!», sbottò lei, scuotendo la testa. «Sei davvero squallido a venire qui e chiedermi di uscire come se niente fosse».

«Non mi hai mai lasciato spiegare come sono andate realmente le cose», protestò lui, aggirando il bancone quando la vide uscirne. «Anche se non sei più innamorata di me, permettimi di spiegare, in modo da avere almeno un bel ricordo di quello che c'è stato tra noi».

«Non c'è molto da dire. Ti scopavi la mia migliore amica da un mese, quando l'ho scoperto. Lei mi ha raccontato tutto».

«Miranda era gelosa di te. Ti ha riempita di balle».

Eric vide gli occhi di Zoe rabbuiarsi e farsi distanti, confusi. Il panico lo attanagliò.

Non pensava di credere a una fesseria simile, vero?

Fece un passo avanti e le afferrò una mano, intenzionato a confortarla con la sua presenza. La sentì rilassarsi all'istante e si incollò al suo fianco, pronto a qualunque cosa pur di evitare che quel bellimbusto la confondesse ancora.

Stuart notò quel gesto e inarcò un sopracciglio. «Voi due state insieme?», chiese, cauto.

Eric non rispose. Zoe gli lanciò una breve occhiata prima di tornare a concentrarsi sull'ex fidanzato. «Non sono affari tuoi».

«Sono in città per lavoro e resterò in zona per qualche tempo, Zoe», disse Stuart sistemandosi la giacca. «Che tu sia impegnata o meno, non importa. Mi piacerebbe comunque parlarti e chiarire la questione, una volta per tutte. Non voglio che nel tuo cuore resti una brutta opinione di me: tengo molto caro il ricordo dei due anni passati insieme». Lanciò uno sguardo nella loro direzione, soffermandolo per un momento su Eric, poi fece un passo indietro. «Pensaci. Mi farò vivo».

Quando fu uscito dal negozio, Zoe si lasciò andare contro il petto di Eric, le dita ancora intrecciate alle sue. Eric la circondò con un braccio, posando il mento sui suoi soffici capelli.

«Non crederai a tutte quelle fandonie, vero?», mormorò, terrorizzato alla sola idea. L'aveva vista chinare la testa troppe volte, in passato, sorvolando sugli assurdi atteggiamenti di Harris pur di non perdere il suo "amore". Quel tale aveva sempre avuto un forte ascendente su di lei. Poteva averne ancora, anche dopo anni di distacco?

«Certo che no», rispose Zoe, con un sospiro. «Ma vederlo mi ha scombussolata lo stesso. Ha la stessa identica espressione di tanti anni fa, quella che mi confondeva le idee».

«E aveva anche lo stesso pensiero fisso di sempre, mentre ti guardava le tette», mugugnò Eric, stringendole più forte la mano.

Zoe ridacchiò. «Che diamine, a sentire te nessun uomo mi guarda mai negli occhi quando mi parla!».

«Prova a metterti addosso un sacco di iuta, se vuoi che ti guardino in faccia. Ma deve essere lungo fino ai piedi e largo abbastanza da mascherare ogni altra curva del corpo. E ancora non sono sicuro che otterresti il risultato sperato».

«Sei carino», mormorò Zoe, stringendolo di più. «Pensi che troverò mai qualcuno che mi voglia al di là del mio aspetto?».

"Lo hai accanto da sempre", pensò Eric. Ma tenne per sé quel pensiero, limitandosi a posarle un bacio sulla fronte. «Vado a servire i clienti. Se hai bisogno di me, fammi un fischio».

Allontanandosi, pensò che doveva assolutamente

sbloccare la situazione fra loro, al più presto. Ma doveva risolvere una questione spinosa, prima...

Sentì una fitta di colpevolezza nel rendersi conto che stava pensando a come conquistare Zoe, senza preoccuparsi di Stephanie e di ciò che provava per lui.

Era un verme. Aveva approfittato della dolcezza di quella ragazza per scacciare Zoe dalla sua testa – del tutto inutilmente – e adesso non sapeva come comportarsi.

Ma non poteva stare con Steffy senza amarla, nessuna donna meritava una cosa del genere. Meglio interrompere subito quella storia, prima che la ragazza si facesse strane idee. Le avrebbe detto la verità: essere sincero era meglio di qualunque scusa banale, ne era sicuro.

Ne fu un po' meno certo quella sera, non appena si ritrovò davanti alla porta del piccolo appartamento di Stephanie, a Little Italy. Come poteva dire a una ragazza che era pazzo d'amore per un'altra? Steffy avrebbe capito subito, come tutte le sue ex, chi era la donna in questione? Avrebbe fatto una scenata o si sarebbe limitata a piangere?

Dio, non sapeva mai come comportarsi davanti a una donna in lacrime. Preferiva una bella sfuriata, o qualche oggetto lanciato alle sue spalle...

Quando arrivò al quarto piano di una palazzina colorata, indugiò di fronte alla porta. Ripensandoci, non aveva nessuna voglia di prendersi qualche oggetto contundente sul cranio.

Stephanie aprì, avvolta in un asciugamano rosa e con i capelli bagnati. «Eric, ciao!», sorrise, sorpresa di vederlo. Si scostò per farlo passare e si morse il labbro inferiore nel notare il disordine che regnava nella stanza. «Perdonami, ma sono in piena fase di preparazione per la serata e non aspettavo nessuno...».

«Non ti preoccupare. Anzi, sono io a dovermi scusare per esserti piombato in casa senza avvisare», sospirò Eric, sempre più a disagio.

«Qualcosa non va?», chiese lei, scrutandolo.

Eric alzò gli occhi su di lei, l'espressione seria e dispiaciuta. «Ti devo parlare. E mi dispiace farlo alla vigilia di una serata divertente, ma non posso aspettare oltre. Non sarebbe giusto».

In allerta, Steffy fece un passo indietro. «Forse è meglio se mi metto qualcosa addosso», disse, con un tono di voce flebile, correndo in bagno.

Rimasto solo, Eric si guardò intorno. Era già stato in quell'appartamento, naturalmente, e lo trovava grazioso, piccolo ma allegro, proprio come la sua inquilina. Le pareti color vaniglia e i mattoni a vista gli davano un'aria intima e particolare, e la mobilia dai colori accesi rendeva l'atmosfera divertente. In un altro universo, uno in cui Zoe non esisteva, Eric si sarebbe trovato davvero bene a passare il suo tempo in un posto simile, insieme a una ragazza come Stephanie. I pochi giorni passati con lei erano stati piacevoli... ma era inutile prenderla e prendersi in giro. Per quanto Steffy fosse adorabile, lui avrebbe continuato a paragonarla a Zoe, sotto ogni punto di vista, e ormai era più che certo di non riuscire a liberarsi da quella ossessione.

Lei tornò, con indosso una T-shirt e un paio di leggins, i capelli raccolti in una coda di cavallo. Aveva tra le dita un sacchetto rosso con un bel fiocco, che Eric riconobbe all'istante: il regalo di San Valentino acquistato da Giftland proprio quel pomeriggio.

«Prima che tu dica qualunque cosa... Questo è per te. L'ho preso oggi, quando sono venuta a salutarti in negozio. È solo un pensierino simpatico che Zoe mi ha aiutato a scegliere».

Eric afferrò il sacchetto, sentendosi vile. Era tentato di non aprirlo, ma uno sguardo agli occhi lucidi di Stephanie, che sembrava aver già intuito tutto, lo dissuase. Estrasse dal sacchetto il pupazzo ballerino e sorrise tristemente.

«Mi dispiace davvero tanto, Steffy, credimi», mormorò.

«Ho fatto qualcosa di sbagliato? Sono stata troppo appiccicosa, o troppo audace?»

«No, tu non hai fatto proprio niente. Il problema sono io».

Lei scosse la testa, un sorriso amaro sulle labbra. «Già. Frase standard per ogni occasione».

Eric poggiò a terra il pupazzo e fece un passo avanti, afferrandole le mani. «Nel mio caso è più che mai adatto: va sempre a finire così. Parto con le migliori intenzioni, convinto che stavolta riuscirò a portare avanti una relazione, e invece mi ritrovo a dovermi rassegnare all'evidenza». Nel vedere la sua espressione confusa, Eric prese un profondo respiro. «Vedi, io... ho un problema serio. Nonostante le splendide ragazze che incontro, e che la fortuna vuole si interessino a me, non riesco a innamorarmi di nessuna di loro».

«Per quale motivo?»

«Perché il mio cuore è già occupato».

Riuscì a percepire il momento esatto in cui Stephanie capì. Del resto, poteva vantare una lunga pratica, avendo affrontato quel discorso molte altre volte. Ma era anche vero che le donne sembravano avere un sesto senso quando si trattava di rivali pericolose, e Stephanie non faceva eccezione. Anche lei, come le sue ex, aveva compreso subito la verità, addirittura molto prima che lui confessasse.

Steffy divincolò le mani dalla sua stretta. «Avrei dovuto capirlo prima», sbottò, acida. Poi lo guardò, gli occhi verdi pieni di rabbia. «Quindi cosa sono stata, per te? Un passatempo? Una riserva?»

«No, niente del genere. Sei una ragazza stupenda e volevo veramente uscire con te. La mia situazione è senza speranza, ma a volte provo ancora a risolverla. Speravo che tu… che noi…».

«Lei lo sa?», chiese Stephanie, la delusione incisa su ogni centimetro del volto.

Eric scosse la testa. «No. Non lo ha mai capito. Sono stato sempre molto attento a non lasciarle intuire i miei veri sentimenti».

«Credo che invece lo sappia e se ne approfitti», sbuffò lei, passandosi una mano sul viso. «È quel genere di donna che desidera avere tutti ai suoi piedi e gioca con quelli come te. La cosa più triste è che tu glielo lasci fare… Ti credevo più intelligente».

Eric si irrigidì, diviso fra orgoglio ferito, dubbio e il forte istinto di difendere Zoe. Ma non era il caso di far valere le sue ragioni con la ragazza che stava lasciando.

Stephanie si asciugò furtivamente una lacrima, cercando di darsi un contegno. «Non importa. Adesso, se non ti dispiace, devo prepararmi per l'addio al nubilato di Nicole».

«Perdonami, se puoi. Non era mia intenzione farti soffrire», disse Eric, guardandola con aria sinceramente contrita. «Zoe probabilmente non saprà mai niente, e se anche lo sapesse non cambierebbe le cose. Perciò avrei potuto continuare a stare con te in eterno, godendomi la tua dolcezza e la tua allegria, ma non mi piace prendere in giro le persone. Ci provo con me stesso da anni, e non è una bella sensazione. Spero apprezzerai la sincerità».

«Forse sarebbe dovuta venir fuori un po' prima», ribatté Stephanie, stringendosi le braccia attorno al busto. Rimase in silenzio a guardarlo, probabilmente aspettando che se ne andasse, e ad Eric non restò che voltarsi e uscire.

Una volta sulle scale, prese un profondo respiro, sentendosi al contempo sollevato e triste. Steffy Parker era una cara ragazza e si era comportata in modo molto maturo, accettando la situazione senza troppi piagnistei. Si era guadagnata certamente tutto il suo rispetto, se non il suo amore. Di sicuro avrebbe trovato qualcuno migliore di lui in grado di apprezzarla.

Ma mentre si avviava a piedi verso casa, una finestra si aprì...

«Riporta questo alla tua amica! Stronzo!».

La voce irosa di Stephanie lo raggiunse, costringendolo a voltarsi. In quel momento, un oggetto gli piombò direttamente sul petto, strappandogli un gemito, prima di finire a terra tra gli sguardi incuriositi, divertiti e accusatori delle persone che popolavano la strada.

Ok, forse non l'aveva presa *così* bene...

Raccolse da terra il pupazzo ballerino e se ne andò in

fretta, imbarazzato da morire. Solo quando fu lontano da Little Italy si permise di riflettere sul da farsi.

Ora non aveva più scusanti, niente gli impediva di risolvere la questione con Zoe. Come aveva detto a Stephanie, forse non avrebbe cambiato niente confessandole i propri sentimenti, ma non era più in grado di sopportare quella situazione senza muovere un dito.

Provò a immaginare ogni ipotetica reazione di Zoe, dalla più positiva e romantica fino al peggiore dei risultati, poi si costrinse a smettere di farsi così tanti film.

Doveva agire e basta. Pensare troppo gli avrebbe solo fatto perdere il coraggio di tentare.

9

«Ragazze! Che ci fate qui?», sorrise Zoe, perplessa, spalancando la porta per far entrare Clover e Liberty nel suo appartamento.

«Ci sei sembrata un po' triste, oggi. Volevamo accertarci che stessi bene», rispose Lib, mostrandole una bottiglia di pregiato vino francese.

Clover le porse un vassoio coperto dal quale si sprigionava un delizioso profumo di dolci. «Abbiamo pensato a una serata tra ragazze! Che ne dici? Possiamo chiacchierare mangiando schifezze...».

«Quelle le mangi tu», borbottò Liberty, sfilandosi il cappotto elegante.

«Uh, che noiosa!», scherzò Clover, lanciandole un'occhiataccia. «Di che hai paura? Sei magra come un chiodo!».

«Proprio perché mi rifiuto di mangiare porcherie».

«Se anche ti lasciassi andare a un'orgia di cibo, per una sera, non succederebbe niente».

«Preferisco non rischiare».

«Questo significa che resterai impalata tutta la sera a guardare noi che ci strafoghiamo?»

«Devo mangiare per forza, anche se non mi va?», sbottò Liberty, stizzita.

Zoe alzò le mani per sedare la diatriba. «Vi prego, non litigate. Sono talmente depressa che penso finirò per mangiare tutte le schifezze che avete portato, da sola... e mi scolerò anche l'intera bottiglia di vino, perciò problema risolto».

«Per inciso, Lib: il vino ingrassa quanto un dolcetto, lo sapevi?», mugugnò Clover, chinandosi sull'amica.

Liberty allontanò di scatto la bottiglia, porgendola a Zoe. «Infatti è per lei».

«Dopo tre anni di conoscenza, ho finalmente trovato un argomento che smuove la tua apparente indifferenza», disse Clover, avviandosi in cucina con aria soddisfatta. «Buono a sapersi».

«Perché ci tieni tanto a vedermi irritata?», sospirò Lib, seguendola.

«Perché di solito rasenti la perfezione, il che è un po' inquietante. Mi fa piacere, invece, sapere che sei umana! Io sono una "goffa ingenuotta" e Zoe una "lagna viziosa"... Mancava giusto la "maniaca isterica" per rendere il nostro trio ufficialmente e umanamente folle!», rise Clover.

Zoe le seguì in cucina, sentendosi già meno triste ora che aveva compagnia. «Non è che mi piaccia molto la descrizione che hai appena fatto di me...».

«Vuoi forse negare di essere una viziosa?», chiese Clover, inarcando un sopracciglio.

«Assolutamente no, ma non sono una lagna!», scherzò Zoe.

Liberty si lasciò sfuggire un sorrisetto, poi le piantò in faccia i suoi profondi occhi verdi. «Se non è così, allora spiegaci perché ultimamente ti trascini dietro quel muso lungo».

Zoe sospirò, mentre si affaccendava ad apparecchiare la tavola. «Forse sto solo invecchiando. I trent'anni si avvicinano e io non sono poi così soddisfatta della mia vita».

«L'insoddisfazione non è certo una questione anagrafica. Io ho trent'anni, eppure sono piuttosto soddisfatta della mia vita».

«Ma tu la dividi con qualcuno».

«Io non divido proprio niente con nessuno», negò Liberty, accomodandosi al tavolo. «La soddisfazione personale non dovrebbe mai dipendere da un'altra persona».

Clover sorrise dolcemente a Zoe. «Hai un lavoro che ami, amici sinceri, sei bella, intelligente e sai goderti la vita: di certo non puoi essere insoddisfatta! Il tuo problema è un altro: ti manca un uomo. E questo è un chiodo fisso che ti sta facendo perdere di vista tutto ciò che ti è sempre piaciuto fare».

Zoe sospirò, addentando uno dei dolcetti glassati che Clover stava sistemando su un piatto. «Hai ragione. Sono stanca di essere sola».

«Questa improvvisa disperazione ha a che fare con il ritorno del tuo ex?», chiese Liberty, versandosi una piccola razione di vino.

«No... be', forse».

Clover si sedette, lo sguardo attento. «Ti prego, non dirmi che provi ancora qualcosa per quel tizio!».

«Certo che no, sarei stupida. Ma rivederlo mi ha ricordato com'era essere infatuati, fare vita di coppia, avere qualcuno che ti fa battere il cuore. Avevo solo ventitré anni quando mi sono innamorata di lui, troppo giovane per capire che non era esattamente il tipo d'uomo che avrei voluto accanto. Ma le emozioni che mi ha fatto provare erano autentiche. Non ho mai più ritrovato quello slancio emotivo, quel desiderio di stare con una persona ogni giorno, anche senza fare niente di speciale». Zoe alzò gli occhi grigi, fissando le sue amiche. «È stato il mio primo amore. Voi ricordate come vi siete sentite, quando vi siete innamorate davvero per la prima volta?»

«In realtà, non penso di poter attribuire a Simon Wesley il ruolo di "primo amore"», disse Clover, con una smorfia. «Era più una fissazione durata sei mesi. Mi faceva sospirare e passare ore davanti allo specchio per rendermi carina ai suoi occhi, sognavo a occhi aperti dichiarazioni romantiche che in realtà non ha mai fatto e guardavo male tutte quelle che gli si avvicinavano. Ma non ero davvero innamorata. Cade è il mio primo *vero* amore: quel che provo per lui è un sentimento profondo, diverso da tutto ciò che ho conosciuto finora».

Zoe guardò Liberty. «E tu? Ricordi il tuo primo amore?»

«Trovo che la parola "amore" sia sopravvalutata», disse Liberty, fissando il calice di vetro che aveva tra le mani.

«Sento che sta per arrivare la doccia fredda», scherzò Zoe, versandosi una generosa dose di vino. «Forse dovrei lasciarti parlare, perché l'esagerata felicità di Clover mi fa sentire depressa... Ma in realtà, stasera ho davvero bisogno di credere che il lieto fine esista».

«Ed è così, ma non penso che tutte le storie d'amore debbano essere piene di magia, batticuore e occhi brillanti. L'amore è anche fatto di compromessi, di sacrifici. Il principe azzurro non esiste e le favole sono per i bambini», disse Liberty, stringendosi nelle spalle.

«Non sono d'accordo», protestò Clover, «Io credo fermamente nell'anima gemella. Guarda me e Cade: chi avrebbe mai immaginato che un uomo come lui potesse innamorarsi di una come me? Insomma, sono una specie di elfo imbranato con la testa sulle nuvole, e lui è attorniato ogni giorno da donne meravigliose. In teoria, non avrebbe dovuto nemmeno notarmi, e invece... Non capitano tutti i giorni cose del genere, ma forse eravamo destinati a incontrarci. La mia storia d'amore *è* una favola».

«Ma è anche così recente...».

«E questo che significa? Che tra qualche mese lui potrebbe stufarsi e mollarmi?», sbottò Clover.

«Potresti essere tu a stancarti di lui».

Zoe si chinò su Clover. «Se lo scarti, posso provarlo?», scherzò.

Clover le lanciò un'occhiataccia, poi si ficcò in bocca un brownie. «Ok, ora sono io a essere depressa».

Liberty allungò una mano a sfiorare quella dell'amica, un piccolo sorriso sulle labbra generose. «Tesoro, non volevo affatto spaventarti. Tu e Cade siete una coppia meravigliosa, assolutamente perfetti l'uno per l'altra. Siete l'eccezione che conferma la regola, il motivo per cui la gente spera ancora di poter vivere una favola».

«E perché tu non ci credi, allora? Perché non dovrebbe succedere a tutti di incontrare la propria anima gemella? Non ho la presunzione di credere di essere l'unica ragazza fortunata sulla faccia della terra!».

«Sai, Lib, il tuo discorso sa tanto di donna ferita», disse Zoe, dolcemente, fissando il suo capo.

Clover si fece attenta. «Justin ti ha forse delusa? Non

ti avrà tradita, vero? Ho sempre sospettato che quel tipo avesse qualcosa di strano… non mi convince del tutto!».

«Non partire in quarta come al tuo solito», sbuffò Liberty, alzando gli occhi al cielo. «Justin è un brav'uomo, non mi ha tradita e mi dà tutto ciò di cui ho bisogno. È perfetto per me».

«Se è così perfetto, perché hai questa visione così tetra dell'amore? C'è forse stato un uomo, in passato, che ti ha spezzato il cuore?».

Liberty si sistemò sulla sedia, a disagio. Non alzò gli occhi dal suo bicchiere, ma scosse la testa. «Non volare con la fantasia, semplicemente io amo in modo diverso da te. Non credo alle favole perché non sono più una ragazzina. Non voglio avere le farfalle nello stomaco, né sentirmi vuota o depressa se il mio *lui* non c'è; tanto meno andare in giro con un sorriso ebete stampato in faccia, scrivere sciocchezze su un diario o sognare a occhi aperti. Voglio accanto a me qualcuno che mi apprezzi, che comprenda i miei bisogni e guardi al di là del mio aspetto fisico; un tipo senza troppi grilli per la testa, una persona matura che possa camminarmi accanto finché entrambi lo troveremo necessario. Un amico con cui condividere soddisfazioni e problemi».

«Un amico?». Zoe fissò il proprio bicchiere. «Be', ma esiste una sottile differenza tra un amico e un compagno di vita, giusto? Dev'esserci qualcosa in più… Altrimenti, io dovrei fiondarmi a sposare Eric!».

«Mmm, la cosa si fa interessante», mormorò Clover, sistemandosi meglio sulla sedia.

Zoe la guardò storto. «Non cominciare».

«Sei tu che hai cominciato, non io!». Clover ammiccò, poi poggiò il mento sulla mano e sorrise. «Va' avanti, sono tutta orecchie».

«Dico solo che, secondo il discorso di Liberty, l'uomo perfetto per me dovrebbe essere Eric. Lui è dolce, premuroso, simpatico… Mi è sempre stato vicino, mi capisce al volo, se ho bisogno di lui c'è, sempre e comunque. È l'unico uomo che è riuscito a guardare sotto la superficie senza fuggire a gambe levate, che sopporta le mie insicurezze, i miei capricci. Quando a Capodanno l'ho costretto a fingersi il mio fidanzato, si è comportato esattamente come la persona che vorrei accanto». Zoe vide gli occhi di Clover sorridere e sospirò. «Ma non è mai stato attratto da me, né io da lui. È questo che intendo: se manca il sesso, non c'è rapporto d'amore che tenga… giusto? Ecco cosa rende un amico diverso da un fidanzato».

«Il sesso va bene all'inizio, ma un rapporto di amicizia e complicità dura anche quando la passione si affievolisce», disse Liberty.

«Sono d'accordo con Lib… Ma non del tutto con te, Zoe».

«Perché?»

«Davvero non sei attratta fisicamente da Eric?».

Clover la stava studiando così attentamente da metterla a disagio. «No!», mentì. Sentì il viso farsi di brace nel ricordare il corpo nudo di Eric e il bacio appassionato di quel maledetto sogno. Distolse lo sguardo dal viso scettico di Clover e agitò una mano per liquidare l'argomento. «È un bel ragazzo, ma… insomma, è di Eric che stiamo parlando! Se fossimo stati "destinati" a stare insieme, come dici tu, lo avremmo già fatto…». Le saltò alla mente l'immagine di lei ed Eric avvinghiati in un letto e scosse la testa per scacciarla. «Intendo stare insieme!».

«Forse avevate paura di rovinare un'amicizia», suggerì Liberty. Clover annuì, d'accordo.

Zoe si alzò dalla sedia, sempre più a disagio. «Oh, andiamo, questi sono discorsi inutili. Mi sento sola, ok, ma non dovete per forza spingermi verso il primo uomo disponibile che vi viene in mente! Avete mai fatto questo discorso a lui?!». Per un attimo temette di sentire la risposta.

Liberty scosse la testa, ma Clover sorrise, maliziosa. «Sono disposta a farlo in qualunque momento».

«Provaci e ti uccido!», la minacciò Zoe. «Mi sento già abbastanza depressa e confusa, non voglio rischiare di creare situazioni imbarazzanti con il mio migliore amico. È timido e potrebbe allontanarsi da me, se venisse a sapere che lo trovo attraente!».

«Quindi ammetti che ti piace anche da un punto di vista fisico... Mmm, interessante davvero. Rappresenta il tuo ideale caratterialmente, lo adori da dieci anni e ti attrae. Però non pensi che tra voi possa funzionare. Non capisco il perché». Clover scosse la testa con un sospiro.

"Potrebbe funzionare, eccome", pensò Zoe, ma si fermò un attimo prima di dirlo ad alta voce. Non sapeva nemmeno da dove diavolo saltasse fuori quel pensiero.

Rimase per un attimo in silenzio, chiedendosi se fosse realmente possibile una relazione amorosa fra lei ed Eric, poi ricordò il motivo per cui non era una cosa fattibile.

«Se in dieci anni non è mai successo niente, nonostante tutto il tempo passato insieme, ci sarà un motivo», sospirò, atteggiando il viso a un'espressione annoiata e indifferente. «E il più significativo di tutti ha lunghi capelli biondi e grandi occhi verdi», disse, rivolta soprattutto a Clover. «Stephanie Parker è stata il suo amore impossibile fin dai tempi dell'università, e adesso è tornata da lui».

«Gli amori giovanili si dimenticano...», tentò Clover. Liberty annuì con enfasi.

«Non si è abbastanza maturi a quell'età. E idealizzare quei momenti è sbagliatissimo».

«Eric non era un adolescente, forse non lo è mai stato! Se si è innamorato di lei a vent'anni, serbando nel cuore quel ricordo, è perché per lui è stato davvero importante. E adesso lei è tornata a riprenderselo: fine della storia».

Clover e Liberty non risposero e Zoe cambiò abilmente argomento.

Ma quando le due amiche se ne andarono, due ore dopo, lasciandola nuovamente sola, il pensiero tornò a ciò che Clover le aveva detto, a ciò che lei stessa aveva iniziato a pensare, e la sua confusione raddoppiò.

"Ci mancava solo questa", pensò, lasciandosi cadere sul letto, la faccia sul cuscino. Iniziare a pensare ad Eric in modo diverso da un amico era più che pericoloso: era potenzialmente letale. Lui era il suo unico punto fermo, proprio perché nessun sentimento d'amore o di lussuria aveva mai offuscato il loro legame.

E adesso, invece, non riusciva più a fare a meno di domandarsi come fosse stare tra le sue braccia...

"Devo trovarmi un ragazzo al più presto", sbottò fra sé e sé.

Il telefono squillò. Allungando una mano alla cieca verso il comodino, lo afferrò. «Pronto?»

«Ciao, Zoe».

La voce di Stuart la fece sollevare di scatto, in allerta. «Come hai avuto il mio numero?»

«Sei sull'elenco, tesoro».

«Hai ragione, dovrò rimediare», ribatté, ostile.

Stuart rise piano, una risata roca che un tempo l'avrebbe fatta fremere, ma che in quel momento la rese solo più nervosa.

«Che cosa vuoi, Stu?»

«Voglio vederti. Vieni a cena con me, una di queste sere».

«Non vedo proprio perché dovrei».

«In onore dei vecchi tempi. Siamo stati bene insieme, eravamo una coppia affiatata. Ti sei lasciata prendere la mano da false dicerie in un periodo difficile, e non è giusto nei confronti di nessuno di noi. Vorrei spiegarti come sono andate le cose quattro anni fa, e se dopo vorrai comunque togliermi il saluto capirò. Ma voglio almeno provarci».

La voce calma e suadente dell'uomo sapeva essere ancora ipnotica e Zoe lottò contro la voglia di ritrovare un vecchio sentimento. La solitudine che l'avvolgeva in quel periodo era una debolezza che non giocava a suo favore. Doveva stare attenta.

«Non lo so, Stuart. Non voglio riaprire un vaso di Pandora dopo tutti questi anni. Quel che è stato è stato, finiamola così».

«Per te è facile, ma non per me. Rivederti mi ha ricordato quanto fossimo perfetti insieme. Forse il nostro tempo è passato, ma almeno vieni a cena con me e parliamone. Una chiacchierata, un sorriso e una stretta di mano per cancellare i brutti ricordi, non chiedo altro».

Che aveva da perdere?

Si sentiva dilaniata fra più desideri.

Una parte di lei sapeva che Stuart mentiva, che era stato davvero a letto con la sua migliore amica anche se, in assenza di prove concrete, non poteva averne l'assoluta certezza. Ma Zoe aveva creduto senza un attimo di esitazione a Miranda, quattro anni prima, e questo la diceva lunga sulla fiducia che aveva nutrito verso quell'uomo già allora. Che senso poteva avere riaprire un vecchio capitolo della sua vita, un capitolo non così sfavillante come un tempo aveva creduto? Crescendo aveva compreso che Stuart Harris non era il tipo di persona con la quale avrebbe voluto dividere la propria vita, e di certo non era cambiato.

Un'altra parte di lei, quella insicura e sola, anelava a sentirsi dire che in realtà non era stata affatto tradita, che la loro storia era stata importante, che i sentimenti che aveva provato per lui non erano andati sprecati. Da quando aveva scoperto quel tradimento non era più stata la stessa, si era chiusa all'amore buttandosi in squallide storie di sesso prive di significato, e non ne andava fiera. Scoprire adesso che aveva sbagliato a non credere alle parole di Stuart non avrebbe cancellato gli anni appena trascorsi, ma forse avrebbe potuto ridarle fiducia.

E poi c'era quella piccola parte arrabbiata, quella che desiderava vendicarsi. Grazie alla sicurezza e all'esperienza acquisite negli anni, si sentiva in grado di raggirare Stuart con pochissimo dispendio di energie.

Avrebbe potuto usarlo e poi gettarlo via come un calzino sporco, proprio come lui aveva fatto con lei.

Ma quale soddisfazione le avrebbe portato?

«Senti, adesso non mi va di parlare con te», disse, freddamente.

«Non mi do per vinto. Ti farò cambiare idea», promise Stuart.

Zoe riattaccò il telefono, restando a fissarlo.

Avrebbe dovuto mandare al diavolo Stuart e farla finita, ne era consapevole, ma in quel momento non era dell'umore adatto per prendere una decisione. Voleva solo dormire e spegnere il cervello per qualche ora.

Sperando di non sognare nulla di sconveniente.

«Dobbiamo parlare!».

Eric si voltò a guardare Clover che, come un tornado, si stava avvicinando al bancone. Lo prese per un braccio e lo trascinò nell'ufficio che dividevano, chiudendo la porta.

«Che ti prende?», le chiese, perplesso.

«Devi assolutamente fare qualcosa! Lei è pronta, sento che questo è il momento giusto, ma devi tirare fuori le palle e collaborare, o te ne pentirai!».

Eric non fece domande. Non c'era alcun bisogno che Clover gli spiegasse di cosa stava parlando, lo sapeva fin troppo bene. Del resto, la pensava nello stesso modo, anche se aveva meno certezze rispetto all'amica.

Si sedette alla scrivania e si passò le mani tra i capelli. «Ok», disse, il cuore in gola.

Clover si illuminò. «Finalmente!».

«Ma perché sei tanto sicura che funzionerà?»

«Siamo state da lei, ieri sera, e abbiamo parlato un po'. Le cose che ha detto mi hanno convinta più di quanto già non fossi».

Sembrò mancargli l'aria per l'emozione – o forse era solo tachicardia –, perciò si costrinse a respirare più profondamente. «Ha detto che starebbe con me?».

Clover si strinse nelle spalle. «Non testualmente ma, da come parlava, non credo lo escluderebbe».

«Tu *non credi*». Eric sospirò, sentendo sgonfiarsi gran parte della propria euforia. Clover era una persona fin troppo ottimista e romantica, e lui non era del tutto certo di potersi fidare del suo istinto da Cupido.

«Oh, insomma! Che cosa pensavi che facesse, che dichiarasse spudoratamente una cosa simile? Sa che siamo amici e che non resisterei alla tentazione di accoppiarvi, quindi si è contenuta! E dal momento che non potevo dirle che tu la ami dalla prima volta che l'hai vista, perché sono legata dal giuramento che mi hai imposto anni fa, non mi sono potuta spingere troppo oltre con le domande. Ma se prima ne ero quasi convinta, adesso ne sono certa. Siete già uniti da un legame profondo, e ora lei ti trova anche attraente... In più ha una voglia matta di innamorarsi».

«Non voglio che si butti su di me solo perché non ha nessun altro».

Clover sospirò rumorosamente, lasciandosi cadere sulla sedia girevole della sua scrivania. «Eric, hai mai pensato che se Zoe non riesce a trovare un uomo degno di lei, è perché forse nessuno le dà quel che le dai tu? A cosa le serve un altro uomo, quando ha già te? Oltre al sesso, ovvio». Eric digrignò i denti e Clover ridacchiò. «Il senso del discorso di ieri sera è stato proprio questo: Liberty è convinta che un rapporto d'amore debba essere basato su una profonda complicità, come quella che esiste fra due amici, e Zoe ha detto che secondo questo ragionamento lei avrebbe dovuto sposare te! Ma tra fidanzati dev'esserci anche una componente sessuale... Non capisci? Sei già a metà dell'opera! Mostrale anche la tua passione, oltre al tuo cuore, e sarà tua per sempre».

Desideroso di crederle, Eric non riuscì a trovare un valido motivo per contraddirla. In fondo cosa aveva da perdere?

"Una bella amicizia", suggerì la paura.

"Un amico non sognerebbe continuamente di vederla nuda", ribatté la ragione.

«Va bene», mormorò. «In ogni caso, non sono più disposto a sopportare le sue relazioni, perciò la nostra amicizia è comunque appesa a un filo».

«Perfetto. Adesso ci vuole un piano d'attacco». Clover avvicinò la sedia a lui e sorrise, gli occhi brillanti. «E io ho già un'idea fantastica... ma devi collaborare».

Il piano di Clover era semplice ma efficace. Consisteva in un corteggiamento serrato e anonimo, mirato a stuzzicare la curiosità di Zoe, e che sarebbe culminato con una dichiarazione in piena regola la sera di San Valentino.

Mancavano quattro giorni alla festa degli innamorati, Eric non aveva molto tempo. Perciò misero a punto ogni dettaglio in pochi minuti e iniziarono quel pomeriggio stesso.

Poco prima dell'ora di chiusura, un fattorino entrò da Giftland con un pacco bianco legato da un grosso fiocco rosso e lo porse a Zoe.

«Per te».

Zoe sorrise, compiaciuta, fissando il ragazzo. «Mi hai portato un regalo, Jimmy? Quanto sei dolce!», tubò, afferrando la scatola.

Dal suo angolino appartato, Eric guardò in cagnesco il ragazzino appena diciottenne che faceva le consegne per la pasticceria migliore della zona, pronto a saltargli alla gola se si fosse preso il merito di quel regalo. Ma il ragazzo, pur arrossendo come sempre di fronte a tanta bellezza, scosse la zazzera di capelli castani.

«Non penso guarderesti mai un pivellino come me, purtroppo, neanche se ti portassi ogni giorno un regalo».

«Mai dire mai, tesoro. Al giorno d'oggi non è poi così strano che una donna si accompagni a un ragazzo più giovane. La signora Ciccone insegna, giusto?», scherzò Zoe, seduttiva come d'abitudine, strizzando l'occhio al ragazzo. Poi tornò a fissare la scatola. «Chi la manda?»

«Non lo so. Abbiamo ricevuto un'ordinazione anonima che ci diceva solamente dove e a chi consegnare questa scatola».

«Un ammiratore misterioso, eh? Be', grazie Jimmy».

Eric aspettò che il fattorino uscisse, poi si avvicinò al bancone. Zoe stava ancora fissando la scatola con occhi attenti e un lieve sorriso sulle labbra.

«Che succede?», le chiese, fingendosi disinteressato.

«Un regalo da parte di qualcuno che non vuole palesarsi», rispose Zoe, stringendosi nelle spalle.

«Che cos'è?».

Zoe sciolse il nastro rosso e aprì la scatola. Subito

nell'aria si sprigionò l'aroma dolce e stuzzicante di una torta.

«Un'intera Red Velvet!», esclamò lei, gli occhi improvvisamente accesi di piacere. «È in assoluto il mio dolce preferito!».

"Ma non mi dire…", pensò Eric, dandosi mentalmente una pacca sulla spalla.

La prima volta che Zoe si era seduta al suo stesso tavolo, alla caffetteria dell'università, Eric le aveva proprio offerto una fetta di quel dolce. In modo parecchio imbarazzante…

«Sei ufficialmente il nostro miglior cliente, lo sai?», disse la ragazza, fermandosi davanti al suo tavolino.

Eric per poco non si strozzò con il sorso di caffè che aveva appena messo in bocca. A dire il vero non aveva nessuna voglia di bere quella robaccia, ma se voleva star seduto in quella caffetteria doveva consumare. Avrebbe potuto ordinare qualcos'altro, certo, ma la settimana precedente aveva scioccamente detto al gestore del locale che passava ore in quel posto a causa del suo "squisito caffè", e adesso si sentiva costretto a mantenere il punto.

Non poteva certo confermare il sospetto di quel tale, ossia che passava interi pomeriggi lì dentro solo per vedere lei.

Conosceva il suo nome: Zoe. Perfino quelle tre semplici lettere, sistemate in quel preciso ordine, erano meravigliose.

Non aveva mai visto una ragazza più bella. Forse era per quel suo viso dall'ovale perfetto, o per il sorriso accattivante, o per quegli occhi lievemente a mandorla, di una tonalità di grigio così particolare che faceva pensare all'argento fuso... Senza tralasciare, naturalmente, il suo corpo fantastico, alto e flessuoso ma con le dovute curve nei posti più giusti.

Da quando l'avevano assunta, quel locale era diventato la vera attrazione del campus. Dozzine di ragazzi si radunavano lì dentro, ogni giorno, con le scuse più improbabili o dichiaratamente per darle un'occhiata. Il gestore della caffetteria aveva ormai compreso che gli studenti si trattenevano più del necessario per ammirare la bellezza bruna che si occupava del servizio ai tavoli. E non perdeva occasione per tormentarli.

Ma Eric era troppo timido per ammettere di essere totalmente, irrimediabilmente infatuato di Zoe. Era ridicolo il solo pensiero di dichiararlo apertamente: una ragazza come quella non avrebbe mai degnato di una sola occhiata un tipo scialbo come lui. Poteva avere ai suoi piedi qualunque ragazzo, aveva solo l'imbarazzo della scelta!

Eppure, chissà perché, in quel momento si era fermata proprio davanti a lui, con un sorriso capace di sciogliere i sassi...

Alzò il viso e sistemò gli occhiali sul naso, cercando di non balbettare. «Mi darete un premio, per questo?»

«Dovremmo, davvero! Vieni qui tutti i giorni e ordini quasi mezza dozzina di tazze di caffè ogni volta! Stai arricchendo quel buffone di Isaac, meriti almeno un encomio!».

«Spesso è decaffeinato», disse lui. Poi si mandò mentalmente al diavolo. "Che frase da perdente! Che vuoi che gliene importi di che tipo di caffè prendi?".

«Immagino che ti serva parecchia concentrazione, oltre alla caffeina, per capire quelle strane formule che

studi». Zoe si chinò sul tavolo, scrutando la pagina del suo libro di fisica. Eric si ritrovò così a respirare il suo profumo fruttato, oltre a occhieggiare la sua scollatura, messa in evidenza dai primi bottoni aperti della camicetta bianca. Sperò vivamente di non arrossire come un cretino.

«Che cosa studi?», continuò lei.

«Te...», borbottò Eric, con voce roca. Poi si riscosse, schiarendosi la gola. «Teoria delle stringhe», improvvisò. Essere un fan di The Big Bang Theory *tornava utile a tutti i nerd.*

Zoe sbatté gli occhi, perplessa. «Non ho idea di cosa sia. Ma qualcosa mi dice che non ha a che fare con le scarpe, giusto?», scherzò.

Eric sorrise. Non gli importava un fico secco che lei non sapesse nulla di fisica, adorava il modo ironico che aveva di scherzare sopra le proprie lacune. L'aveva sentita parlare con altri studenti, durante le ore passate seduto a quel tavolino, e l'aveva trovata curiosa, mai svampita né saccente.

«È solo una teoria in fase di studio che tenta di conciliare meccanica quantistica e relatività». Non aggiunse altro per non annoiarla. Se c'era un modo sicuro per far fuggire una ragazza, era proprio mettersi a parlare di scienza.

«E a te piace davvero questa roba? Cioè, non metto in dubbio che possa essere affascinante, ma è davvero impegnativa... almeno a giudicare dal tempo che ti porta via. Devi avere un gran cervello per riuscire a capire una materia simile».

«Suppongo di doverti ringraziare», sospirò Eric, con

aria affranta. «Se non altro per avermi dato del cervellone, anche se terribilmente noioso e secchione».

«Oh, no! Non fraintendermi!», rise lei. «Io ammiro le persone come te. Spesso rimpiango di non avere una testa come la tua... Forse a quest'ora starei facendo qualcosa di più importante della cameriera».

«Fare la cameriera è un lavoro sottovalutato. Voglio dire, hai tra le mani la perfetta riuscita della pausa pranzo di moltissima gente, ogni giorno. Devi essere efficiente, veloce, affabile e carina... Tutte cose che ti riescono benissimo», disse Eric, stringendosi nelle spalle senza guardarla. «E se facessimo un sondaggio, scommetto che la maggior parte della popolazione vorrebbe avere la tua testa, non la mia».

Lei non rispose, costringendolo a rialzare lo sguardo. Allora la vide sorridere e porgergli la mano.

«Io mi chiamo Zoe. Zoe Mathison».

«Eric Morgan», rispose lui, sperando di non avere il palmo sudato.

«Ho dieci minuti di pausa. Ti va se mi siedo qui con te? Possiamo chiacchierare, o posso aiutarti a studiare, se preferisci».

"Sto sognando?", pensò Eric, sbattendo le palpebre. Poi si affrettò ad annuire. «Certo, quello che preferisci... ma solo se posso offrirti qualcosa».

Zoe lanciò un'occhiata alla vetrina dei dolci. «Se insisti... C'è una fetta di Red Velvet che sembra chiamarmi da stamattina, ma secondo le regole del locale io non posso consumare niente di ciò che è esposto, almeno fino all'ora di chiusura».

«Ma nessuno vieta a me di prendere quella torta e imboccarti», ribatté Eric. La sola idea lo fece sudare e

le sue orecchie divennero calde. Di sicuro era arrossito, maledizione!

Si alzò di botto, dandosi un contegno. «Torno subito», disse, dirigendosi al bancone e respirando a pieni polmoni per calmarsi. Ma per tutto il tempo rimase consapevole di avere gli occhi di Zoe puntati sulla schiena.

Da quel giorno erano passati anni e lui si sentiva ancora lo stesso studente secchione senza attrattive, quando le stava accanto.

"Clover dice che Zoe ti trova attraente", gli ricordò una voce nella sua testa.

Be', quel lontano pomeriggio di dieci anni prima anche lui aveva creduto di piacerle. Insomma, la più bella del reame si era fermata a chiacchierare con lui, *proprio lui!*, tra tutti i ragazzi che entravano in quella caffetteria ogni giorno. Ma l'unica cosa che aveva ricevuto da lei era stato un affetto sincero, niente di più.

Cercò di non farsi scoraggiare dai soliti dubbi e osservò Zoe estrarre una busta rossa dalla scatola. La aprì e lesse ad alta voce il breve messaggio che Clover aveva dettato per telefono.

«Per dare un tocco di dolcezza alla tua giornata… in attesa di poterne dare alla tua vita. Accipicchia!», rise, cercando una firma che, naturalmente, non c'era. «Chi sarà?»

«Uno dei tuoi tanti ammiratori», rispose Eric. E non mentiva, tutto sommato.

«Di solito si firmano. Gli uomini sono sempre ansiosi di mostrare le proprie imprese a una donna e sgominare la concorrenza».

«Non sono tutti così vanesi. Magari questo è più originale degli altri», disse Clover, raggiungendoli. «Ho sentito il contenuto del biglietto... che cosa romantica!». Eric le fece cenno di smetterla, dietro le spalle di Zoe, ma Clover lo ignorò. «Hai conosciuto qualcuno di nuovo e interessante e non ce lo hai detto?»

«Proprio no! L'ultimo con cui sono uscita è stato Evan...».

«E di certo non possiede sufficiente intelligenza per scrivere un'intera frase di senso compiuto», biascicò Eric, con aria annoiata.

Zoe ridacchiò. «In effetti...». Fissò, con aria improvvisamente pensierosa, la torta nella scatola e i suoi occhi si incupirono. «Spero solo che non sia chi penso io», mormorò.

Eric sentì un brivido freddo. A chi si riferiva?

Avrebbe voluto chiederlo, ma gli mancò il coraggio. Anche Clover aveva la stessa domanda negli occhi, ma l'ingresso di alcune persone in negozio li distrasse e Zoe si affrettò a riporre il suo regalo sotto il bancone, andando incontro ai nuovi arrivati.

«E se parlava di me?», bisbigliò Eric all'orecchio di Clover.

«Non essere paranoico», rispose lei, tra i denti. «Forse pensa che sia Harris», aggiunse, prima di allontanarsi.

Eric si irrigidì.

Aveva senso. Harris avrebbe potuto facilmente sapere che il dolce preferito di Zoe era la Red Velvet: erano stati insieme per due anni. E Zoe era rimasta turbata dal ritorno del suo ex, perciò era naturale che pensasse a lui.

Strinse un pugno e decise che, nei restanti tre giorni, le avrebbe fatto recapitare doni più specifici, che potessero riportarle alla memoria episodi legati solo alla loro amicizia… e non a quel cretino di un dottore.

10

«E così ci siamo. San Valentino è arrivato», sospirò Zoe, accomodandosi sul bordo della scrivania di Clover. Aveva fra le mani un cesto contenente diversi pacchetti regalo e mazzolini di fiori, e li osservava con aria quasi indifferente. «Non vi sembrano di meno, rispetto agli anni scorsi?»

«Sei sempre stata l'unica, qui dentro, a ricevere regali di San Valentino. Lib, Eric e io che dovremmo dire, allora?»

«Sto perdendo anche il mio fascino, oltre agli ammiratori. Non è più entrato nessuno a chiedermi di uscire, dopo Evan». Zoe aprì una scatola di cioccolatini e si mise in bocca una pralina. «Se non si conta Stuart, ovviamente».

«Stuart?». Clover inarcò le sopracciglia mogano, lanciando uno sguardo preoccupato in direzione di Eric, che fissava lo schermo del computer con aria truce.

«Ce la sta mettendo tutta per riconquistarmi», disse Zoe, con aria pensierosa. «È davvero determinato».

«Passati i quaranta, certi uomini sono ansiosi di ripulire il proprio karma da tutte le nefandezze perpetrate in passato», borbottò Eric, mordace.

Zoe addentò una fragola ricoperta di cioccolato, estratta da un'altra confezione infiocchettata. «Non so che pensare. Mi telefona quasi ogni giorno, ormai, e sembra davvero pentito. Se sta mentendo, è davvero da Oscar».

«Inizi a credergli?», chiese Eric, improvvisamente attento.

Lei si strinse nelle spalle. «Mi sto limitando ad ascoltarlo, per ora».

«Una perdita di tempo che potresti risparmiarti».

«Non essere così duro, non bisognerebbe negare a nessuno la possibilità di spiegarsi». Zoe gli lanciò un sorriso malinconico. «Se quello che mi ha detto è vero, anni fa ho sbagliato ad andarmene in fretta e furia e ad attribuirgli la colpa di tutto».

Eric si alzò di scatto, sfilandosi gli occhiali per passarsi una mano sul viso. «Ti stai facendo fregare un'altra volta, non ci posso credere...».

«Sto solo guardando i fatti da una prospettiva differente».

Clover scosse la testa. «Non so cosa ti ha detto, ma non credo che dovresti fidarti. A meno che non fosse drogato o sotto minaccia di morte, lui con Miranda è andato comunque a letto!».

«Ha detto che si sono solo baciati. Che in quel periodo ha cercato di dirmi che le cose non stavano andando come dovevano, tra noi, che era depresso per la piega che aveva preso la nostra storia e che Miranda lo ha *consolato*. Lui era alticcio, e lei ci ha provato... Lo voleva da tempo, e io me ne ero anche accorta, ma non ne avevo la certezza».

Eric sembrava disgustato. «Queste sono stronzate. Tu eri la sua schiava devota, quasi ridicola nella tua ansia di assecondare ogni sua voglia! E lui ne ha approfittato in ogni modo. Perciò non venirmi a dire che il vostro rapporto era in crisi e che lui si è fatto consolare dalla tua migliore amica: è un insulto alla tua e alla mia intelligenza!».

Zoe chiuse la scatola di cioccolatini con un gesto stizzito. «Non c'è bisogno che ti scaldi tanto».

«Si scalda perché ha paura che Stuart ti faccia soffrire ancora», si intromise Clover, lanciando uno sguardo ammonitore a Eric, che sembrava sul punto di ringhiare. «Onestamente, sono preoccupata anch'io».

«Sono adulta, so come comportarmi. Vi stavo solo informando di quel che è successo, non ho detto che gli credo».

«Gli hai detto che non lo perdonerai mai e di non cercarti mai più?». Eric la fissava con occhi così minacciosi da farla sentire a disagio. Zoe distolse lo sguardo, dondolando una gamba.

«Continua a chiedermi un appuntamento. Gli ho risposto che non mi sembra una buona idea, ma dice che cercherà di convincermi con ogni mezzo».

Eric imprecò, uscendo dall'ufficio, e Zoe guardò Clover. «Che carattere irascibile che ha».

«Se esci di nuovo con Stuart, Zoe, credo che ti depennerò dalla lista degli amici», bofonchiò la rossa, alzandosi e seguendo Eric.

«Grazie tante!», le urlò dietro Zoe, fissando poi, in cagnesco, i regali che i suoi "ammiratori" – ossia alcuni irriducibili che cercavano ancora di ottenere un appuntamento da lei – le avevano fatto recapitare in negozio.

Nessuno capiva come si sentiva in quel momento. Era facile, per Clover, mostrarsi tanto contrariata: aveva accanto un uomo fantastico, che nel pomeriggio l'avrebbe messa su un aereo privato diretto a Parigi! E Liberty sarebbe uscita con Justin, come sempre. Perfino Eric aveva qualcuno con cui stare, supponeva, anche se da qualche giorno non vedeva arrivare Stephanie in negozio.

Lei, invece, non aveva nessuno. Solo una dozzina di ragazzi parzialmente sconosciuti, intenzionati a strapparle un appuntamento e ricoprirla di doni, e un ex fidanzato deciso a riconquistarla. Non andava in estasi per nessuna delle due soluzioni ma, se non altro, la retromarcia di Stuart faceva bene alla sua autostima.

Controvoglia, si mise a osservare i regali ricevuti: bigliettini più o meno romantici, pupazzetti, cuoricini, ciondoli...

E un bouquet di fiori più grande degli altri. Nove, bellissime rose rosse legate con un nastro di seta, al quale era fissata una busta anonima che attirò la sua attenzione.

Un altro messaggio dal suo ammiratore segreto!

L'aprì, estraendo un bigliettino sobrio, a forma di cuore, che recava poche parole:

> Non voglio più essere un nome fra tanti, e il mio cuore non può più stare in un cassetto.
>
> In cima all'Empire State Building troverai il mio ultimo regalo per te.

Incuriosita, Zoe poggiò sulla scrivania il resto dei regali e uscì dall'ufficio, il naso premuto contro i morbidi petali di rosa. «Ne è arrivato un altro!», esclamò attirando l'attenzione dei colleghi. Anche Liberty era al banco, in quel momento, e tutti si voltarono nella sua direzione. «Credo che stavolta voglia svelare la sua identità!». Porse la busta a Clover, che l'aprì.

«E vuole farlo proprio a San Valentino? Romantico», disse Liberty.

«Muoio dalla voglia di sapere chi diavolo è», sospirò Zoe, accarezzando i fiori.

Negli ultimi tre giorni aveva ricevuto tre regali anonimi. Dopo la Red Velvet e il primo biglietto, era arrivato un morbidissimo criceto di peluche, che stringeva tra le zampe il messaggio: "L'amore può avere molti volti... Per me ne ha solo uno". Il terzo giorno aveva ricevuto un bellissimo bracciale con un ciondolo a forma di stella, di un cristallo purissimo e luminoso, sul quale era stato inciso il suo nome. Il biglietto che lo accompagnava diceva soltanto: "Brillerai mai soltanto per me?".

E ora quelle splendide rose...

Dopo aver letto il breve messaggio, Clover la guardò. «Chiunque sia, è di una dolcezza disarmante. Ed è stato davvero carino a organizzare tutto questo».

Zoe annuì. «È vero... A meno che non sia un pericoloso psicopatico». Il suo viso perse un po' di luce quando il solito pensiero fece presa nella sua mente. «E se fosse Stuart?»

«Perché, sa scrivere?», sbottò Eric.

«I dottori hanno una brutta calligrafia, ma non sono analfabeti», scherzò Liberty.

«È una coincidenza molto strana, non trovate? Torna alla carica dopo quattro anni, promettendo di farmi cambiare idea, e da allora, ogni giorno, mi arriva un regalo anonimo. E ora questo...». Zoe rilesse il messaggio, poi chiuse la busta. «Le probabilità sono alte».

«Io non penso siano la stessa persona. Che senso ha organizzare una cosa romantica come i messaggi anonimi, e poi placcarti con una telefonata implorante al giorno?». Clover guardò Eric. «Tu che ne dici? Lo hai conosciuto, sai che tipo è. Credi sia nel suo stile?»

«No».

«Potrebbe aver affinato la sua tecnica, negli anni», mormorò Zoe.

Clover le sorrise. «L'unico modo per scoprirlo è andare lassù a vedere cosa ti ha lasciato l'uomo misterioso. Potrebbe esserci un indizio più preciso».

«Perché invece non lasci perdere?», disse Eric, alzando finalmente lo sguardo su di lei. «È una stupidaggine. Chiunque abbia spedito quei messaggi sa come rintracciarti, poteva presentarsi direttamente qui e dirtele in faccia, quelle cose, anziché nascondersi dietro biglietti anonimi. Forse teme che non sarai felice di scoprire la sua identità, per questo ha giocato la carta del mistero».

«Almeno è stato originale», disse Clover, tra i denti. «Per me dovrebbe andare».

«Se anche non fosse il principe azzurro, è stato comunque molto dolce e mi ha incuriosita». Zoe guardò Liberty per avere il suo permesso, e l'amica annuì.

«Vai pure».

«Grazie! Spero di non metterci molto». Zoe sorrise, mentre afferrava il cappotto.

Clover diede un rapido sguardo all'orologio, poi l'abbracciò. «Non sarò qui, quando tornerai. Cade dovrebbe arrivare da un momento all'altro e andremo direttamente all'aeroporto. Perciò chiamami domani, d'accordo? Voglio sapere tutto!».

«Divertiti a Parigi! E saluta Cade», sorrise Zoe dirigendosi, poi, fuori da Giftland.

Clover diede una gomitata a Eric non appena Zoe e Liberty furono fuori vista. «Sei stupido? Hai cercato di convincerla a non andare!».

«È stata un pessima, pessima idea!», sbottò Eric, passandosi una mano fra i capelli. «E ora mi pento da morire di averti dato retta».

«Funzionerà, invece. Me lo sento», sorrise Clover. «Zoe ama essere stupita e corteggiata, e quel tocco di mistero era proprio ciò che ci voleva per distrarla dal pensiero di quel cretino».

«Ma quale distrazione, ha pensato immediatamente a lui». Eric strinse una mano a pugno, furioso. «Doveva proprio tornare a San Valentino? Maledizione, per non sentirsi sola accetterebbe di uscire con il diavolo in persona, stasera!».

«Ma non succederà perché, se anche andasse all'appuntamento pensando di trovare Stuart, sarai tu a presentarti».

«E se anche lui le desse un appuntamento per questa sera? Magari nello stesso posto?»

«Eric, non dire scemenze!». Clover gli strinse una mano. «Harris non ha alcuna possibilità con lei, tanto meno contro di te».

«E se invece ha capito tutto e decide di non presentarsi? Mi ci vedo già, seduto al ristorante e vestito come un pinguino, ad aspettare invano qualcuno che non arriverà mai».

Clover alzò gli occhi al cielo. «E poi dicono che sono le donne a essere insicure in amore!». Eric la guardò male e lei gli diede un bacio sulla guancia. «Sei così carino! Zoe non saprà resisterti».

«Oh, hai ragione! È per questo che le sbavo dietro da anni e non se n'è mai accorta».

«Le sei sempre stato vicino come un amico e hai mascherato i tuoi sentimenti in ogni modo possibile. Perché avrebbe dovuto capire che provavi qualcosa per lei? E se anche ci avesse pensato, la paura di mandarti in confusione o di rovinare il vostro rapporto l'avrebbe frenata dal provarci».

«Zoe si prende tutto ciò che vuole, non si fa così tanti problemi», protestò Eric.

«Zoe si prende tutto ciò che è semplice», lo corresse Clover. «Dopo Stuart, ha avuto così paura di essere nuovamente tradita che ha dedicato il suo tempo a persone inutili. Tu saresti un impegno serio, invece».

«Un impegno che non vuole prendersi».

«Dio, che pessimista che sei!», sbuffò l'amica. Poi lo ammonì con un dito. «Ora ascoltami bene: Zoe è di nuovo pronta a innamorarsi, lo ha detto lei. Vedere me così felice l'ha contagiata, è stanca di relazioni senza senso e vuole una storia seria. E anche se non si è sbottonata tanto in merito, sono sicura al cento per cento che ti ha rivalutato molto come uomo, soprattutto dopo la tua performance nudista il giorno del servizio fotografico».

«Non l'ho mica fatto apposta!».

«Non ha importanza. Lei era sconvolta e quasi offesa per non aver saputo prima che, sotto i tuoi vestiti banali, sei super sexy! Uniamo questa stuzzicante novità al grande affetto che c'è sempre stato tra voi, aggiungiamoci il romanticismo del River Café e l'irresistibile consapevolezza di essere amata da ben dieci anni, e il risultato è a dir poco assicurato!».

Eric scosse la testa. «Non ne sono convinto. Se non è mai successo niente fra noi, forse non è destino».

«Tu sei stato vigliacco e timido fino a oggi, e lei cieca e timorosa. Forse non eravate pronti: a volte serve il momento giusto per sbloccare una situazione». Clover lo prese per un braccio, cercando il suo sguardo. «Non mollare proprio adesso, Eric. Che hai da perdere? Non sarai in grado di salvare la vostra amicizia per sempre, già adesso sei al limite. Se rinunci alla possibilità di conquistarla, prima o poi arriverà qualcuno in grado di farlo al posto tuo e a quel punto la perderai. Non riuscirai a sopportare il fatto di saperla di un altro, e questo finirà per incrinare comunque il vostro rapporto».

«Anche ricevere un due di picche incrinerà il nostro rapporto».

«E allora meglio riceverlo dopo averci provato, che immaginarlo soltanto. È sempre preferibile avere rimorsi che rimpianti».

Eric non rispose. Fino a qualche ora prima era stato sicuro che Clover avesse ragione, che fosse giunto il momento di sbloccare quella situazione una volta per tutte. Soffrire per soffrire, era meglio avere una risposta definitiva alle sue domande.

Eppure, adesso era terrorizzato all'idea di veder dipingersi un'espressione delusa sul viso di Zoe, non appena avesse capito chi c'era dietro i biglietti anonimi degli ultimi quattro giorni.

«Se mi darà il ben servito, tornerò a Boston», disse piano, infilando le mani in tasca.

Clover sospirò. «Anche se non sono d'accordo, posso capire. Ma mi auguro di cuore che non succeda».

Il clima che si respirava in cima all'Empire State Building era sempre lo stesso. Potenza, irrealtà, confusione. L'edificio, con la sua impressionante altezza, dava la sensazione di poter sfidare il cielo e dalla sua cima si godeva di un'atmosfera diversa, come se si entrasse in un'altra dimensione.

Zoe aveva trovato all'interno della busta misteriosa anche un *pass* per poter saltare le lunghissime file di turisti che ogni giorno affollavano il grattacielo più famoso della città, e salire direttamente al centoduesimo piano.

L'orario era quello ideale. La vista di Manhattan dall'alto era spettacolare, sempre, ma al tramonto il panorama sapeva strappare sospiri di pura estasi.

Non ci saliva da tempo e avrebbe dovuto ringraziare per quell'opportunità chiunque avesse organizzato quella sorpresa per lei.

La prima volta che era salita in cima al grattacielo aveva pianto di gioia. Eric era con lei, quel giorno, e avrebbe potuto confermarlo. Il suo sogno era sempre stato quello di vivere a Manhattan e finalmente ci era riuscita. Così, per festeggiare, lei e il neolaureato Eric avevano mangiato una pizza insieme, poi avevano deciso di salire fino all'osservatorio. Le file interminabili per l'acquisto dei biglietti, per i controlli della sicurezza e per gli ascensori avevano strappato parecchi borbottii di disappunto a Eric, ma Zoe era stata eccitata come una bambina. Per sdebitarsi della pazienza che l'amico aveva dimostrato nel portarla fin lassù, e per complimentarsi ancora per la sua fresca laurea, Zoe si era fermata in uno dei tanti negozietti di souvenir e gli aveva comprato il portachiavi a forma di grattacielo che lui custodiva ancora gelosamente. Non era stato un gran regalo, se ne rendeva conto, ma a quel tempo risparmiava ogni centesimo per potersi permettere l'affitto del suo appartamento, e comunque a Eric era piaciuto lo stesso.

Ridacchiò piano, il viso nascosto nella sciarpa, quando l'ascensore schizzò in aria. Eric aveva rischiato l'infarto, la prima volta, sentendosi spinto in alto con la stessa velocità di un razzo. Lo aveva preso in giro per giorni, ricordandogli il colorito verdastro che aveva avuto per i venti minuti successivi alla salita.

Quanto si erano divertiti insieme! E quanto affetto le aveva sempre dimostrato, Eric, nonostante tutti i suoi capricci.

Poco prima, invece, era parso realmente deluso. Il pensiero che lei potesse farsi prendere in giro una seconda volta da Stuart gli aveva fatto perdere le staffe.

Come poteva dargli torto? Nemmeno lei era fiera di se stessa. Avrebbe dovuto essere glaciale e indifferente nel rivedere il suo ex, mandarlo al diavolo in modo chiaro e dirgli che non aveva più nessuna possibilità con lei. Si meritava qualcosa di più di un tipo di cui non potersi fidare.

Ma aveva amato Stuart. Certo, era giovane e sciocca all'epoca, e non in grado di capire cosa fosse il vero amore; tuttavia, le emozioni provate con lui non l'avevano mai più sfiorata. Forse non si era lasciata andare nelle relazioni con sufficiente convinzione, dopo quella batosta, ma finalmente si sentiva pronta a superare le sue paure e innamorarsi di nuovo. E il caso voleva che Stuart fosse ricomparso nella sua vita proprio in quei giorni, pronto a strisciare ai suoi piedi come spesso aveva sognato.

Non era certa di volergli credere ma, dopo le sue accorate parole, una piccola parte di lei si chiedeva se, ora che era adulta e più consapevole del suo potere, le cose non potessero andare in modo diverso.

Richiamò alla mente il viso di Stuart, concentrandosi sulle proprie reazioni a quell'immagine. Occhi intensi, fisico asciutto, aria arrogante. Da ragazza lo aveva trovato pieno di fascino, più che bello, si era lasciata conquistare dalla sua sicurezza e dai modi eleganti. Dopo, aveva scelto di proposito uomini rozzi e poco diplomatici, proprio per avere sempre davanti agli occhi la cruda realtà e non una bella facciata falsa.

Ricordava con un pizzico di malinconia il modo in cui galleggiava a un metro da terra quando stava con Stuart, ma forse era solo quella sensazione a mancarle.

Come poteva tornare a fidarsi di un tipo simile? Avrebbe sospettato di ogni ritardo, di ogni messaggio sul cellulare, di ogni impegno imprevisto. Avrebbe iniziato a guardare storto perfino Liberty e Clover per il semplice fatto che, già una volta, si era vista tradire da un'amica. Rischiava di mettersi nei pasticci con le sue stesse mani.

E se invece Stuart fosse cambiato davvero? Era giusto scartarlo su due piedi, senza dargli nessuna possibilità di riscatto?

Era così stanca di essere sola, di non essere corteggiata, desiderata, amata da nessuno...

"Solo per non essere più single, ti accontenteresti di una scelta simile?".

Quel pensiero le ronzava continuamente in testa, dandole un brivido. Lei, che si emozionava nel vedere Clover e Cade insieme, che sognava un amore come quello dei suoi genitori, che invidiava ogni coppietta incontrata per strada in quel periodo, non poteva davvero accontentarsi di un uomo qualunque pur di non stare sola. Era un pensiero tremendo.

Un altro amore sarebbe arrivato, prima o dopo. Doveva solo attendere.

Ma la pazienza non era mai stata il suo forte…

L'aria gelida che la investì, una volta uscita sulla terrazza panoramica, le fece mancare il fiato. Non nevicava più, ma le temperature erano ancora bassissime. E lassù, a oltre trecento metri di altezza, il clima era decisamente rigido.

L'odore della pioggia in arrivo le riempì i polmoni. Nuvoloni scuri e carichi di elettricità si stavano addensando da ore, oscurando una parte di cielo rosa. Avevano previsto una pioggia torrenziale, per quella sera.

"Che importa? Me ne starò sdraiata sul divano, sepolta sotto le coperte, a guardare film strappalacrime e mangiare ciambelle, rimpiangendo gli anni in cui passavo San Valentino insieme a un uomo."

Infilò le mani in tasca e la consistenza della busta le ricordò cosa faceva in cima all'Empire.

Ritrovando un po' di curiosità, iniziò a guardarsi intorno. Non era facile scorgere alcunché in mezzo a quella gente, perciò prese a girellare per la terrazza in attesa di scorgere qualcosa di insolito. Dopo qualche minuto, un lampo rosso attirò la sua attenzione, spingendola verso la zona orientata su Central Park.

Due palloncini a forma di cuore sventolavano nell'aria gelida, in ombra per via del pallido sole morente. Sentendo nascere un sorriso spontaneo, si avvicinò, facendosi largo fra la folla incuriosita. Uno dei due palloncini, entrambi assicurati alla ringhiera con un nastro spesso, aveva il suo nome scritto sopra a chiare lettere; sull'altro, solo puntini di sospensione. Alla base del nastro, una rosa rossa era legata all'ennesima busta, questa volta più grande delle altre.

Raggiunto il piccolo spazio appartato sganciò la busta rossa e l'aprì, più curiosa che mai, sperando di trovarvi un indizio utile a rivelarle l'identità del misterioso corteggiatore. Ma il biglietto non recava nessuna firma, solo poche parole stampate su un cartoncino bianco:

San Valentino è solo un giorno come tanti.
Io penso a te ogni istante della mia vita.

Sentendo il cuore battere più veloce, controllò che non ci fosse altro, e solo allora notò un cartoncino ripiegato: era la copia di un menù del River Café, uno dei ristoranti più romantici di tutta New York. In alto, sulla destra, era segnato l'orario dell'appuntamento, fissato per le dieci di quella sera.

Zoe si guardò intorno, sperando di intercettare un viso sospetto in quel mare di gente. Erano in molti a fissarla, incuriositi dai palloncini e dall'intera situazione, ma non notò nessuno di sua conoscenza, e questo le fece intuire che l'uomo misterioso intendeva svelarsi solo qualora lei avesse accettato l'appuntamento di quella sera.

Chi poteva aver organizzato tutto? Era davvero opera di Stuart? Un modo come un altro per fiaccare la sua ritrosia, o un sincero tentativo di riconquistarla?

Chiunque fosse, aveva ottenuto lo scopo di sorprenderla e solleticare la sua fantasia come poche altre volte le era capitato in tutta la vita. Quel gesto romantico l'aveva fatta sentire speciale, in quei brevi istanti in cima all'Empire. Anche se non avesse avuto un seguito interessante, quella parentesi originale aveva risollevato le sorti di un San Valentino altrimenti solitario.

Slegò i palloncini, stringendo il nastro e la rosa tra le dita; infilò il biglietto in borsa e si avviò lentamente verso l'angolo più isolato della terrazza, decisa a riflettere e a godersi gli ultimi minuti del tramonto.

Poteva essere stato chiunque a organizzare quella sorpresa. Un ammiratore respinto, un ex ragazzo, Stuart... perfino un maniaco! O potevano essere state le sue amiche, quelle due folli, per distrarla dalla tristezza che l'aveva sommersa in quegli ultimi giorni. In tal caso, si chiese chi avrebbero costretto ad aspettarla al ristorante, quella sera, dal momento che Clover stava per andare a Parigi con Cade e Liberty andava a cena con Justin.

Pensò a Eric, poi lo scartò con forza. Non si sarebbe prestato a un simile scherzo, e comunque quella sera sarebbe sicuramente uscito con Stephanie. Non aveva il tempo di cenare con la sua patetica collega di lavoro single.

Avevano tutti qualcosa da fare, tranne lei. E andare

all'appuntamento era l'unica alternativa alla solitudine che le restava.

Le prime gocce di pioggia presero a cadere mentre Liberty chiudeva a chiave la porta del negozio. Zoe guardò il cielo minaccioso e sbuffò.

«Tipico. Quando si ha per le mani un'occasione importante piove sempre, costringendoti a passare ore davanti al guardaroba per scegliere un abito in grado di contrastare freddo e umidità, senza per questo risultare meno affascinante. E non parliamo dei capelli!».

«Hai deciso di andare all'appuntamento?», chiese Eric, sollevando di scatto la testa. Zoe era tornata dall'Empire con le guance accese di entusiasmo, mostrando a lui e Lib i palloncini, la rosa e il biglietto, ma si era detta ancora incerta sul da farsi. Dopo due ore, però, sembrava aver cambiato idea...

«Di certo non starò in casa. Il silenzio del mio appartamento mi ucciderebbe».

«Credi ancora che ci sia Harris, dietro a questa storia?»

«Non lo so. Ma chiunque sia, deve essersi prodigato molto per ottenere un tavolo al River Café il giorno di San Valentino: quel ristorante è sempre pieno».

Eric non rispose, il cuore in gola. Quindi era davvero arrivato il momento. Forse quella sera sarebbe uscito allo scoperto.

"Puoi sempre non presentarti...".

Scacciò quel pensiero dalla mente. Non avrebbe mai dato buca a Zoe, soprattutto in una serata come quella.

Pieno di agitazione, sollevò il cappuccio della giacca

per ripararsi dalla pioggia. «Spero tu faccia la scelta più giusta... e che non resti delusa».

«Se fosse Stuart, e se decidessi di dargli una chance, ci andrei comunque con i piedi di piombo. Se invece si trattasse davvero di un corteggiatore misterioso, resterei delusa solo se mi trovassi davanti una brutta copia di Rowan Atkinson», rise Zoe. «Ora scappo, o non farò in tempo a farmi bella!».

"Come se ne avessi bisogno", pensò lui, guardandola correre fino alla fermata dei taxi.

Liberty scrutò il suo viso preoccupato e sorrise. «È una ragazza intelligente, non si lascerà incantare di nuovo. Stai tranquillo».

Eric aveva ben altre paure, in quel momento, ma annuì e si incamminò nella direzione opposta.

Abitava a pochi isolati dal negozio, perciò percorse a piedi tutto il tragitto fino al suo appartamento. Quando raggiunse il portone era fradicio di pioggia e quel dettaglio non fece che peggiorare il suo umore. Non poteva che essere un segnale di cattivo auspicio.

Dopo una doccia calda, si versò un bicchiere di vino piuttosto abbondante. Non beveva mai, ma quella sera aveva bisogno di sciogliere un po' di tensione. Di lì a poche ore la sua vita sarebbe cambiata in modo drastico, sia che la cena avesse un lieto fine, sia che significasse il suo immediato trasferimento a Boston. E nonostante la voglia di fare marcia indietro fosse enorme, si costrinse a proseguire con i preparativi.

Indossò un completo grigio scuro, elegante ma non troppo serioso. Evitò la cravatta e preferì una camicia grigio chiaro a quella bianca che aveva scelto precedentemente, per non avere un'aria troppo inamidata.

Si costrinse perfino a usare le lenti a contatto al posto degli occhiali, e lasciò che i suoi capelli si arricciassero naturalmente, senza tenerli ordinati con il gel. Clover gli aveva suggerito di essere casual, anche un po' stropicciato, assicurandogli che a Zoe sarebbe piaciuto ancora di più.

Tenne sotto controllo la paura fino all'ora di recarsi al River Café, e durante il tragitto in taxi ripassò mentalmente la frase con cui aveva intenzione di rompere il ghiaccio.

"Non sei corsa via in preda al panico, è già qualcosa!", avrebbe detto, con un impostatissimo atteggiamento ironico, se Zoe fosse rimasta abbastanza a lungo. E in seguito avrebbe deciso il da farsi.

Se fosse scappata... Be', non gli sarebbe servita nessuna battuta d'apertura.

Il River Café era pieno di gente. Essendo il ristorante romantico per eccellenza, quella sera era stato preso d'assalto. Eric aveva prenotato con largo anticipo e aveva un posto riservato proprio accanto a una delle vetrate, per godere della magnifica vista sul ponte di Brooklyn e sulla Statua della Libertà. Sapeva che Zoe lo avrebbe trovato stupendo, a prescindere da tutto il resto.

A pochi minuti dall'ora X si fece portare una bottiglia di vino francese, ma aspettò a ordinare. Avrebbe potuto scegliere a occhi chiusi i piatti preferiti da Zoe, ma non voleva sfidare la sorte...

E tre quarti d'ora dopo seppe di aver fatto bene.

La bottiglia di vino era ormai vuota per metà, alcune persone iniziavano a lanciargli occhiate impietosite e il cameriere aveva smesso di avvicinarsi al suo tavolo, come rassegnato a non raccogliere nessuna ordinazione.

Zoe gli aveva dato buca.

"Non ha dato buca a te, ma a uno sconosciuto", provò a tranquillizzarlo la voce del cuore, ma la ragione gli diceva tutt'altro.

Forse, una volta entrata nel ristorante e scoperto chi la stava aspettando al tavolo, aveva preferito fuggire piuttosto che affrontare la cosa? Oppure aveva ceduto all'ennesimo invito di Harris e aveva mandato all'aria il suo appuntamento al buio?

La immaginò intenta a rotolarsi in un letto con il suo ex e ingollò il contenuto del suo bicchiere in un sol colpo.

Si sentiva un perfetto idiota.

Pieno di brutti sentimenti, lasciò una sostanziosa mancia sul tavolo e si alzò, diretto all'uscita. Attraversare il ristorante da solo, sotto lo sguardo di tutte le altre coppiette felici, non fece che rafforzare il suo malumore.

Fuori la pioggia era raddoppiata d'intensità. I fulmini si susseguivano in cielo, accecanti e spaventosamente affascinanti, specchiandosi sulle pareti dei grattacieli e illuminando un cielo denso di nubi nere. Mentre aspettava il taxi, Eric fissò la Statua della Libertà al di là del fiume, un fantasma azzurro in mezzo all'acqua, ripetutamente colpito dalle scariche elettriche. Come la statua, anche lui si sentiva invisibile e immobile, in balia degli elementi. Ma era certo che *Miss Liberty* sarebbe sopravvissuta a quella tempesta, mentre lui sembrava in procinto di crollare.

Quasi non si accorse dell'arrivo del taxi, né del viaggio fino all'Upper East Side. Come un automa pagò la corsa, poi salì nel suo appartamento.

Il silenzio era rotto solo dal temporale che infuriava all'esterno, echeggiando il suo stato d'animo. Accese tutte le luci per scacciare il buio, ma non appena i suoi occhi misero a fuoco l'arredamento, le spense quasi tutte.

Perfino casa sua era piena di lei. Zoe aveva passato molto tempo lì dentro: cene, feste, serate lavorative. Non vi aveva lasciato oggetti personali ma lo aveva aiutato ad arredare ogni stanza, aveva scelto personalmente il divano rosso scuro e anche le tende in tinta. E le sue fotografie erano sparpagliate sulle pareti, scatti che ritraevano New York in ogni sua sfaccettatura oppure momenti di vita vissuta in quei lunghi anni trascorsi insieme.

Vederla, sorridente e bellissima in quelle foto, gli fece digrignare i denti. Solo un cretino come lui poteva sperare di affascinare una donna simile, facendosi usare come uno zerbino per dieci anni. Avrebbe dovuto mandarla al diavolo già da molto tempo, tornarsene a Boston e dimenticarla per sempre...

"E forse è arrivato il momento di dirglielo in faccia", pensò.

In un impeto di rabbia e falso coraggio, afferrò il telefono. Compose il numero di casa di Zoe, una mano premuta sugli occhi. Dar voce ai suoi pensieri lo avrebbe liberato di un peso. Dopo, lo avrebbe distrutto. Ma in quel momento non aveva paura di nulla: non aveva più niente da perdere.

Il campanello suonò, quasi come un segnale divino, facendolo sobbalzare. Mormorando un'imprecazione, gettò il telefono su un ripiano della libreria e andò ad aprire la porta. Non aveva voglia di vedere nessuno, ma forse una distrazione gli avrebbe evitato di commettere qualche sciocchezza.

Il fragore di un tuono scelse proprio quell'istante per abbattersi fuori dalla finestra, facendo eco al tonfo sordo del suo cuore.

Aprì la porta con un gesto secco, stringendo la maniglia della porta. E rimase di sasso.

«Non dovrei essere qui, lo so. Ma ho davvero bisogno di parlarti».

11

Era così bella da far male al cuore, anche totalmente fradicia e con il trucco parzialmente sfatto come in quel momento.

«Posso entrare? Solo un momento», chiese Zoe in un soffio.

Eric rimase impalato a fissarla.

«Sono un disastro!», disse lei, imbarazzata, scostando i lembi della giacca. «La pioggia si è trasformata in una sorta di uragano proprio mentre scendevo dal taxi». Indossava un abito nero che la copriva fin sotto il ginocchio, ma che metteva in risalto ogni curva del suo corpo.

Eric non riuscì a proferire parola. In lui infuriavano emozioni diverse: incredulità, rabbia, speranza, confusione.

Aveva bevuto tanto da avere le allucinazioni? Che diavolo ci faceva, Zoe, a casa sua?

Una piccola parte di lui era felice di vederla, ma l'altra, quella ancora arrabbiata per aver aspettato invano al ristorante come un cretino, aveva quasi voglia di buttarla fuori a calci.

L'ennesimo tuono assordante, così forte da far tremare i vetri, rimbombò nella stanza. D'improvviso la corrente saltò, facendo piombare l'appartamento nell'oscurità quasi totale. Impiegarono entrambi qualche momento per abituare gli occhi a quel buio improvviso. Quando riuscì a mettere a fuoco il viso bagnato e tirato di Zoe, Eric si mandò mentalmente al diavolo e la prese per un braccio, trascinandola dentro.

«Siediti, oppure no. Fai come ti pare», disse con voce atona, dirigendosi in cucina. Lì, riempì un bicchiere con il vino che aveva lasciato sul tavolo prima di uscire di casa: non sapeva se intendeva schiarirsi le idee, con l'alcol, o offuscarle ancor di più per smettere di pensare.

«Scusa se sono piombata qui senza avvisare», disse Zoe, dietro di lui.

«Perché sei venuta?»

«In realtà, non lo so. È stato un impulso dell'ultimo minuto». Zoe lo osservò, lievemente a disagio. «Ti ho disturbato?»

«Vuoi del vino?». Senza attendere una risposta, Eric le mise in mano un bicchiere e lo riempì con mano tremante, poi la lasciò sola per tornare in salotto, il tragitto illuminato dal continuo susseguirsi di fulmini fuori dalle ampie vetrate.

«Stai bene?», chiese Zoe perplessa, seguendolo.

«Ha importanza?», sbuffò lui. Cadde a sedere sul divano come se le gambe avessero smesso di sorreggere il suo peso, e fissò il proprio bicchiere.

Zoe gli si sedette accanto, confusa. «Sei arrabbiato?».

Per tutta risposta, lui rise. Una risata priva di calore che le fece inarcare le sopracciglia. «Oh, sì. Sono molto arrabbiato».

«Che è successo? Non dirmi che la tua dolce metà ti ha fatto innervosire proprio la sera di San Valentino...».

Eric non badò al tono lievemente acido di Zoe, ma si mise a riflettere seriamente su quelle parole. «La mia dolce metà... Ma lo sarà davvero? Di sicuro non è dolce per niente».

«Vuoi parlarne?»

«No».

Zoe sospirò. «È evidente che ho sbagliato momento; hai la testa altrove, non hai tempo per me. Meglio che me ne vada».

Eric la vide alzarsi e rassettare il vestito, poi fare un passo verso la porta. A quel punto la fermò, trattenendola per una mano. Che fosse dannato se le avrebbe permesso di andarsene via così!

«Perdonami se non scatto sull'attenti, pronto a sentire ciò che passa nella tua bella testolina. Ma stasera non sono proprio in vena di ascoltare stronzate».

Zoe impallidì nella penombra, stupita dal suo tono e soprattutto dalle parole sferzanti. Poi il suo sguardo si fece triste. Tornò a sedersi accanto a lui e gli scostò i capelli dalla fronte.

«Quanto hai ragione... ti ho riempito la testa di sciocchezze per troppo tempo, ma non succederà più. Te lo prometto», mormorò, accarezzandogli una guancia. «Non so che ti è successo, stasera, ma chiunque abbia il potere di ridurti in questo stato, non ti merita, credimi».

«È vero, non mi merita... ma al mio stupido cuore non interessa», rispose Eric.

Poi, senza che lei potesse prevederlo, le immerse

una mano tra i capelli, stringendola alla nuca, e l'attirò contro di sé, posando la bocca sulla sua.

Tutto aveva pensato, quando aveva suonato il campanello dell'appartamento di Eric, tranne un epilogo del genere.

Era salita su un taxi due ore prima, sfidando il temporale, con la speranza di passare una serata divertente. Aveva deciso di andare all'appuntamento al buio con il suo misterioso corteggiatore solo per avere qualcosa da fare che non fosse chiudersi in casa a guardare un film strappalacrime, ma non si sentiva per nulla eccitata all'idea. Avrebbe cenato con un uomo che per lei non significava nulla, fingendo per qualche ora di non essere sola e disperata: niente di diverso dal solito.

Mentre il taxi avanzava fra le altre auto a passo di lumaca, cercando di venir fuori da un ingorgo inverosimile, aveva osservato la pioggia battere sul parabrezza con una violenza senza eguali e si era chiesta se ne valesse davvero la pena. Il gelo di quella sera le si era insinuato fin dentro le ossa, attraverso il vestito seducente che aveva indossato più per abitudine che per vera intenzione, e d'improvviso si era ritrovata a chiedere al tassista di svoltare in una via laterale e guidare nella direzione opposta fino a quando non lo avesse fermato. L'uomo era parso comprensivo e, per quasi un'ora, aveva vagato senza una meta precisa.

Zoe aveva riflettuto a lungo e aveva deciso di smetterla. Basta con gli appuntamenti al buio, con le cene in compagnia di perfetti sconosciuti; non desiderava più relazioni utili solo a darle l'illusione di avere un uomo accanto. Se era un amore maturo che voleva, era giunto il momento di comportarsi in modo da meritarlo.

Ed ecco che, d'impulso, chiedeva al tassista di dirigersi nell'East Side.

Aveva bisogno del suo migliore amico. In una serata come quella aveva sentito la necessità di essere confortata dall'unica persona in grado di darle sicurezza.

Solo che non era stato il suo dolce, tenero Eric ad aprirle la porta, ma un uomo freddo, iroso e mezzo ubriaco.

Un uomo che la stava baciando con una brama a stento trattenuta.

Zoe restò immobile, presa totalmente alla sprovvista. Le labbra di Eric erano dure e il bacio che le stava dando non aveva nulla a che vedere con quello da favola che lei aveva sognato mesi prima. Al contrario, sembrava quasi una punizione. Ma perché?

Che stesse erroneamente pensando di punire un'altra...?

Infastidita, si irrigidì e lo spinse via. «Quanto diavolo hai bevuto? Guarda che non sono Stephanie!».

«Questo lo so dannatamente bene. E non preoccuparti, non sono così ubriaco da dimenticare quello che sto facendo, come invece hai fatto tu a Capodanno».

Come hai fatto tu a Capodanno?!

Questo significava che...?

Zoe non ebbe il tempo di replicare, né di riflettere. La bocca di Eric si impossessò nuovamente della sua, questa volta con meno freddezza ma con la medesima decisione, e la sua mente prese ad annebbiarsi. Continuò a sovrapporre l'immagine di quella notte a Times

Square a quel momento, fino a quando i due baci finirono per fondersi in uno solo.

Quindi era tutto vero... non aveva sognato nulla...

Qualcosa dentro di lei sembrò allargarsi e poi esplodere in tanti piccoli pezzi, ognuno dei quali parve trovare il proprio posto. Sentì un grosso peso scivolarle dalle spalle, ogni perplessità svanire, mentre un solo desiderio si faceva largo nel suo cuore: voleva baciare Eric Morgan, e questa volta intendeva ricordarlo alla perfezione.

Gli circondò il viso con mani calde e tremanti, e gli restituì il bacio con tutta la dolcezza di cui era capace. Sentì la tensione abbandonare il corpo di Eric e le sue labbra ammorbidirsi, e a quel punto le parve di riconoscerlo. Non sembrava più arrabbiato o intenzionato a vendicarsi. Sembrava solo che volesse divorarla.

Svenire di gioia sarebbe stato davvero inopportuno.

Aveva la testa leggera come se l'avessero riempita d'elio, non riusciva a pensare a nulla. Tutti i suoi sensi erano concentrati sul contatto con quelle labbra morbide e la propria reazione la stupiva non poco. Il cuore le infuriava nel petto proprio come il temporale, il sangue scorreva come un fiume in piena nelle sue vene e la pelle si stava scaldando con una rapidità allarmante.

Era davvero Eric a baciarla? Il suo migliore amico? Il timido, intelligente e inaspettatamente sexy ragazzo che lavorava con lei?

La sensazione di trovarsi faccia a faccia con un estraneo la travolse in modo piacevole. Il profumo familiare di Eric la confortava, la sua passione l'accendeva, l'intera situazione la sconvolgeva. Ma era uno sconvolgimento dal quale non aveva fretta di riprendersi.

Immerse una mano fra i capelli umidi di lui e gli si strinse contro, ma il brusco e accecante ritorno della corrente elettrica immobilizzò entrambi.

Zoe aprì gli occhi, ritrovandosi a fissare quelli chiari e profondi di Eric. Le stava così vicino che i loro nasi si sfioravano, le labbra a pochi centimetri di distanza. Aveva sul viso un'espressione così intensa da provocarle una vertigine.

«Pessimo tempismo», mormorò lui, con un tono di voce roco e sensuale che le accese mille scintille sulla pelle.

Aveva ragione, la luce era tornata nel momento meno opportuno. Per porre un freno provvidenziale a quella follia o per pura coincidenza?

Doveva prendere una decisione: proseguire in quella direzione o allontanarsi prima che fosse troppo tardi.

Baciare Eric poteva essere pericoloso, soprattutto viste le strane emozioni che era stato in grado di suscitarle nell'ultimo periodo. Oltretutto, lui stava con un'altra...

Quel pensiero la colpì come una mazza da baseball, ma non per i giusti motivi. Avrebbe dovuto tirarsi immediatamente fuori da quel triangolo, sentirsi in colpa per ciò che stava facendo a un'altra ragazza ignara. Invece riuscì solo a provare una feroce gelosia.

Quello era il *suo* Eric, e non lo avrebbe diviso con nessuno.

Guardandolo negli occhi lievemente annebbiati, Zoe mandò al diavolo ogni buonsenso e si chinò a spegnere la lampada accanto al divano.

«Spegni la luce per dimenticare chi hai davanti?», chiese lui.

«Spengo la luce per evitarti distrazioni», bisbigliò Zoe.

Con la stanza nuovamente in penombra, gli circondò il collo con le braccia e lo baciò, sospirando di piacere nel sentire le labbra di Eric cedere senza alcuna remora sotto le sue.

La rudezza del primo bacio venne inesorabilmente sostituita da una languida passione. Eric non sembrava avere nessuna fretta, la assaporava lentamente, a fondo, riuscendo a toglierle il fiato. Le mani sul suo corpo erano delicate, ma sapevano sfiorare i punti giusti. Felicemente sconvolta, Zoe pensò di essere piombata in una realtà parallela dalla quale non desiderava più far ritorno.

Era sempre stato lì, accanto a lei. Quante altre volte avrebbe potuto godere di quelle sensazioni stupende, se solo lo avesse immaginato?

Eric pensava a lei, in quel modo, da tempo, o era solo un impulso momentaneo ispirato dal vino?

Mille pensieri affluirono alla sua mente, alcuni stupendi, altri terribili. Forse era il caso di interrompere quel bacio meraviglioso e fare due chiacchiere, per capire cosa stava realmente succedendo…

Ma Eric l'attirò a sé, sistemandola a cavalcioni sul proprio grembo, le mani che scorrevano pigramente sotto il suo vestito, sfiorando le cosce laddove terminavano le calze autoreggenti, e spingendosi più su, in carezze sempre più audaci.

Zoe perse il filo dei propri pensieri.

Tutto sommato, i chiarimenti potevano anche aspettare.

12

Una lama di sole cadeva, obliqua, sul letto, accarezzando le lenzuola spiegazzate e la guancia ispida dell'uomo addormentato fra esse.

Era ancora presto per alzarsi e andare al lavoro, ma Zoe era già in piedi, vestita di tutto punto e con il cellulare stretto in mano. Tuttavia, non riusciva a staccare gli occhi da quella figura addormentata.

Aveva un braccio disteso sulla parte di materasso in cui poco prima vi era stata lei, il viso parzialmente nascosto dal cuscino, le membra nude e semiscoperte che risaltavano scure sul candore delle lenzuola. L'espressione di quel volto tanto adorato era così rilassata e soddisfatta da darle un brivido di piacere.

Dietro i suoi occhi si dipinse l'immagine dell'ipotetico risveglio che avrebbero potuto avere, se lei fosse rimasta in quel letto: uno sguardo assonnato che metteva a fuoco il suo viso, un sorriso dolce che si apriva sulle labbra morbide e una voce roca che le dava il buongiorno, chinandosi a baciarla…

Lo stomaco le si strinse e, di riflesso, anche la mano che stringeva il cellulare. La voglia esagerata di veder tramutare quella scena in realtà era il motivo per cui era sgattaiolata fuori dal letto caldo e si era rivestita in tutta fretta.

Le immagini della notte passata tornarono ad affollare la sua mente, facendola avvampare.

Non avrebbe dubitato mai più delle capacità amatorie di Eric.

L'aveva fatta tremare di desiderio. Era stato attento, lento, curioso, instancabile. Aveva preso tutto ciò che voleva e le aveva dato in cambio tutto se stesso. Non ricordava di aver mai goduto così tanto fra le braccia di un uomo in vita sua, il tutto senza ricorrere a nessun tipo di giochetto erotico. La dolcezza di quel ragazzo l'aveva conquistata dopo solo pochi baci, il resto era stata una piacevole ed eccitante scoperta.

Ma cosa aveva significato?

Quella domanda la turbava profondamente. Sentirsi euforica dopo una notte passata con un ragazzo appena incontrato sarebbe stato più semplice. Sentirsi a un metro da terra grazie a un ragazzo che conosceva da sempre, e con il quale aveva condiviso gioie e dolori, era spaventoso.

Se le cose non avessero funzionato, sarebbe finito tutto quanto, fra loro.

Era terrorizzata.

Il suo tenero amico del cuore, il fastidioso collega di lavoro, l'acido giudice della sua vita se ne stava lì, profondamente addormentato, ignaro di ciò che le passava per la testa. Cosa avrebbe pensato, appena sveglio? Sarebbe rimasto perplesso? Si sarebbe sentito anche lui confuso e spaventato? La sera prima era ubriaco e arrabbiato, forse gli eventi erano precipitati per quello…

Eppure, Eric aveva detto cose che l'avevano lasciata senza fiato, e aveva confermato che il bacio che lei aveva pensato di aver sognato a Capodanno, in realtà era realmente accaduto.

Come aveva potuto fingere in quel modo? E perché lo aveva fatto? Per proteggere la loro amicizia? O perché non era interessato ad andare oltre?

Il ricordo della passione condivisa quella notte le balzò alla mente: be', ormai era decisamente troppo tardi per non voler andare oltre.

Rabbrividì all'interno del suo cappotto ancora umido.

Avrebbero dovuto parlare, chiarirsi. Il sesso era stato fantastico, ma non doveva in alcun modo distruggere il loro rapporto. Lei non poteva perdere Eric.

"E allora perché non torni in quel letto e aspetti che si svegli per vedere come si mettono le cose?", le suggerì la propria coscienza.

Perché ciò che temeva di più era proprio la reazione di Eric al risveglio. Se si fosse dimostrato colpevole e sbalordito per aver ceduto alla passione, Zoe non lo avrebbe sopportato. E non sarebbe stata in grado di fingere che fosse stato tutto solo un sogno, come aveva fatto lui.

Aveva bisogno di prendere una boccata d'aria, restare sola prima di affrontarlo in negozio di lì a un paio d'ore. In quel lasso di tempo si sarebbe preparata a qualunque evenienza e avrebbe cercato, al contempo, di far chiarezza nella propria mente.

Ma non poteva semplicemente sparire senza avvisarlo.

Si avvicinò alla scrivania di Eric, sentendo una profonda intimità nel rovistare fra le sue cose. Il fatto che sapesse bene quale cassetto aprire per trovare un taccuino e una penna le ricordò quanto tempo avesse passato con lui in quella stessa stanza nel corso degli anni, per lo più a lavorare. Mai aveva immaginato che si sarebbe ritrovata, un giorno, a rotolarsi in quel letto con lui, in preda all'estasi. Tanto meno dopo essersi fatta travolgere dalla passione sul suo divano...

Sentendo quasi i vestiti evaporarle addosso, si chinò per scrivere due righe su un foglietto, che poi sistemò sul cuscino vuoto. Un cuscino che recava ancora l'impronta del suo capo.

Mentre si risollevava, si ritrovò a fissare Eric attraverso un obbiettivo immaginario, studiandone le fattezze e stupendosi ancora una volta di quanto fosse bello.

Aveva provato un estremo piacere nello spogliarlo, la sera prima, facendo emergere quel corpo scattante che le aveva tolto il sonno nell'ultimo periodo. Entrare a contatto con la sua pelle calda era stato sconvolgente, ma solo il tocco delicato, rispettoso eppure estremamente sensuale con cui lui l'aveva sfiorata per tutto il tempo le aveva dato il colpo di grazia. Dopo il primo momento di annebbiante passione, Eric l'aveva trattata come una reliquia preziosa, riuscendo comunque a farla ardere come un tizzone.

Fare l'amore con lui era stato come infilarsi un abito particolarmente comodo e caldo, e scoprire che questo era anche in grado di dare un immenso piacere, oltre a un senso di sicurezza e benessere.

Come aveva fatto a non perdere la testa per lui in tutti quegli anni?

Ebbe paura di rispondere a quell'ennesimo quesito. Qualunque fosse il motivo per cui non erano arrivati a quel punto prima, ora avrebbe implicato un drastico cambiamento nel loro rapporto. E considerato che Eric era il perno su cui girava gran parte della sua vita, non era sicura che quel cambiamento sarebbe stato in meglio.

Scappò via da quell'appartamento che adorava prima di sciogliersi in lacrime.

Mentre attendeva l'arrivo del taxi in strada, rabbrividendo nel freddo pungente del mattino, sentì crescere una feroce ansia dentro il petto. Una paura folle si impossessò di lei, rischiando di piegarla.

Si era detta pronta a innamorarsi di nuovo, ma era davvero così? Eric non era come gli insulsi bellocci che aveva frequentato negli ultimi anni, era un uomo vero, serio e intelligente, premuroso e onesto.

Non poteva deluderlo. Il solo pensiero le risultava insopportabile.

Ma non voleva nemmeno rivivere i momenti passati con Stuart, annullandosi e accettando ogni cosa pur di farsi amare. Sapeva che Eric non avrebbe mai approfittato delle sue debolezze come invece aveva fatto il suo ex, ma chi poteva assicurarglielo?

Quelle riflessioni significavano davvero che era innamorata di Eric? O si era trattato solo di una reazione chimica? Il desiderio di non essere sola il giorno di San Valentino poteva aver ingigantito le sue sensazioni?

No!

Il suo animo si ribellò a quel pensiero sleale. Aveva fatto l'amore con Eric perché lui, *proprio lui*, glielo aveva fatto desiderare, non perché fosse l'unico uomo disponibile in quel momento. Era corsa da Eric la sera prima, anziché dare una seconda occasione a Stuart o conoscere il suo corteggiatore misterioso. Questo doveva pur significare qualcosa.

Eric le era indispensabile. Tutto stava nel capire in che modo.

Il taxi la lasciò a casa, qualche minuto più tardi, dove fece una doccia bollente e infilò abiti asciutti. Prima di recarsi in negozio si guardò allo specchio, trovandosi diversa. La sua aria da donna sicura e sexy era sparita, cedendo il passo alla ragazza confusa e piena di paure che aveva sempre cercato di nascondere al mondo. Eric era l'unico che avesse mai guardato sotto la maschera, scoprendo la vera Zoe.

Era in vantaggio su di lei… soprattutto dopo quella notte.

Quando giunse da Giftland era così agitata all'idea di rivederlo che le tremavano le mani. Rimpianse la mancanza di Clover, l'unica con la quale avrebbe potuto affrontare l'argomento in tutta calma. Ma l'amica era a Parigi e non sarebbe tornata prima di un paio di giorni.

Fu Liberty ad accoglierla all'interno, in anticipo come al solito, l'aria fresca e riposata come dopo una lunga dormita. Anche il suo capo aveva appena trascorso una serata romantica, probabilmente terminata con del sesso: perché non sembrava devastata come lei?

Andò dritta dietro il bancone, si tolse la giacca e decise di darsi un contegno, di respirare e stare calma.

Insomma, era Eric l'uomo che doveva affrontare di lì a poco, e non un mostro senza cuore. Sicuramente sarebbe stato più a disagio di lei, timido com'era. Si convinse che avrebbero finito con il farsi una bella risata, mentre le orecchie di Eric si tingevano di rosa, perciò non vi era alcun bisogno di farsi prendere dal panico.

"Una notte di sesso, che sarà mai!", pensò.

Avrebbe potuto non avere nessuna conseguenza.

Allora perché, pensando a quell'eventualità, sentiva una fitta al cuore?

«Ti senti bene?», chiese Liberty, mentre armeggiava con la macchinetta del caffè.

«Ho fatto sesso con Eric». Zoe sganciò la notizia come una bomba, aspettandosi di vedere Liberty sbarrare gli occhi e lasciar cadere la tazza sul pavimento.

L'amica, invece, si limitò a fare spallucce. «Era ora. Ci avete messo più di quanto avessi pronosticato, ma il tempismo è stato perfetto. Scommetto che d'ora in poi non odierai più San Valentino. Coinciderà per sempre con il giorno del vostro anniversario: che tenerezza!».

Fu lei a sbarrare gli occhi. Fortunatamente non aveva nessuna tazza di caffè da lasciar cadere a terra.

«Lib! Che stai dicendo?! Non lo vedi come sono sconvolta?»

«In effetti... È stato così terribile?». Liberty fece una smorfia preoccupata, incamminandosi verso il proprio ufficio. «Spero non creerà troppo imbarazzo sul posto di lavoro».

«Non è stato affatto terribile, è stato meraviglioso!». Zoe la seguì al piano di sopra, lasciandosi poi cadere su una sedia dell'ufficio con aria distrutta. «Ed è proprio questo il problema».

Liberty sospirò. «Più vi conosco e meno vi capisco».

«È tutto così strano... Insomma, fino a ieri lo consideravo il mio orsacchiotto portafortuna e oggi mi sento ancora il corpo illanguidito dalla passione!».

«Non sono Clover: risparmiami i dettagli piccanti, ti prego!».

«Non ci pensavo nemmeno a raccontarli, sono cose personali», borbottò Zoe, passandosi le mani fra i capelli.

«Questa sì che è una novità! Un tempo facevi resoconti piuttosto particolareggiati al riguardo».

Aveva ragione. Ma non le era mai importato a sufficienza di ciò che faceva con gli altri uomini. Con Eric, invece, era tutta un'altra musica.

Liberty notò la sua aria stralunata e si sedette accanto a lei. «Non capisco il problema».

«Il problema è che ho sbagliato tutto! Non dovevo andare da lui, ieri sera, e non dovevo approfittare del suo stato d'animo. Era arrabbiato, forse ubriaco. Questo ha scatenato in lui una reazione strana, io mi sono lasciata prendere la mano e siamo finiti a letto insieme. Ma *non doveva succedere*!».

«Ti sei lasciata prendere la mano? Significa che gli sei saltata addosso?»

«Significa che l'ho lasciato fare! Io ero fradicia e triste, lui fradicio e incazzato per qualcosa, probabilmente per quella cretina della sua ragazza... e così ho cercato di consolarlo. A quel punto lui mi ha baciata, e io... Insomma, non ho saputo resistere! C'era un forte temporale che ha fatto saltare la luce, eravamo al buio, soli, a San Valentino... Una situazione pericolosa, insomma!».

«Stai dicendo che è stata solo una reazione chimica?».

Zoe scosse la testa, sempre più confusa. Nemmeno lei sapeva bene cosa dire. «Non lo so... chi mi assicura che non sia successo tutto solo per caso? Io gli voglio un bene dell'anima, mi sentivo sola e sono andata da lui, ma certo non immaginavo... non ho mai pensato di stare con lui, non seriamente... cioè, è di *Eric* che stiamo parlando! Il saputello con gli occhiali, più interessato ai libri che alle donne! Forse l'ho confuso. Non è ciò che ha sempre detto di me? Che rimbecillisco gli uomini quando sto troppo vicino a loro?»

«Si è sempre considerato diverso da quel tipo di uomini».

«Infatti non ha mai pensato a me in quel modo. Ma ieri sera era ubriaco e io ero disponibile... come sempre, del resto! Oh, Lib, ho fatto un casino! Lui non se lo meritava! Non era in sé, avrei dovuto fare la persona matura e fermarlo... Ora non potremo più essere amici!», sbottò Zoe, mettendosi le mani sul viso.

«Sei proprio sicura che Eric non volesse farlo? Ubriaco o meno, non ce lo vedo vittima delle sue pulsioni», disse Liberty, dopo un attimo di riflessione.

Zoe si voltò di scatto verso di lei. «Che vuoi dire?»

«L'atteggiamento iperprotettivo di Eric è davvero carino, ma è una cosa che riserva solo a te. Ed è così perseverante da sembrare ben più che affezionato».

«Stai dicendo che potrebbe avere una cotta segreta per me?»

«Non mi stupirebbe. E il fatto che siate finiti a letto insieme mi sembra una conferma. Non credo affatto che sia inesperto o ingenuo al punto da fare sesso con te solo per riempire un vuoto o sfogare una qualche rabbia repressa. Pensi sul serio che ne sarebbe capace?»

«No...». Zoe prese un profondo respiro, guardandola. «E io? Perché ci sono andata a letto, secondo te?»

«Credo che tu abbia iniziato a guardarlo con occhi diversi dopo quel ridicolo calendario per Sydney Andrews. In quel momento lo hai visto come un uomo attraente, mentre fino a poco tempo prima era solo "Eric, il tuo migliore amico". Accostare l'affetto, la complicità e la profonda conoscenza tra voi a una nuova e sana attrazione fisica ti ha mandato in tilt, ed eccoti qua».

«Lui si merita una donna che lo voglia anche *prima* di vederlo nudo».

«E non lo hai forse sempre creduto meritevole di questo, anche prima di vedere i suoi attributi?». Liberty roteò gli occhi, poi le sfiorò una mano in una gentile carezza. «Non c'è un ordine prestabilito per invaghirsi di una persona, purtroppo, e non sempre i colpi di fulmine sono la scelta migliore, credimi. A volte è preferibile un rapporto che inizia lentamente e si consolida nel tempo».

«Quindi secondo te... dovremmo stare insieme?», chiese Zoe in un soffio. Quel pensiero le faceva girare la testa, non capiva se per la gioia o per la confusione.

«Non sarò certo io a dirti con chi stare, devi capirlo da sola. Di sicuro, quello che è successo cambierà le cose fra voi, ma se non ci sono sentimenti importanti in ballo tornerete a essere amici, prima o dopo. Se invece ci sono, è meglio se chiarite ogni cosa una volta per tutte».

Zoe prese un profondo respiro e si alzò. «È vero, l'affetto tra noi sarà in grado di farci affrontare la cosa in modo maturo», disse, tentando di convincersi. «Vado ad aspettarlo di sotto».

Lui sarebbe arrivato da un momento all'altro, perciò si impose di calmarsi.

Liberty aveva ragione, non c'era un ordine prestabilito per innamorarsi di qualcuno. Succedeva e basta. Alcuni amori partivano da un colpo di fulmine, altri da un'antipatia reciproca, altri ancora da una grande amicizia. E fra lei ed Eric poteva essere successa la stessa cosa. Erano giovani, sani, sempre insieme. Forse era inevitabile che, prima o dopo, le cose precipitassero. Doveva solo farsi alcune domande e rispondere con onestà.

Era attratta da Eric?

Sì, senza ombra di dubbio. Lo aveva sempre trovato carino, anche se lui si era messo d'impegno per non mostrarsi sotto un profilo migliore. E dopo aver scoperto quanto poteva risultare attraente con qualche accortezza in più, la sua opinione in merito era migliorata nettamente.

Si fidava di lui?

Più di qualunque altra persona al mondo.

Riusciva a immaginarsi in coppia con lui?

Ci era riuscita benissimo anche prima di andarci a letto, figuriamoci dopo…

Cosa provava per lui?

Lo adorava, da sempre. Aveva apprezzato fin dal primo giorno quel ragazzo chino sui libri dalla battuta sempre pronta e la mente acuta. Nonostante l'aspetto da imbranato, dietro gli occhiali da professore vi era un caratterino non indifferente, stemperato da una dolcezza confortante e da un'immensa pazienza.

Si rese conto, a posteriori, di non aver mai fatto un passo importante senza di lui.

In previsione del suo trasferimento a New York, aveva fatto in modo che anche Eric trovasse allettante l'idea di vivere lì, anziché a Boston. Quando aveva trovato lavoro da Giftland, lo aveva fatto assumere per averlo accanto. Era da lui che correva per condividere una bella notizia, e sempre da lui si recava quando si sentiva sola e incerta.

Aveva sempre creduto di non essere alla sua altezza e perciò nemmeno il suo tipo. Lei, che non era nemmeno laureata e che sapeva solo incantare gli uomini e scattare fotografie, non avrebbe mai potuto affascinare in modo duraturo un ragazzo come Eric. Ma non si era mai posta il problema, semplicemente perché la loro amicizia le aveva dato tutto ciò di cui aveva bisogno, più di qualunque altro rapporto amoroso.

Le relazioni sentimentali complicavano sempre tutto, ecco perché si era attaccata senza riserve a quel caro e dolcissimo amico. Da Eric non avrebbe ricevuto brutte sorprese, c'era e ci sarebbe sempre stato per lei, non l'avrebbe mai pugnalata alle spalle, non l'avrebbe mai lasciata sola.

E finalmente capì perché nessun altro uomo aveva saputo conquistarla.

Nessuno avrebbe mai retto il confronto con un tipo come Eric. Aveva erroneamente pensato che Stuart Harris lo fosse, ma solo la laurea poteva accomunarli. Se a quel tempo avesse anche solo immaginato di piacere a Eric, probabilmente Stuart non sarebbe mai entrato nella sua vita.

Quella consapevolezza le diede il batticuore. In realtà, senza saperlo, era sempre stata innamorata di Eric, di un amore puro e senza secondi fini, qualcosa che era andato oltre l'attrazione fisica e il sesso. Era quel tipo di sentimento che manteneva vicine due persone anche quando il corpo cedeva e un orgasmo era solo un ricordo, un legame che scavava a fondo come un placido rigagnolo d'acqua destinato a ingrandirsi lungo il cammino, e non come un'onda potente e corroborante che, dopo il suo passaggio, lasciava solo sabbia smossa e detriti.

Ecco perché si era sentita vagamente minacciata ogni volta che lo aveva visto uscire con le altre ragazze, e il perché della sua gelosia nei confronti di Stephanie...

La ragazza che lui aveva amato in gioventù e che quella notte aveva tradito, a causa sua.

Mordendosi l'unghia del pollice fino a scheggiare lo smalto, fissò la vetrina senza realmente vederla.

Eric doveva sentirsi un mostro. Qualunque cosa avesse provato, o provava, per lei, non era nella sua indole uscire con una ragazza senza esserne realmente interessato, e la notte appena trascorsa doveva pesargli sulla coscienza in modo fastidioso.

Per quello era così in ritardo?

Persa com'era stata nelle proprie riflessioni, non aveva badato al tempo trascorso. Erano ormai passate le dieci e di Eric ancora nessuna traccia.

Pensò che forse aveva bisogno di riprendersi dallo shock dovuto a quella notte e sospirò. Non poteva biasimarlo.

Il lavoro la distrasse fino all'ora di pranzo, dopodiché la sua assenza iniziò a renderla nervosa.

Che fine aveva fatto? Perché non era ancora arrivato?

Liberty era scesa un paio di volte per domandarle la stessa cosa e per aiutarla con i clienti, nonostante non vi fosse una grande affluenza in negozio ora che San Valentino era solo un ricordo.

Facendosi coraggio, Zoe provò a telefonargli. Ma il cellulare suonò a vuoto e in casa non rispose nessuno.

Cosa poteva essere successo? Si era forse sentito male? Gli era capitato qualcosa mentre si recava al lavoro?

L'ansia si trasformò lentamente in panico, mentre scenari orribili sfrecciavano nella sua testa a ogni minuto di ritardo. Improvvisamente, l'idea di affrontarlo dopo la notte appena trascorsa non la spaventava più quanto il pensiero di perderlo, per qualunque altro motivo.

Liberty cercò di rassicurarla, dicendole che se avesse avuto un incidente l'avrebbero già chiamata dall'ospedale, essendo lei il contatto da chiamare in caso di emergenza, ma questo non la fece sentire meglio. Lib provò anche a scherzare, dicendo che probabilmente Eric era così imbarazzato all'idea di affrontarla che si era imbarcato sul primo aereo con destinazione ignota pur di evitare un incontro, ma nemmeno questo riuscì a rasserenarla.

Stava per piantare in asso il lavoro per andare a casa di Eric quando Liberty tornò dabbasso, dopo essere salita un momento nel suo ufficio. Aveva sul viso un'espressione stralunata e velata di preoccupazione che la mise subito in allarme.

«Che è successo?», le chiese, facendo un passo avanti.

«È vivo, se ti può consolare. Mi ha appena inviato un fax».

«Un fax?». Zoe batté le palpebre, confusa. «Che cosa dice?».

Liberty fissò per un momento il foglio che aveva fra le mani, poi tornò a guardarla negli occhi. «Che rassegna le sue dimissioni con effetto immediato».

Si sentiva come se un TIR gli fosse passato sul petto, polverizzando tutti gli organi vitali. La testa pulsava dolorosamente, non solo per la sbronza della sera prima, e i muscoli erano così irrigiditi da provocargli un tremore continuo.

Non si era mai sentito più arrabbiato, deluso e amareggiato in tutta la sua vita.

Quella mattina, aprendo gli occhi e vedendo il letto vuoto accanto a sé, si era lasciato sfuggire un gemito di disperazione pensando di aver solo sognato tutto quanto. Non sarebbe stata la prima volta che viveva nel sonno il suo amore per Zoe, ma alcuni indizi lo avevano rassicurato al riguardo.

Il cuscino sul lato sinistro del letto recava ancora l'impronta di una testa e il profumo fruttato di Zoe aleggiava in tutta la stanza, sulle lenzuola e sulla propria pelle.

Non aveva immaginato nulla, era stato tutto reale.

Il biglietto poggiato sul cuscino, però, lo aveva messo subito in agitazione. Seduto fra le coperte, si era sfregato il viso con le mani prima di leggere le poche parole sul foglio:

Ho bisogno di cambiarmi e di rimettere i piedi per terra.
Ci vediamo più tardi, in negozio.
Un bacio. Zoe

Rimettere i piedi per terra... Cosa aveva voluto dire? Anche lei si era sentita volteggiare a un metro dal pavimento per la felicità, dopo la notte appena trascorsa?

O voleva solo dimenticare e tornare all'abituale realtà?

Gli sembrava quasi impossibile. Dopo dieci anni di attesa e sogni infranti lui, Eric Morgan, era riuscito a portarsi a letto Zoe Mathison, la donna più corteggiata di New York! Ma proprio perché sembrava così assurdo, quel biglietto lo aveva spinto ad alzarsi e a prepararsi in tutta fretta per uscire. Forse il negozio non era il posto ideale per chiarirsi, ma in fondo non erano necessarie troppe parole per avere un'idea di come stavano le cose. Conosceva Zoe così bene da essere in grado di capire, dopo una sola occhiata al suo viso, se era felice o scontenta di ciò che era successo fra loro.

Le parole che lei aveva pronunciato parlando con Liberty gli risuonarono nelle orecchie, tormentandolo.

Non era stata sua intenzione origliare, ma quando era arrivato da Giftland aveva sentito le loro voci provenire dall'ufficio di Lib e si era avviato in quella direzione come attratto da una calamita...

"*Il problema è che ho sbagliato tutto! Non dovevo andare da lui, ieri sera, e non dovevo approfittare del suo stato d'animo. Era arrabbiato, forse ubriaco. Questo ha scatenato in lui una reazione strana, io mi sono lasciata prendere la mano e siamo finiti a letto insieme. Ma* non doveva succedere*!*".

Quello stralcio di conversazione lo aveva congelato.

Zoe credeva che per lui fosse stato solo sesso fine a se stesso? Che fosse così stupido da andare a letto con lei solo perché aveva bevuto?

Ma erano state le parole successive a dargli il colpo di grazia.

"*Chi mi assicura che non sia successo tutto solo per caso? Io gli voglio un bene dell'anima, mi sentivo sola e sono andata da lui, ma certo non immaginavo... non ho mai pensato di stare con lui, non seriamente... cioè, è di* Eric *che stiamo parlando! Il saputello con gli occhiali, più interessato ai libri che alle donne! Forse l'ho confuso. Non è ciò che ha sempre detto di me? Che rimbecillisco gli uomini quando sto troppo vicino a loro?... Non ha mai pensato a me in quel modo. Ma ieri sera era ubriaco e furioso, e io ero disponibile... come sempre, del resto! Oh, Lib, ho fatto un casino! Lui non se lo meritava! Non era in sé, avrei dovuto fare la persona matura e fermarlo... Ora non potremo più essere amici!*".

L'aveva sentita molto più entusiasta in seguito a notti passate in compagnia di perfetti imbecilli. Dopo esser stata fra le sue braccia, invece, era parsa mortificata e spaventata all'idea di non essere più sua amica...

Senza aspettare un momento di più era uscito dal negozio, lo stomaco serrato in una morsa dolorosa.

Lo sapeva. Che cosa aveva sperato? Che una donna come quella potesse davvero volere un tipo come lui?

Aveva fatto sesso per pietà, in nome della loro amicizia... Per consolarlo!

Che idiota. Come aveva potuto buttare dieci anni della propria vita spasimando per una persona che lo credeva una nullità, uno sfigato in eccesso di ormoni? Lo considerava così squallido da non poter resistere all'idea di farsi una sana scopata? O, forse, tanto stupido da non saper distinguere una donna dall'altra, dopo aver alzato un po' il gomito?

Su una cosa aveva ragione: non potevano tornare a essere amici. Per quanto lo riguardava, il capitolo Zoe Mathison doveva essere definitivamente chiuso quel giorno stesso.

Tornato a casa aveva immediatamente scritto una lettera di dimissioni per Liberty, anche se aveva aspettato prima di inviarla. La sua idea era quella di smettere di lavorare da Giftland e tornare a vivere a Boston dai suoi genitori, allontanandosi il più possibile da Zoe e da tutti i ricordi legati a lei. Ma fare un passo in quella direzione non era così facile. Aveva sperato per troppo tempo di arrivare a quel punto, e ora che finalmente l'aveva tenuta fra le braccia era maledettamente dura pensare di dover mollare il colpo una volta per tutte.

Si sentiva un vigliacco, ma non aveva alternative. I suoi sentimenti non si sarebbero mai attenuati se fosse rimasto a New York, avrebbe sicuramente vissuto nell'ansia di incontrarla per strada. Doveva mettere una certa distanza fra loro e sperare di dimenticare in fretta.

Il cellulare aveva squillato varie volte, nel corso della giornata. Zoe e Liberty avevano provato a telefonargli, anche a casa, probabilmente incuriosite dalla sua assenza. Ogni volta che il nome di lei compariva sul display, la sua rabbia aumentava a dismisura.

Lo sguardo gli era caduto sul regalo di San Valentino che Stephanie gli aveva lanciato addosso dopo essere stata lasciata, e si era sentito doppiamente stupido. Si era fatto scappare una ragazza bella e realmente interessata a lui per inseguire una chimera, qualcuno che non lo aveva mai considerato un uomo. E quell'orsacchiotto simpatico, che Zoe aveva scelto per Steffy pensando appositamente a lui, racchiudeva completamente la sua storia.

Un pupazzo nelle mani di Zoe: ecco che cos'era sempre stato e ciò che lei aveva sempre visto.

Al limite della rabbia, e quasi soffocato dall'amarezza, aveva inviato il fax e si era sdraiato sul letto, non prima di aver gettato da parte le lenzuola profumate.

Era lì da un pezzo, al buio, quando il telefono squillò di nuovo.

Lasciò scattare la segreteria, preparandosi a sentire ancora una volta la voce di Zoe sempre più preoccupata, ma non fu lei a lasciare un messaggio.

«*Bonsoir, mon ami!*». La voce allegra di Clover lo fece sollevare sui gomiti. «Non ti ho più sentito, screanzato! Avevi promesso di telefonarmi per raccontarmi tutti i dettagli di ieri sera e invece non lo hai fatto. Non sei stato di parola!». Clover ridacchiò. «Spero che questo significhi, come dice Cade, che tu e Zoe siete stati impegnati in qualcosa di talmente interessante da farvi dimenticare tutto il resto. Avete così tanto tempo da recuperare...! Comunque, chiamami appena puoi, altrimenti mi farò raccontare i dettagli più piccanti da Zoe!».

Eric afferrò il telefono, infastidito più che mai, e rispose. «Ottima idea, chiama Zoe, così può raccontare anche a te quello che è successo!».

«Eric! Credevo non fossi in casa...». Clover sembrava interdetta dal suo tono di voce. «Tutto ok?»

«No, non è tutto ok. E sai che ti dico? È anche colpa

tua!», sbottò Eric, stringendo forte la cornetta. «Tu, con le tue stupide idee romantiche e le tue supposizioni sdolcinate, mi hai fatto il lavaggio del cervello! Mi hai impedito di lasciar perdere questa storia continuando a ripetermi che c'era speranza, e invece non hai capito proprio un accidente!».

«Ma...».

«Ho fatto la figura più patetica e ridicola della mia vita, Clover. Zoe non sa che farsene di un tipo come me. Ho buttato dieci anni nel cesso, ma in fondo non è solo colpa tua. Solo un perdente come me poteva attaccarsi alle parole di una visionaria ottimista, restando ancorato a uno stupido sogno per tutto questo tempo. Sarei dovuto tornare a Boston tanti anni fa, ma sono ancora in tempo per partire e finirla qui. E spero di non dover rivedere mai più nessuna di voi!».

Riattaccò, senza fiato per quello scatto d'ira. Si sentiva già in colpa per aver riversato la propria disperazione sulla povera Clover, ma non era riuscito a trattenersi.

Staccò il filo del telefono con uno scatto iroso e tornò a distendersi sul letto fissando il soffitto.

Avrebbe dovuto voltare pagina e iniziare a comportarsi da uomo, ma dieci anni di speranze distrutte erano un tempo molto lungo da metabolizzare in un solo giorno. Perciò, avrebbe sguazzato nell'autocommiserazione fino a quando non si fosse sentito del tutto svuotato.

Clover fissò la cornetta del telefono con aria abbattuta. Le parole piene di amarezza di Eric l'avevano stupita e confusa, lasciandole una sgradevole sensazione.

«Qualcosa non va?», chiese Cade, entrando in camera da letto.

Clover si staccò dalla finestra, dalla quale si godeva di una stupenda vista sulla Tour Eiffel illuminata, e gli lanciò uno sguardo triste. «Non lo so. Eric era... furioso!».

«Le cose non sono andate come ti aspettavi?»

«Ma non è possibile!». Clover si sedette sul grande letto matrimoniale, torcendosi le mani. «Ero sicura che avrebbe funzionato, tra loro».

«Ti ha detto cosa è successo?»

«No. Ma ha detto che non vuole vedere mai più nessuna di noi».

Cade si sedette accanto a lei, accarezzandole la schiena. «Aspetta che gli passi, forse dopo ti dirà che cosa è andato storto».

«Se Zoe ha mandato all'aria tutto quanto per quell'idiota del suo ex, non la perdonerò mai!», bofonchiò lei, incrociando le braccia al petto.

«Credi sia ancora innamorata di Stuart?»

«No che non lo è! Lei è innamorata di Eric, solo che non se n'è ancora resa conto! E si pentirà amaramente di averlo deluso, se è questo ciò che ha fatto. Non troverà mai un uomo più adatto a lei!». Clover si alzò, gli occhi lampeggianti nella stanza poco illuminata. «Ora la chiamo e gliene dico quattro».

Sorridendo teneramente, Cade le afferrò una mano e tornò a farla sedere sul letto. «Tesoro, lascia stare. Sono grandi abbastanza da cavarsela da soli».

«Ma io ero sicura che Eric avrebbe fatto centro, l'ho spinto a confessarle tutto e adesso lui mi odia!».

«Conoscendolo, si sarà già pentito di averti detto

una cosa simile». Cade le massaggiò la nuca, costringendola a guardarlo. «Sei stata dolcissima a cercare di dargli una mano, sei un'ottima amica e lui questo lo sa. Era ora che si decidesse ad affrontare la cosa. Se è andata male, se ne farà una ragione».

«Vuole trasferirsi a Boston per non vederla più». Clover lasciò che le dita di Cade la calmassero, ma i suoi occhi rimasero tristi. «Per questo devo parlare con Zoe. Voglio sapere perché sta buttando la sua più grande occasione di essere felice».

«Forse ha paura. Ne abbiamo avuta anche noi, ricordi?».

Clover ripensò alle due settimane in cui lei e Cade erano stati separati, credendo che fra loro fosse tutto finito, e sospirò. «Pensi che saranno veloci come noi nel capire che sono fatti l'uno per l'altra?»

«Se si amano tanto quanto noi, non resisteranno troppo a lungo». Cade la baciò sulla punta del naso. «Ora godiamoci le nostre ultime ore parigine, d'accordo? Affronterai il problema quando torneremo a New York».

«Credo di aver bisogno di qualcosa di dolce», bofonchiò Clover, nascondendogli il viso sul collo.

«Intendi più dolce di me?», sorrise Cade.

«Be', tu lo sei abbastanza. Forse, se ti cospargessi di cioccolata…».

Lo sguardo malizioso di Clover guadagnò un lungo bacio, poi Cade la tirò in piedi. «Andiamo. Zack mi ha consigliato diverse *pâtisserie* in cui gustare la miglior cioccolata e i *macaron* che ti piacciono tanto».

«Adoro quell'uomo!», sospirò Clover, sognante.

Cade la sollevò di peso, caricandola a testa in giù sulla spalla e facendola strillare.

«Andiamo, stavo scherzando!».

«Niente da fare, attraverserai l'atrio a testa in giù. E se c'è un fotografo qui fuori, puoi dire addio all'immagine da fatina soave che i giornalisti ti hanno cucito addosso!».

Clover rise di gusto. «Non mi preoccupo della mia reputazione. Sarai tu a fare la figura del cavernicolo!».

«Sopravviverò».

Quando Cade aprì la porta e iniziò a percorrere il corridoio, Clover sgranò gli occhi. «Lo stai facendo davvero?!»

«Certo. Dovrai trovare un modo molto convincente per farmi desistere dal portarti fuori dall'hotel in queste condizioni».

«Mi sta andando il sangue al cervello. Può essere sufficiente come motivazione?»

«Non troppo».

«E se ti prometto di tenerti sveglio tutta la notte...?», ammiccò lei, accarezzandogli la schiena in modo sensuale.

Cade le diede una pacca sul sedere. «Quello lo faccio già io».

«Potrei sempre rifiutarmi di partecipare».

Per tutta risposta, lui le sfiorò una gamba con un dito, percorrendola in tutta la sua lunghezza, fino all'orlo dell'abito di maglia che lei indossava. Ridacchiò nel sentirla rabbrividire e chiamò l'ascensore.

Una volta all'interno, Clover riprese a parlare. «E se ti promettessi di non rivolgere mai più la parola a Zack?»

«Quest'idea già mi piace».

Divertita, Clover scosse la testa, facendo ondeggiare i lunghi capelli rossi. «No, dài... Questo non lo posso proprio fare!».

«Mancano sette piani, decidi in fretta il tuo destino».

«Oh, insomma, Cade! Come puoi essere geloso di Zack? È bello, d'accordo, ma dopo aver incontrato te sono diventata immune agli altri uomini, lo sai bene!».

«Mmm... secondo te perché?»

«Perché ti amo, *firmachiappe*. Che altro?».

Cade la rimise a terra, cingendole i fianchi con le mani. «Risposta esatta», mormorò, gli occhi pieni d'amore, prima di baciarla.

13

Rischiava di esplodere.

La confusione post sesso con Eric si era trasformata lentamente in ansia, poi in panico, fino a raggiungere la tristezza. E dopo la tristezza, inevitabilmente, era sopraggiunta la rabbia.

Quarantotto ore di silenzio. Non aveva mai aspettato tanto una telefonata da un ragazzo in vita sua.

Non sapeva cosa pensare. Eric non rispondeva alle sue telefonate, né a quelle di Liberty; la casa sembrava essere vuota, almeno a giudicare dal suo insistente bussare privo di risposta, e nessuno lo aveva sentito negli ultimi due giorni.

Cosa diavolo gli era passato per la testa? Perché quell'improvvisa sparizione, e perché il licenziamento? Possibile che fosse così stupido da rinunciare a mostrare la faccia solo per timidezza? Oppure c'era sotto dell'altro? Non potevano risolvere la questione come due persone mature?

Stava per decidersi a contattare la madre di Eric a Boston, quando la porta del negozio si aprì lasciando entrare Clover, di ritorno dal soggiorno parigino. Zoe vide sul suo viso un'espressione guardinga e non perse tempo.

«Lo hai sentito?»
«Parli di Eric?»
«Si è licenziato, lo sai?».
Clover sgranò gli occhi, poi piantò i palmi delle mani sul bancone. «Si può sapere che diavolo gli hai fatto?!»
«Io? IO?!», strillò Zoe, attirando l'attenzione di un paio di clienti. Abbassò la voce, quasi livida di rabbia. «Quel cretino! Prima mi porta a letto e poi sparisce per due giorni senza una sola parola, e la colpa sarebbe mia? Tanti giudizi non richiesti sui miei pessimi ex, e poi si comporta peggio di tutti loro messi insieme! Se mi capita davanti lo ammazzo, altroché!».
«Ti ha portata a letto?». Clover batté le palpebre. «Quindi non gli sei scoppiata a ridere in faccia quando lo hai visto al ristorante...?».
Confusa, Zoe aggrottò la fronte. «Ristorante? Di che stai parlando?».
Clover esitò. «Scusa, mi puoi dire esattamente come sono andate le cose? Sarà il jet lag, ma inizio a non capire davvero più nulla».
«La sera di San Valentino ero in crisi. Una piccolissima parte di me voleva accettare l'invito a cena di Stuart sperando, erroneamente, di poter provare di nuovo qualcosa. Ma in cuor mio sapevo che non sarei mai riuscita a dimenticare quello che mi ha fatto, così come sapevo che in realtà non era davvero amore quello che provavo per lui anni fa. Perciò ho rifiutato il suo invito dicendogli di non chiamarmi più, e mi sono preparata per andare al River Café, ma... Be', mi sentivo davvero stupida a passare la serata più romantica dell'anno con uno sconosciuto che poteva anche non

interessarmi per niente. E dopo aver vagato per un po' senza meta, mi sono ritrovata ad andare da Eric», spiegò Zoe, le braccia incrociate al petto. «Ma quando sono arrivata, lui era arrabbiato e ubriaco. Penso fosse triste a causa di Stephanie, ma non ha voluto dirmi nulla. Ho provato a consolarlo… C'era il temporale, è andata via la luce, una cosa tira l'altra e abbiamo finito per fare sesso».

«Quindi non sei andata al ristorante…».

«No. Ma che c'entra?»

«E la mattina dopo che è successo?»

«Sono andata via prima che si svegliasse». Zoe si morse il labbro inferiore. «Mi sembrava tutto così incredibile! Siamo sempre stati amici e all'improvviso eravamo amanti… Ho pensato fosse meglio schiarirmi le idee prima di affrontarlo. Gli ho lasciato un bigliettino dicendogli che andavo a casa a cambiarmi e che ci saremmo visti qui. Ma non si è presentato, e alle due del pomeriggio sono arrivate le sue dimissioni via fax!».

Clover sembrava stralunata. «Non capisco».

«Ah, nemmeno io, te lo assicuro! Sono passati due giorni e di lui nessuna traccia, non risponde al telefono e a casa pare non ci sia nessuno. Sto pensando di telefonare a sua madre per vedere se è a Boston, ma non vorrei metterla in allarme senza motivo».

«Io gli ho parlato», sospirò Clover, i gomiti sul bancone e il viso fra le mani. «Era incazzato nero! Ha detto che non vuole più vederci».

Zoe sentì una morsa allo stomaco. «Ma… perché?»

«Non lo so! Credevo che tu avessi preso male la storia del ristorante e che lo avessi rifiutato, ma ora che mi hai detto come sono andate le cose non so proprio che dire».

«Clover, che cavolo c'entra il ristorante?!»

«Oddio, quanto sei dura di comprendonio a volte». Clover alzò gli occhi al cielo, poi la osservò. «Era Eric l'uomo misterioso!».

«Cosa?». Zoe rimase di sasso. Per un momento non riuscì ad afferrare il concetto, poi la realtà dei fatti le piovve addosso.

Eric le aveva mandato quei biglietti? E i regali, i palloncini, le rose… Era lui l'uomo che doveva incontrare al River Café?

«È uno scherzo?», chiese tremante, sentendo il cuore battere a tonfi sordi.

«Zoe, dannazione, Eric è innamorato di te da dieci anni! Possibile che non ci arrivi?»

«E tu come lo sai?»

«Me ne sono accorta tanto tempo fa, gliel'ho chiesto e lui me l'ha confermato. Ma mi ha fatto promettere di non dire niente a nessuno, non voleva che tu lo sapessi».

«Perché?!», sbottò frustrata. La rabbia stava tornando a stuzzicarla.

«Perché era sicuro di non avere speranze e non voleva rovinare la vostra amicizia. Diceva sempre che, se ti avesse confessato tutto e avesse ricevuto un rifiuto, sarebbe stato costretto a lasciare New York e trasferirsi di nuovo a Boston per riprendersi dalla disperazione. Per questo credevo che lo avessi respinto! Era così arrabbiato. Da come parlava, sembrava che tu lo avessi umiliato!».

«Io non ho fatto niente!». La sua voce si ruppe, alzandosi. «Cioè, a parte dargli buca al River Café, ma non sapevo ci fosse lui ad aspettarmi... ed è pur sempre con lui che sono stata, alla fine della fiera!». Si passò una mano fra i capelli in disordine, cercando calmarsi, poi corse a chiudersi nell'ufficio di Eric.

Come poteva non essersi mai accorta di nulla? E perché lui non le aveva parlato prima dei suoi sentimenti, o non ne aveva approfittato quando lo aveva baciato a Times Square, la notte di Capodanno?

Improvvisamente diede un senso a tutti i regali che Eric le aveva fatto recapitare, in forma anonima, in quegli ultimi giorni: la Red Velvet, oltre a essere il suo dolce preferito, era la prima cosa che avevano mangiato insieme alla caffetteria dell'università; il criceto di peluche somigliava a quello che lei gli aveva regalato per il suo ventitreesimo compleanno; il ciondolo doveva richiamare la stella che Eric le aveva comprato online in onore del suo trasferimento a New York...

Nove rose rosse, più una: dieci rose, una per ogni anno in cui erano stati insieme...

Erano tutti indizi chiari, dal significato speciale, che solo lei avrebbe potuto comprendere.

Come aveva fatto a essere tanto ottusa? E lui? Come aveva potuto fingere tanto bene per tutti quegli anni?

Quanto tempo avevano sprecato...

Ma perché diavolo Eric era tanto furioso, ora? Cosa poteva averlo spinto a reagire in quel modo? Lo aveva lasciato con un sorriso soddisfatto sul viso, maledizione, e ora lui non voleva più vederla...

Ripensò a tutti gli anni passati insieme a lui, provando a guardare ogni situazione con occhi diversi, e ben presto le lacrime sgorgarono dai suoi occhi.

Lo aveva fatto soffrire tantissimo, ora se ne rendeva conto. Tutte quelle volte in cui gli aveva parlato dei suoi flirt, i due anni passati insieme a Stuart, le cene di San Valentino, di Natale e Capodanno alle quali lo aveva costretto a partecipare fingendo di essere una coppia! Eric aveva sempre sopportato tutto, in silenzio, mentre lei approfittava della sua bontà, scambiandola per amicizia…

Mentre cercava disperatamente qualcuno che la amasse, ignara di averlo accanto da sempre…

Clover e Liberty la raggiunsero poco dopo.

«Che possiamo fare per te?», chiese Lib, sedendosi accanto a lei.

«Non lo so». Zoe scosse la testa, sconsolata. «Sono triste e amareggiata, per quello che ho scoperto e per il tempo che abbiamo sprecato. E sono arrabbiata con lui! Non può mollarmi qui così, senza un perché, dopo tutto quello che abbiamo passato insieme».

«C'è qualcosa che ci sfugge. Non può essersela presa solo per il biglietto che gli hai lasciato», ragionò Clover, a voce alta. «Avevi forse un tono pentito?»

«No! Il messaggio poteva sembrare incredulo, ma di certo non pentito».

«Cosa provi per lui?», chiese l'amica, a bruciapelo.

Zoe puntò gli occhi grigi su di lei. «Ho bisogno di lui, ti basti sapere questo. Non posso stare ad analizzare i miei sentimenti proprio ora, con questo stato d'animo. Ma prima che sparisse credevo di aver capito quanto Eric sia realmente importante per me, e volevo parlarne con lui».

«Hai provato a dirglielo?»

«E come, se non mi risponde al telefono?»

«Lasciandogli un messaggio in segreteria».

«Niente affatto, io voglio parlargli guardandolo in faccia». Zoe si alzò dalla sedia, asciugandosi gli occhi. «Se è così vigliacco da non volermi affrontare, allora non è l'uomo che credevo. Diglielo pure, quando proverai a telefonargli!».

Mentre Zoe usciva dalla stanza, Clover e Liberty rimasero a fissarsi, entrambe impotenti.

«E ora che facciamo?», sospirò Clover.

«Se non risolvono la questione in fretta, li licenzio entrambi», bofonchiò Liberty, strattonando l'orlo della gonna elegante.

«Dobbiamo trovare un modo per farli parlare. Sono fatti per stare insieme, e lui ha aspettato così tanto, accidenti! Non può finire in questo modo, proprio adesso che stava per iniziare seriamente!».

«Credo che debbano risolversela da soli. Se Eric la vuole veramente, dovrà tirare fuori le palle. Non è più un ragazzino insicuro, e anche in quel caso non mi sentirei di giustificare il suo comportamento».

Clover camminava avanti e indietro per l'ufficio, picchiettandosi un dito sulle labbra. «Non ha mai mollato, neanche quando lei ha perso momentaneamente la testa per quell'idiota di Harris. Forse ora è arrabbiato per qualche motivo, ma tornerà sui suoi passi, me lo sento».

Più pessimista, Liberty scosse la testa. «Gli uomini deboli sanno essere davvero stupidi, a volte. Il loro amor proprio è più importante di qualunque cosa e saltare a piè pari sul cuore altrui non li sconvolge più di tanto. Forse nemmeno se ne rendono conto, concentrati come sono su loro stessi».

Il tono amaro dell'amica incuriosì Clover, che interruppe il suo andirivieni per osservarla. «Sei sicura che tra te e Justin vada tutto bene?».

Liberty aggrottò la fronte. «Sì. Perché?»

«Non so, mi sembri un tantino acida nel parlare degli uomini, ultimamente».

«Justin è un uomo a posto, serio e responsabile. Non ha debolezze e sa quello che vuole. Non posso proprio lamentarmi».

Clover annuì, perplessa. «Se lo dici tu». Stava per aggiungere qualcosa quando la voce alterata di Zoe le raggiunse.

«Che diavolo stai facendo?!».

Incuriosite, Clover e Liberty corsero nella stanza accanto, giusto in tempo per vedere Zoe che veniva sollevata di peso e trascinata fuori da un Eric quasi irriconoscibile.

«Ma cosa...?».

Clover rise. «Era ora!».

«Dove la starà portando?», chiese Liberty, guardando il collega mettere Zoe su una moto parcheggiata davanti al negozio, e poi partire a tutta velocità.

«Dovunque sia, spero che serva a sistemare le cose». Clover si portò le mani al cuore. «Che romantico! Un rapimento d'amore!».

«Speriamo non si ammazzino, a quella velocità», borbottò Lib, preparandosi a servire un cliente appena entrato.

Clover roteò gli occhi. «Tesoro, esiste qualcosa al mondo in grado di farti sospirare di pura gioia?»

«Io sono molto gioiosa».

«Come no...».

«Fermati, maledizione!».

Zoe percosse la schiena di Eric con un'altra scarica di pugni, cercando di far rallentare quella folle corsa sulle strade della città. Erano passati ormai una ventina di minuti da quando lui aveva fatto irruzione in negozio, trascinandola su quella moto a lei sconosciuta, e non le aveva ancora rivolto la parola.

Aveva cercato di blandirlo in ogni modo, con le lusinghe e le minacce, per poi passare a pugni e calci, ma niente lo aveva distratto dalla guida, e lei aveva dovuto fare attenzione a non esagerare per non rischiare di mandare entrambi a gambe all'aria.

Che diavolo aveva in quella testaccia dura? Prima spariva e dava le dimissioni, poi piombava in negozio con le sembianze di un *bad boy* e la rapiva durante l'orario di lavoro! Non lo riconosceva più.

Aveva fatto appena in tempo a vederlo in volto, prima che lui le infilasse a forza il giaccone e il casco integrale per portarla fuori, e aveva stentato a credere ai suoi occhi. Il ragazzo lindo e perfetto che aveva sempre visto era stato sostituito da un uomo male in arnese con le occhiaie, la barba incolta e gli occhi rossi. Degli occhiali nessuna traccia, l'atteggiamento era drasticamente cambiato e perfino l'abbigliamento era diverso dal solito.

Sembrava il gemello cattivo di Eric.

La gioia che l'aveva inondata nel vederlo entrare in negozio si era trasformata in incredulità, per poi sfociare nell'irritazione. Ma nonostante quel modo prepotente di fare, era così contenta di respirare il suo profumo da non vedere l'ora di scendere da quella moto per abbracciarlo forte... dopo avergliene cantate quattro, ovvio.

Smise di picchiarlo e sospirò rumorosamente, rassegnandosi ad attendere che quel giochino lo stancasse. Con gli occhi fissi sul panorama che sfrecciava accanto a loro, si concentrò sul discorso che intendeva fargli, anche se non sapeva bene da che parte cominciare. Aveva paura di dirgli cosa provava, visti gli ultimi avvenimenti: Eric sembrava imprevedibile, ormai, e lei non era mai stata brava a esternare i propri sentimenti, soprattutto quando la posta in gioco era così alta.

Sentendo la moto rallentare si guardò intorno, sempre più stranita. Non conosceva quella zona della città, ma era evidente che non era un granché, e l'unica struttura che spiccava sembrava un motel.

Tornava a farsi vivo dopo quarantotto ore e la portava in un motel?!

Eric fermò la moto nel parcheggio e scese, togliendosi il casco. Zoe lo fissò.

«Che ci facciamo qui?».

Senza risponderle, Eric assicurò i caschi agli appositi sostegni e la fece scendere, senza troppa cortesia, trascinandola verso l'ingresso. Recalcitrante, Zoe cercò di frenarlo, senza risultato.

«Eric, per l'amor di dio, ti vuoi fermare un momento? Non voglio entrare in questo posto, voglio parlare con te in modo decente! Mi hai sentito?».

Lui si bloccò così repentinamente da mandarla a sbattere contro la sua schiena. Si volse a guardarla, in modo così serio da darle i brividi. «Vuoi parlare? Perfetto. Entra».

«Non potevi telefonarmi? Darmi un appuntamento, chiedermi di venire da te? Dovevi necessariamente portarmi in un posto del genere?», continuò Zoe, sentendo la mano di Eric serrarle con forza il polso. «Guarda che se non mi molli subito mi metto a urlare! Dirò che mi hai rapita e che vuoi stuprarmi!».

«Lo aggiungerò alle altre umiliazioni subite grazie a te».

Zoe tacque. Fitte di colpevolezza, di ingiusto dolore e di rabbia l'attraversarono facendole aspettare, con il sangue ribollente, che Eric si facesse consegnare la chiave di una stanza. Una volta al sicuro dentro la camera spoglia, però, esplose.

«TU! Sei davvero… impossibile!», sbottò, divincolandosi dalla sua stretta per dargli uno spintone. «Non sono mai stata così arrabbiata con te in vita mia!».

«Forse perché è la prima volta che non ti lecco i piedi», ribatté Eric, apparentemente imperturbabile. «Ti abituerai».

«Che significa? Che d'ora in poi sarà questo il tuo atteggiamento nei miei confronti?»

«Perché, non ti piace?». Gli occhi di Eric si posarono su di lei, brucianti, mentre avanzava nella sua direzione. Zoe indietreggiò fino a toccare il muro, ma fu un errore. Eric la imprigionò, poggiando le mani contro la parete, così vicino che lei fu investita dal suo calore. Le sembrava un estraneo, con quell'espressione fredda e insolente e quell'abbigliamento da duro, senza gli occhiali sul naso. Ma il suo profumo era lo stesso di sempre: familiare, fresco, pulito.

Quel particolare la confortò. Alzò gli occhi a incontrare quelli verde-azzurri che conosceva così bene e addolcì il tono. «Rivoglio il mio Eric di sempre».

«Per farne cosa? Il tuo galoppino personale? La cavia prediletta per i tuoi scherzi? Il confidente al quale raccontare tutte le tue conquiste amorose?»

«Mi fai sentire una stronza», gemette Zoe, chinando la testa per sfuggire il suo sguardo. Eric le sollevò il mento, impedendoglielo.

«Forse non è colpa tua. A te serve altro». Con una mossa repentina le afferrò i fianchi, spingendoli contro i propri. Poi chinò il capo e la baciò con urgenza, in modo vorace, quasi brutale. Un bacio che Zoe conosceva bene, ma che non apparteneva minimamente a lui.

Le mani di Eric si spostarono sul suo sedere, palpandolo senza alcun sentimento, per poi spostarsi sul seno, mentre il bacio continuava, quasi punitivo, e il suo corpo veniva premuto contro quello eccitato di Eric.

Non era da lui. Era il modo di fare preferito da tutti i buzzurri con cui era uscita negli ultimi anni: l'atteggiamento rude, le corse incoscienti in moto, i baci privi di sentimento e le carezze quasi volgari, gli squallidi alberghi. E lui lo sapeva bene, perché l'aveva sempre ascoltata.

Sempre.

Se avesse avuto ancora qualche dubbio sui sentimenti che provava per quell'uomo stupendo, in quel momento sarebbero svaniti del tutto.

I suoi occhi si riempirono di lacrime, nonostante li tenesse serrati. Una riuscì a districarsi dalle ciglia scure per rotolarle sulla guancia, finendo per inumidire anche la pelle di Eric.

A quel contatto, lui si immobilizzò. Si staccò da lei

come se scottasse, fissò il suo volto bagnato di lacrime e indietreggiò con aria disgustata.

«Eric», mormorò Zoe, facendo un passo avanti. Ma lui scosse la testa, si passò una mano sul viso e si sedette sul bordo del letto enorme, le dita fra i capelli. Sembrava così disperato da darle una stretta al cuore.

Si avvicinò al letto e si insinuò fra le sue gambe, passandogli una mano fra i morbidi riccioli castani. «Guardami», lo pregò.

«Avevi ragione su tutto, sono così stupido», disse lui, senza alzare la testa. «È comprensibile che tu non mi voglia».

«Questo è un tuo pensiero».

«No, è il tuo». Eric la fissò, diviso fra rassegnazione e rabbia. «Ho sentito quello che hai detto a Liberty, due giorni fa. Mi sono sentito così ridicolo...».

Zoe ansimò. «Cosa?»

«Non pensavi che fossi già arrivato, vero? Invece è così, mi sono vestito in fretta e furia, dopo essermi svegliato, e sono venuto in negozio. Volevo vedere che faccia avevi e capire se quello stupido biglietto significava che eri felice quanto me di ciò che era successo o se eri già pentita». Eric scosse la testa, amareggiato, e si alzò, scansandola. «Per te non sono altro che un povero sfigato che si butterebbe addosso alla prima bella ragazza che incontra. Naturale, uno come me non può permettersi di sprecare una simile occasione».

«Non è affatto così!».

«Era San Valentino, io ero ubriaco, tu tanto sola... Uno stupido errore che non dovevamo commettere, giusto? Tu non sei fatta per uno come me».

Zoe scosse la testa con forza. «Non sapevo nemmeno cosa stavo dicendo, vagliavo solo le ipotesi! Ero incredula e confusa, avevo paura che la nostra amicizia fosse arrivata al capolinea!». Fece un altro passo avanti, cercando i suoi occhi. «Non mi hai mai detto niente! Mi hai tenuto nascosto quello che provavi per tutti questi anni, lasciando che ti umiliassi, che ti ferissi, che approfittassi di te! Mi hai fatto credere che quel bacio a Times Square fosse frutto del sonno di un'ubriaca! E ora te la prendi con me perché ero momentaneamente sconvolta?»

«Tenere nascosto? Mentire?», Eric rise, senza allegria. «Cristo, ci mancava che mi mettessi a sbavare quando entravi in una stanza per completare il quadro patetico della mia situazione!».

Zoe ricordò quelle parole. Eric le aveva pronunciate parlandole del suo primo amore, Stephanie…

Con l'anima in tumulto, lo scrutò. «Parlavi di me, quindi? Ero io la ragazza di cui ti sei innamorato ai tempi della scuola, non Stephanie…».

«Lei è spuntata nel momento più opportuno, ma per quanto mi riguarda non ricordavo nemmeno di averla conosciuta», sbuffò Eric. «E per la cronaca, l'avevo già lasciata, quando ho iniziato a mandarti quegli stupidi regali».

«Come potevo immaginare che fossi innamorato di me? Non pensavo nemmeno di essere il tuo tipo!».

«Non prendermi in giro…».

«Non lo sto facendo!». Zoe quasi pestò i piedi per l'irritazione. «Sono solo bella! È per questo che mi vuoi? Tu, con le tue lauree, il tuo cervello da scienziato, i tuoi principi e la tua eleganza… che te ne fai di una come me?». Lo sguardo allucinato di Eric le diede un brivido, ma proseguì. «Non ho mai pensato di essere alla tua altezza, Eric. Mi sentivo come la bellona svampita dei telefilm, quella che esce con i giocatori di football e con i cattivi ragazzi perché sono gli unici a non aver bisogno di una donna intelligente accanto. Tutte le ragazze che hai frequentato erano brillanti e serie, credevo fosse quello il tuo tipo ideale!».

«Dovevo sforzarmi di uscire con le altre. Mi sembrava di tradirti!». Eric si lasciò andare contro la porta, lo sguardo perso oltre la finestra. «Ho passato dieci anni a sperare che ti accorgessi di me».

«E io ne ho persi dieci uscendo con tipi squallidi, solo perché non trovavo nessuno che mi desse anche solo la metà di quanto mi davi tu!». Zoe si fermò davanti a lui, poggiandogli le mani sul petto. «Il solo di cui mi sono invaghita è stato Stuart, lo sai. L'unico ragazzo simile a te con cui io sia mai uscita».

«Se volevi offendermi a morte, ci sei appena riuscita», sbottò lui, acido.

Zoe sorrise, intravedendo il suo Eric sotto la scorza dura che si era messo addosso. «Sai che cosa intendo», mormorò. Poi tornò seria. «E sai anche come ho vissuto quella storia. Mi sentivo così inferiore, rispetto a lui, da aver quasi annullato la mia personalità pur di farmi apprezzare e amare. Non volevo più sentirmi in quel modo. L'unico con cui potevo essere me stessa, e che sembrava volermi bene e apprezzarmi in tutto e per tutto, eri tu e io… non avrei mai fatto nulla per complicare quello che avevamo».

«Mi stai dicendo che eri segretamente innamorata di me?», chiese lui, scettico.

Zoe si strinse nelle spalle. «Probabilmente non lo sapevo ancora».

Il silenzio che accolse quelle parole rischiò di farle sprofondare il cuore sotto i piedi. Alzò timidamente il viso per sbirciare l'espressione di Eric, e lo sguardo intenso che ricevette fece tremare il suo cuore.

«Allora?», chiese, a disagio.

Eric sollevò un sopracciglio, il viso ora rilassato ma l'espressione ancora seria. «Sto aspettando», le disse, le braccia incrociate al petto.

«Aspettando...?». Lo sguardo allusivo di Eric la fece quasi arrossire. «Vuoi che mi metta qui a farti una dichiarazione d'amore?»

«Perché no? Io ti ho mandato bigliettini e regali ogni anno, per San Valentino, per non parlare dell'ultima settimana, e mi sembra di essermi esposto più che abbastanza negli ultimi minuti». Si strinse nelle spalle, un luccichio malizioso negli occhi. «Cerca di essere convincente, però: sogno questo momento da troppo tempo, le mie aspettative sono parecchio alte».

«Non dovrebbero essere gli uomini a fare queste cose?», bofonchiò lei, guardandosi intorno. «Forse non l'ho detto in modo classico, poco fa, ma mi sembra di avertelo fatto capire lo stesso. Devi per forza mettermi in imbarazzo? Se speri che mi metta in ginocchio...».

La non risposta di Eric le strappò un sospiro. Chiuse per un momento gli occhi, cercando dentro di sé il coraggio di aprire il cuore a qualcuno, come mai aveva fatto prima.

«Ti amo, ok? Come potrei non farlo? Sei il mio migliore amico, l'unico che mi capisce, che mi apprezza, che mi fa stare bene. Sei la persona da cui corro quando qualcosa non va, e anche quando va. Ci ho messo un po' a capirlo, ma tutto sommato l'amore ha tante facce, lo hai detto anche tu… A me sarebbe andata bene anche quella di prima, pur di non perderti», disse, d'un fiato. «Anche se, onestamente, quella nuova mi piace di più», aggiunse quasi fra sé e sé.

Ridacchiando, Eric la prese fra le braccia. «Può bastare», sorrise, prima di baciarla con tutto l'amore tenuto a freno in quegli anni.

Risentire quelle labbra morbide e dolci, il suo sapore e la delicata fermezza del suo abbraccio strappò un gemito di felicità a Zoe, che lo ricambiò con avidità. Stare fra le sue braccia era come tornare a casa, un posto intimo e sicuro. Ma molto, molto più eccitante…

«Non mi sembra vero», sussurrò Eric sulla sua bocca, la fronte appoggiata alla sua.

«Neanche a me, ma non ti permetterò di cambiare idea».

«Perché dovrei?»

«Sono insopportabile. Sei sicuro che non mi manderai al diavolo dopo una settimana?», bisbigliò lei, imbronciata.

«Ho sopportato i tuoi lati peggiori per dieci anni senza guadagnarci nulla», scherzò lui, accarezzandole la schiena e, allo stesso tempo, stringendola contro il petto. «Resisterò almeno altri dieci anni con questa nuova formula».

«Una notte di sesso con me vale parecchio, tesoro», ammiccò lei. «Dovrai raddoppiare la soglia massima di sopportazione!».

«Lo abbiamo fatto solo una volta, va ancora testato

il suo valore effettivo», continuò lui, sullo stesso tono, mordicchiandole un orecchio. «Mi servirà almeno una notte di sesso per ogni anno che ho perso desiderandoti, per valutare a fondo la questione».

«Tecnicamente lo abbiamo fatto due volte», disse lei, piano, inclinando il capo per dare più facile accesso alle sue labbra, che iniziavano a muoversi leggere sulla pelle calda del collo.

«La stessa notte, non conta. Se calcolassimo le singole volte, anziché i giorni, finiremmo per dimezzare il tempo utile per una perfetta comprensione».

«Sto andando in confusione. Sei tu il cervellone, tienilo tu il conto», borbottò Zoe, chiudendogli la bocca con un bacio.

Le sue pulsazioni presero il volo. Le sembrava incredibile essere lì, contro la porta di un motel, a flirtare e fare allusioni sessuali con il suo migliore amico, un Eric appassionato e seducente che quasi non riconosceva.

«Vuoi che sfruttiamo la camera?», le chiese, in un soffio, quando si separarono in cerca d'aria.

Pur tentata, Zoe scosse la testa. «Vorrei andare a casa tua. E giuro che stavolta non mi muoverò dal letto, quando avremo finito», sussurrò, guardandolo con estrema serietà.

Eric le rubò un altro bacio prima di trascinarla fuori.

Mentre consegnavano le chiavi si chinò sul suo orecchio. «Saremmo dovuti rimanere di più. Crederanno che abbiamo già finito e non fa bene alla mia autostima».

Zoe ridacchiò piano, poi si strinse al suo braccio ostentando un'espressione estatica. «Sei stato grande!

Non mi sono mai sentita più soddisfatta di così in vita mia», disse, a voce abbastanza alta da farsi sentire dal tizio dietro il banco. «Dimmi che resti con me, stasera».

Le orecchie di Eric si fecero rosa per l'imbarazzo e Zoe sentì il cuore traboccare di sentimenti.

«Sono contenta di sapere che non sei un tipo da motocicletta e giubbotto di pelle», gli disse, una volta fuori. «Adoro quando sei a disagio… Sei così carino!».

Eric grugnì una risposta mentre le infilava il casco sulla testa.

«Dove l'hai presa?», chiese lei, salendo in sella.

«È di un mio amico».

«Non sapevo nemmeno che sapessi guidarla».

«Hai ancora molte cose da scoprire su di me». Eric le strizzò l'occhio, poi si fece serio. «Mi spiace di aver corso, prima. Ero arrabbiato, ma questo non giustifica la mia irresponsabilità».

«Ne è valsa la pena. Anzi, dal momento che ho una voglia matta di scoprire tutti i tuoi lati nascosti, che ne dici di non perdere tempo e portarmi a casa?».

Eric fece andare il motore su di giri e Zoe rise, stringendosi a lui.

Mentre la moto correva per la città, ebbe la sensazione di aver finalmente trovato il suo posto nel mondo.

Epilogo

«Sei felice, vero?».

Zoe sorrise a indirizzo di Clover, staccando a fatica lo sguardo dal suo uomo. «Molto».

L'amica annuì, l'espressione soddisfatta. «Sapevo che era quello giusto. Ci hai messo un sacco di tempo a capirlo, ma finalmente siete insieme».

«Be', non è che lui sia stato poi così rapido, non ti pare?», borbottò lei, scuotendo la testa. «Se penso a quanto tempo abbiamo sprecato…».

«Non lo considererei tempo perso. In fondo siete stati comunque insieme. Eravate più in sintonia voi di altre coppie di mia conoscenza».

«Hai ragione». Zoe sospirò, gli occhi che brillavano come non mai. «Mi porta a cena al River Café, stasera, visto che il nostro appuntamento galante di San Valentino è saltato».

«Eric non sembra un tipo romantico, invece lo è molto».

«Sì, in un modo tutto suo, non sdolcinato e per questo ancora più carino. E poi è così adorabile quando è in imbarazzo… lo mangerei di baci!».

«Anche quella giovane studentessa lo farebbe», insinuò Liberty giungendo alle sue spalle e chinandosi sul suo orecchio.

Zoe si voltò verso il bancone e i suoi occhi si socchiusero minacciosi nel notare l'atteggiamento civettuolo di una ragazzina con una gonna troppo corta.

«Scusate un attimo», sibilò, marciando in quella direzione.

Eric sorrise nel vederla ma continuò a spiegare, alla ragazza che aveva di fronte, il meccanismo di un fantasioso carillon vintage. «È un regalo perfetto per la tua amica se, come dici, ha una predilezione per gli oggetti da collezione. Questo è un pezzo unico».

«Mi hai quasi fatto venir voglia di tenerlo per me», ridacchiò la ragazza.

«Pensaci su. Puoi sempre tornare qui a vedere se trovi un altro regalo adatto alla tua amica, nel caso decidessi di tenere questo per te», disse Eric, gentile.

«Forse hai ragione. Mi hai parlato così bene di questo carillon da farmene quasi innamorare. Ma forse, se potessi darmi altri dettagli…».

«Se hai bisogno di altre informazioni, posso dartele io», si intromise Zoe, un falso sorriso angelico sulle labbra.

«Oh, non importa, il tuo collega mi sta già aiutando alla perfezione».

«Il mio ragazzo è molto gentile, ma di oggetti vintage non ne sa quanto me». Zoe si volse in direzione di Eric, accarezzandogli un braccio. «Torna pure al tuo lavoro, tesoro. Qui ci penso io», disse con tono suadente, prima di stampargli un bacio sulla bocca.

Mentre Eric si allontanava, vagamente confuso, Zoe

tornò a concentrarsi sulla ragazza, cercando di non incenerirla con lo sguardo. «Allora, che vuoi sapere?»

«Guarda, ho deciso: lo prendo», balbettò questa, estraendo il portafoglio dallo zaino. «Tutto sommato non mi servono troppi dettagli».

«Sono assolutamente d'accordo. I pezzi unici vanno agguantati al volo, altrimenti rischi di vederteli soffiare sotto il naso», ammiccò Zoe.

Una volta conclusa la vendita, raggiunse Clover ed Eric in ufficio.

«Sei andata a marcare il territorio come un segugio! Brava!», rise Clover, sedendosi sul ripiano della propria scrivania.

Eric sembrava incredulo. «Fammi capire: eri gelosa di quella ragazzina?»

«Stava civettando con te in modo spudorato! Cavolo, quanti anni avrà avuto, diciotto? Iniziano presto, queste ragazzette moderne», borbottò Zoe, avvicinandoglisi. Lo scrutò con occhio critico, poi scosse la testa. «No, così non va bene».

«In che senso?».

Zoe fissò il colletto della camicia scura, sbottonata sulla gola, e si affrettò a richiuderlo. «Da quando te ne vai in giro vestito in questo modo? Devi per forza mostrare così tanta pelle alle altre ragazze? E i capelli? Perché non ti sei pettinato stamattina?». Gli passò i palmi delle mani sulla testa, cercando di domare i riccioli disordinati che gli conferivano quell'aria trasandata che le piaceva da impazzire. «Una volta li portavi perfettamente pettinati, sembravano quasi di gesso».

«Hai detto che ti piacciono di più così», protestò lui, interdetto.

«Dove sono gli occhiali?». Zoe si guardò intorno, individuò le lenti sulla scrivania e le afferrò, posandogliele sul naso. «Ecco, adesso sei perfetto».

Clover, che ridacchiava nel suo angolino, intercettò l'occhiata stupita di Eric e si strinse nelle spalle. «E chi la capisce?», mimò con le labbra.

«Zoe, mi hai fatto una predica lunga quarantacinque minuti sul perché non ho mai valorizzato il mio aspetto prima, dicendo che sarebbe bastato indossare una camicia più sexy, lasciare i capelli in un finto disordine e usare le lenti a contatto per essere ancora più attraente… e adesso cambi idea?», disse Eric.

Zoe sorrise, soave. «Questo ti fa capire quanto mi piaci, perfino con il tuo look da primo della classe!». Gli gettò le braccia al collo, baciandolo brevemente. «Io non ti voglio cambiare, sia chiaro».

«Soprattutto non vuole che le altre ti mettano gli occhi addosso!», sbuffò Clover, alle sue spalle.

«Sì, anche quello», confermò Zoe.

Eric rise, stringendola a sé. «Questo significa che dovrò imbruttirmi ogni giorno solo per tranquillizzarti?»

«Il termine "imbruttire" non è esatto. Ma se evitassi di sbattere i tuoi occhioni davanti alle ragazzine con le cosce al vento, te ne sarei grata, sì».

Eric scosse la testa. «Zoe Mathison gelosa di me! Qualcosa nell'aria deve averti dato alla testa».

«Lo ero anche prima, ma non potevo renderlo troppo evidente», sorrise Zoe. «Ma ora che finalmente sei nelle mie mani, ho intenzione di non farti portare via da nessuno. Meno gente ti nota, meglio è».

«Le feste sono state decisamente generose con noi, quest'anno», esclamò Clover, osservandoli. «Il Natale mi ha portato Cade, San Valentino ha unito voi due… Che cosa manca adesso?»

«Pasqua, suppongo». Zoe ridacchiò. «Peccato che Liberty sia già impegnata. Avremmo potuto far preparare un uovo gigantesco con uno stupendo spogliarellista al suo interno e farglielo recapitare proprio qui! Sai che regalo? L'avremmo spiazzata!».

Eric fece una smorfia. «Questo è ciò che avresti voluto ricevere tu».

«Forse una volta, ora non più». Zoe lo scrutò con attenzione, un'espressione maliziosa sul bel viso. «Ma non sarebbe male vederti uscire da un enorme uovo di Pasqua, vestito solo di cioccolato…».

Eric si schiarì la voce, imbarazzato, e Clover rise di gusto.

«Dovremmo organizzare un'uscita tutti insieme», propose Zoe. «Siamo tutti in coppia, ormai, sarebbe divertente. Io ed Eric, tu e Cade, Lib e Justin». Guardò Eric con un sorrisetto. «Ci meritiamo un'uscita ufficiale con i nostri amici, dopo quella disastrosa di qualche settimana fa».

«Finalmente avrò qualcuno provvisto di un quoziente intellettivo abbastanza alto con cui parlare», annuì lui guardandola di traverso. «A proposito: la scenetta che hai fatto prima, con quella povera ragazza, è permessa anche a me? Nel caso arrivasse l'ennesimo pesce lesso a provarci con te».

«Assolutamente». Zoe lo abbracciò stretto. Le sembrava di vivere in un bel sogno, dal quale sperava di non svegliarsi mai più.

Eric Morgan le aveva sempre dato tutto ciò di cui aveva bisogno, da amico, e lo faceva ancor di più da fidanzato. Permettergli di mostrarsi geloso era il minimo: lei avrebbe sparso manifesti in tutta New York, se solo avesse potuto, per gridare a tutti quanti che quel ragazzo era solo suo.

Un pizzico di ansia si insinuò in lei, spingendola a cercare il suo sguardo. «Promettimi che resterai sempre con me», mormorò. «Non importa in che modo, voglio solo che tu ci sia».

«Ci sono sempre stato».

«Non te ne andrai a Boston alla prima difficoltà, vero?»

«No», sorrise Eric, dolcemente.

«E se ti facessi arrabbiare?»

«Quello lo fai sempre».

Zoe ignorò il suo sarcasmo. «E se ti deludessi?»

«Stai mettendo le mani avanti?»

«Voglio solo essere sicura».

Eric la guardò negli occhi, le diede un breve bacio, poi scrollò le spalle. «Forse potrei anche andare a Boston…». Zoe si irrigidì, ma lui la strinse più forte. «Però sono sicuro che, dopo poco tempo, tornerei qui». Poggiò la fronte sulla sua, fissandola con immenso amore. «Ti ho aspettata così a lungo… Non lo avrei fatto, se non fossi stato certo che ne valesse la pena, non credi?»

«Probabilmente è così», sospirò lei, sentendo la paura scivolare via.

«Sono un cervellone, ricordi? Ho fatto i miei calcoli, quindi puoi stare tranquilla», scherzò Eric.

Zoe gli diede un piccolo pugno sulla spalla.

Il *click* di una macchina fotografica li fece voltare. Clover aveva impugnato una vecchia polaroid che teneva sempre sulla scrivania e li osservava con un sorriso intenerito.

«La vostra prima foto ufficiale da fidanzatini», disse, sventolando la pellicola.

Zoe si voltò nella sua direzione. «Avresti potuto usare la mia reflex, invece di quell'aggeggio antico. Il risultato sarebbe stato decisamente migliore».

«Che ti importa, è un ricordo, mica un servizio fotografico».

Eric sbirciò la fotografia e sbuffò, divertito. «Sembriamo strafatti! Guarda che facce!».

«Drogati d'amore», ammiccò Zoe, stampandogli un bacio sulla bocca. Poi allungò una mano verso Clover. «Grazie per averla scattata, la custodirò gelosamente».

«Neanche per idea, questa è mia». Clover si avviò verso la grande bacheca appesa alla parete dietro la sua scrivania, sulla quale erano appuntate decine di fotografie simili a quella che teneva in mano. Era una sorta di promemoria che raffigurava i regali più riusciti che aveva scovato nel corso degli anni, quelli di cui andava più fiera. «Ho avuto un piccolo ruolo in questa vicenda e ho intenzione di prendermi il merito che mi spetta!».

Zoe cedette. «Effettivamente, sei stata grande. Il piano di corteggiamento per San Valentino è stato un lampo di genio, anche se ne abbiamo sprecato una parte».

«Non del tutto, visto che ho recuperato la prenotazione al ristorante», la corresse Eric. Poi si rivolse a Clover, con un sorriso gentile. «Ti devo molto. Sei stata preziosa, e non solo in questi ultimi giorni, ma sempre. Se non mi sono lasciato andare allo sconforto in più di un'occasione è stato anche grazie a te e al tuo incrollabile ottimismo».

«Non fatemi piangere! Da qualche mese a questa parte, la felicità mi fa commuovere». Clover li raggiunse, stringendoli entrambi in un unico abbraccio. «Vi voglio bene».

«Anche noi».

«Ok, è tutto molto bello, ma gradirei che qualcuno di voi tornasse al lavoro. Se non vi è di troppo disturbo».

La voce falsamente annoiata di Liberty, che passava accanto a loro con aria distratta, fece raddrizzare Zoe ed Eric e sorridere Clover.

«Vieni qui, dama di ghiaccio», l'apostrofò quest'ultima, tirandola per una mano e includendola nell'abbraccio di gruppo.

Liberty si irrigidì appena, e sbuffò. «Da quando vi siete innamorati siete diventati delle lagne, tutti quanti. Quanto pensate durerà questa vostra aura mielosa?»

«Diccelo tu, sei innamorata da più tempo di noi», disse Zoe.

Sgusciando via dall'intrico di braccia, Liberty rassettò la giacca del completo che indossava. «Dovrebbe svanire in fretta, allora. Grazie a Dio».

Clover corrugò la fronte. «Ma io non voglio smettere di galleggiare a un metro da terra pensando al mio amore!».

«Neanche io». Zoe guardò Eric, che sorrise, stringendola più forte.

«Galleggio senza motivo da anni e, ora che finalmente ne ho uno valido, ce ne vorrà di tempo prima che la mia euforia svanisca».

Liberty scosse la testa. «Il cielo mi aiuti! Mi sono trovata schiacciata per anni fra l'estremo ottimismo da cartone animato di Clover e l'esuberanza da sexy pantera di Zoe. Mi piaceva poter contare sull'atteggiamento acido e pragmatico di Eric, ma noto con dispiacere che lo avete traviato». Guardò il ragazzo con severità, ma non riuscì a mitigare del tutto un pizzico di dolcezza negli occhi verdi. «Non diventare una mammoletta, d'accordo? Ho ancora bisogno di qualcuno che le tenga a freno quando io sono troppo impegnata per farlo».

«Conta pure su di me», sorrise Eric, facendole l'occhiolino.

Clover puntò il dito in direzione del suo capo, minacciosa. «So che il tuo atteggiamento cinico e sarcastico è solo una maschera, anche se non ho mai capito il perché. Ma un giorno lo scoprirò e troverò qualcosa in grado di scioglierti. A quel punto, la tua foto finirà su quel muro assieme a tutte le altre».

«Puoi scavare quanto vuoi, non troverai nulla», sorrise Liberty, allontanandosi.

Clover la seguì. «Ti sbagli, c'è sempre qualcosa di prezioso sotto la superficie, in ognuno di noi».

«Nel mio caso, probabilmente si tratta di petrolio!».

Mentre l'eco delle voci delle colleghe si affievoliva, Zoe si lasciò andare tra le braccia di Eric. «Per quanto pensi che andranno avanti?»

«Quanto manca all'ora di chiusura?», scherzò lui. «Quando Clover si mette in testa una cosa è come una mandria impazzita. Ma Liberty è più testarda di lei, perciò temo possano andare avanti a oltranza. Il pomeriggio si profila lungo ed estenuante».

Zoe gli sfiorò il collo con un dito, un'espressione maliziosa sul viso. «Potremmo renderlo più interessante».

«Che hai in mente?»

«Oh, di idee ne avrei a dozzine. Il problema è che in tutte sei nudo, e dubito fortemente che ti faresti spogliare da me in una stanza qualsiasi del negozio, con Liberty a pochi passi di distanza...».

Sentì le braccia di lui serrarsi, stringendola a quel corpo eccitante, ed eccitato, che Zoe ormai smaniava di vedere e sfiorare a ogni ora del giorno e della notte. Sembrava non averne mai abbastanza di quel ragazzo. E aveva un mucchio di tempo da recuperare.

Il viso di Eric non cambiò, per questo Zoe impiegò qualche istante di troppo a capire il senso della sua risposta.

«Hai ragione, Liberty a pochi passi mi renderebbe un tantino nervoso. Ma non se ci fossero un paio di porte a dividerci. Hai presente la tua camera oscura? Lì non può entrare nessuno senza il tuo permesso...».

«Eric Morgan, non ti facevo così audace!». Zoe si scostò da lui, stupita, divertita e, suo malgrado, intrigata. «Non mi sarei mai aspettata di sentirmi proporre proprio da te una sveltina in camera oscura! Però mi piace. Andiamo». Lo afferrò per un braccio e iniziò a trascinarlo verso la porta, ma Eric fece resistenza.

«Ehi, aspetta un attimo. Detto in quel modo sembra una cosa triste e priva di sentimento, e non la intendevo affatto così. Sveltina... che brutto termine per definire qualche momento di passione con la donna che si ama! Non sarà mai niente del genere, con me. Non sono come i tuoi ex».

Zoe lo afferrò per i capelli, strattonandolo verso il basso per poterlo baciare in modo ardente. Si mise d'impegno per fargli perdere il lume della ragione e, quando capì di averlo in pugno, scostò appena le labbra. «Hai ancora voglia di parlare, piccolo nerd sporcaccione?»

«No», gracchiò Eric. «Ma ci torneremo dopo».

Zoe ridacchiò e lo condusse in tutta fretta al piano di sopra.

Ringraziamenti

Solo "ieri" me ne andavo a spasso per le librerie sognando di poter vedere, un giorno, il mio nome sulla copertina di un romanzo... ed eccomi già al secondo!

Vi prego di non svegliarmi!

Non so mai se ringraziare Dio, il destino o l'universo per questo traguardo, ma di sicuro parte del merito va alle persone che mi ruotano attorno:

a quelle che la vita mi ha regalato fin dall'inizio, cioè quei pochi ma buoni elementi della mia famiglia che mi hanno sempre spronato a provarci;

a tutte quelle che ho incontrato in seguito, perché si sono ritrovate a vivere da vicino la trasformazione di una ragazza timida e quasi invisibile... in una ragazza ancora timida ma con un nome "famoso";

a quelle che materialmente hanno trasformato questo sogno in realtà, ossia il mio editore e chi per lui mi segue, passo passo, credendo in me;

a quelle che lo mantengono vivo, ovvero i miei lettori, che fin dall'inizio mi hanno dato fiducia e ogni giorno mi inondano di affetto ed entusiasmo.

Spero di meritare sempre la vostra stima.

Indice

Paperbacks
sezione Gli Insuperabili
Pubblicazione settimanale, 7 maggio 2015
Direttore responsabile: Raffaello Avanzini
Registrazione del Tribunale di Roma n. 16024 del 27 agosto 1975
Stampato per conto della Newton Compton editori s.r.l., Roma
presso Puntoweb s.r.l., Ariccia (Roma)

Gli Insuperabili

Ultimi volumi pubblicati

Claudio Rendina, *La santa casta della Chiesa – I peccati del Vaticano – L'oro del Vaticano*
Lisa Jane Smith, *Il diario del vampiro. Vite parallele*
Roberto Masello, *333 La formula segreta di Dante*
Davide Mosca, *Il profanatore di biblioteche proibite*
Allegra Goodman, *La collezionista di ricette segrete*
Andrea Frediani, *La dinastia*
Ali McNamara, *Colazione da Darcy*
Roisin Meaney, *Cupcake Club*
Lisa Jane Smith, *Il diario del vampiro. L'incantesimo*
Francesco Fioretti, *Il quadro segreto di Caravaggio*
José Rodrigues dos Santos, *Vaticanum*
Rebecca Chance, *Donne con il tacco 12*
Richard e Rachael Heller, *Il segreto del tredicesimo apostolo*
Francesca Bertuzzi, *Il sacrilegio*
Simon Scarrow, *Roma o morte*
Helen Warner, *Quattro donne e un matrimonio*
Melissa Hill, *Innamorarsi a Notting Hill*
Matt Rees, *La profezia segreta di Mozart*
Lucinda Carrington, *90 giorni di tentazione*
Daniela Farnese, *Via Chanel N°5*
Marjorie Hart, *I love Tiffany*
Marcello Simoni, *La biblioteca perduta dell'alchimista*
Saskia Noort, *La febbre*
Massimo Pietroselli, *La profezia infernale*
Karen Swan, *Un regalo perfetto*
Carmen Reid, *Il club dello shopping – Shopping mania*
Milly Johnson, *Un indimenticabile autunno d'amore*

Cynthia Ellingsen, *Amori impossibili e fragole con panna*
Ferdinando Imposimato, *La Repubblica delle stragi impunite*
Simon Scarrow, *Il pretoriano*
Adam J. Epstein – Andrew Jacobson, *The Familiars. Il segreto della Corona*
Milly Johnson, *Un indimenticabile autunno d'amore*
Franco Matteucci, *Il suicidio perfetto*
Anna Premoli, *Ti prego lasciati odiare*
Sam Pivnik, *L'ultimo sopravvissuto*
Michael Ennis, *La congiura Machiavelli*
Anna-Lou Weatherley, *La rivincita delle mogli*
Stefano Baldi, *Sia fatta la tua volontà*
Alex Churton, *La mappa segreta della Massoneria*
Jonathan Holt, *Sconsacrato*
Ilaria Beltramme, *La società segreta degli eretici*
Federica Bosco, *Un amore di angelo*
Roberto Fabbri, *Il giustiziere di Roma*
Massimo Lugli, *Gioco perverso*
Andrea Frediani, *La battaglia delle Termopili*
Lindsey Kelk, *I love New York*
Amy Bratley, *Segreti, bugie e cioccolato*
Evie Hunter, *L'iniziazione*
Andrea Frediani, *Gli invincibili. Alla conquista del potere*
G. L. Barone, *La cospirazione degli Illuminati*
Niamh Greene, *Sarà perché ti amo*
Davide Mosca, *La cripta dei libri profetici*
Karen Swan, *Shopping da Prada, appuntamento da Tiffany*
Ali McNamara, *Innamorarsi a Notting Hill*
Miranda Dickinson, *Iniziò tutto con un bacio*
Jessica Sorensen, *Non lasciarmi andare*
Diana Lama, *L'anatomista*
Daniela Farnese, *I love Chanel*
Amy Bratley, *L'amore della mia vita*
Marcello Simoni, *L'isola dei monaci senza nome*
Marc Raabe, *Il sezionatore*

Rebecca Chance, *Amori, bugie e tacchi alti*
Elisa Amoruso, *Buongiorno amore*
C. M. Palov, *La cripta occulta dei templari*
Vanessa Greene, *Biscotti, dolcetti e una tazza di tè*
Joseph Kanon, *Omicidio a Istanbul*
Tami Hoag, *La Ragazza N° 9*
Martin Rua, *Le nove chiavi dell'antiquario*
Tiffany Reisz, *Peccato originale. Il ritorno*
Anna Premoli, *Come inciampare nel principe azzurro*
Enrico Vanzina, *Il gigante sfregiato*
Simon Scarrow, *La battaglia finale*
Carmen Reid, *Shopping con le amiche*
Remo Guerrini, *L'estate nera*
C.L. Parker, *La proposta*
S. Montemurro; M. Lugli; M. Simoni; F. Bertuzzi; D. Lama; G. Leoni; P. Roversi, *Estate in giallo*
Vito Bruschini, *I segreti del club Bilderberg. Il romanzo del potere*
Nicola Doherty, *Innamorarsi a Central Park*
Lauren Myracle, *Il nostro infinito momento*
Roberta Gately, *La Pakistana*
Carole Matthews, *Un regalo inaspettato*
M. Simoni, M. Lugli, L. Ghinelli, D. Mosca, M. Pietroselli, F. Delizzos, S. Montemurro, G. Lisai, *Giallo Natale*
Milly Johnson, *Un indimenticabile Natale d'amore*
Thomas Harding, *Il comandante di Auschwitz*
Eva Schloss, *Sopravvissuta ad Auschwitz*
Sara Tessa, *L'uragano di un batter d'ali*
Chase Emma, *Non cercarmi mai più*
Cassandra Rocca, *Tutta colpa di New York*
Jessica Sorensen, *Tienimi con te*
Brian McGilloway, *Non parlare*
Rosa Ventrella, *Il giardino degli oleandri*
Daniela Sacerdoti, *Ho bisogno di te*
Franco Matteucci, *La mossa del cartomante*
Laura Schiavini, *A qualcuno piace dolce*

Paolo Cammilli, *Maledetta primavera*
Solomon Northup, *12 anni schiavo*
Marcello Simoni, *Il labirinto ai confini del mondo*
Monica Murphy, *Non dirmi un'altra bugia*
David Gibbins, *Il faraone*
Stuart MacBride, *Vicino al cadavere*
Jessica Sorensen, *Con te sarà diverso*
Anna Premoli, *Finché amore non ci separi*
Letizia Triches, *Il giallo di Ponte Vecchio*
Simon Scarrow, *La profezia dell'aquila*
Andrea Frediani, *La battaglia della vendetta. La saga degli invincibili*
Amy Harmon, *I cento colori del blu*
Jonathan Holt, *Profanato*
M. Leighton, *Solo per te*
Ali McNamara, *Da New York a Notting Hill per innamorarsi ancora*
C.L. Parker, *La trasgressione*
Marc Raabe, *Prima di uccidere*
Cassandra Rocca, *Una notte d'amore a New York*
Martin Rua, *La cattedrale dei nove specchi*
Jessica Sorensen, *Non cambiare mai*

Ali McNamara

Da New York a Notting Hill per innamorarsi ancora

Ali McNamara ha iniziato a scrivere postando pensieri sul sito di Ronan Keating, cantante dei Boyzone, attirando migliaia di contatti giornalieri. Quando si è accorta di questo successo, ha venduto le sue storie donando il ricavato alla lotta contro il cancro. Dopo questo strano inizio, ha scritto il suo romanzo d'esordio *Innamorarsi a Notting Hill*, grande bestseller in Gran Bretagna, *Colazione da Darcy*. Per maggiori informazioni, www.alimcnamara.co.uk o twitter: @AliMcNamara

Volume di 320 pagine. Euro 5,90

Scarlett O'Brien, appassionata di cinema e in particolare di commedie romantiche, ha trovato finalmente l'uomo dei suoi sogni: il dolce e affascinante Sean. Vive a Londra insieme a lui anche se il ménage quotidiano non è esattamente tutto rose e fiori come quello delle protagoniste dei suoi telefilm preferiti. Dato che Sean è spesso via per lavoro, Scarlett decide di prendersi del tempo per sé e andare a New York a trovare il padre, in compagnia del suo migliore amico, Oscar. La Grande Mela è una città magnifica e soprattutto ogni angolo o strada le ricordano le scene dei suoi film preferiti! Saranno giorni divertenti e appassionanti quelli passati a New York e, tra incontri con personaggi famosi e star del cinema, serate divertenti e nuovi amici, Scarlett si rende conto che si sta lasciando andare a nuove sensazioni; fino a rendersi conto che, a poco a poco, il suo cuore ha cominciato a battere forte come non le succedeva da tempo. Ma com'è possibile che si senta così attratta da un altro uomo, quando ormai ha deciso che l'unico, vero amore della sua vita è Sean? E soprattutto sarà capace di rinunciare a quelle nuove elettrizzanti emozioni che l'hanno ormai rapita?

Anna Premoli

Finché amore non ci separi

Anna Premoli è nata nel 1980 in Croazia, vive a Milano dove si è laureata in Economia dei mercati finanziari, presso la Bocconi. Ha lavorato alla J.P. Morgan e, dal 2004, al Private Banking di una banca privata. La matematica è sempre stata il suo forte, la scrittura invece è arrivata per caso, come "metodo antistress" durante la prima gravidanza. *Ti prego lasciati odiare* è stato il libro fenomeno del 2013. Per mesi ai primi posti nella classifica dei libri più venduti, con i diritti opzionati dalla Colorado Film per la trasposizione cinematografica, ha vinto il Premio Bancarella e sarà inoltre tradotto presto in Francia.

Volume di 288 pagine. Euro 5,90

Amalia Berger è un affermato avvocato newyorkese, nota nel foro come "la regina di ghiaccio". I ricchissimi genitori però le riservano da sempre poche attenzioni. Ryan, di origini irlandesi, è il maggiore di quattro figli maschi e la sua caotica famiglia gestisce un tipico pub nel cuore della Grande Mela. I due si sono conosciuti alla scuola di legge di Yale, dove è nata la loro reciproca antipatia. Amalia è poi rimasta a New York, mentre Ryan ha fatto carriera a Chicago. Finché un giorno, l'offerta di un posto da vice procuratore lo riporta a New York. Il primo caso che si trova ad affrontare sembra davvero banale: l'arresto per guida in stato di ebbrezza di una ragazza dell'alta società. Ma quel che appare semplice, si può complicare inaspettatamente, se per esempio l'avvocato difensore della ragazza è proprio quella Amalia Berger, che Ryan non vede da almeno dieci anni… Lo scontro in aula degenera a tal punto che il giudice condanna entrambi a una pena esemplare, che li costringerà a trascorrere parecchio tempo insieme. E cosa può accadere se due persone che si detestano dal profondo del cuore sono costrette dalla legge a collaborare?

NEWTON COMPTON EDITORI